Michal Viewegh
Blendende Jahre für Hunde

SERIE PIPER

Zu diesem Buch

Man schreibt das Jahr 1962. Unter absurden Umständen kommt Quido zur Welt – im Parkett eines Prager Theaters am Ende einer Aufführung von »Warten auf Godot«, die seine Mutter nicht stören wollte. Der kleine Quido, ein altkluges Wunderkind, wächst inmitten seiner sympathisch verrückten Familie im Prag der politischen Umbrüche auf. 1968 muß die Familie in ein trostloses Nest ziehen. Der Vater, immer ein bißchen ungeschickter und prinzipientreuer als alle anderen, wird Büroangestellter in einer Glasfabrik, und die Familie haust frierend in einer zugigen Veranda. Erst als er sich in der Abenduniversität für Marxismus-Leninismus einschreibt, wird der Familie eine Wohnung zugewiesen. Während Quido sich zum Überlebenskünstler und pfiffigen Schelm entwickelt, scheint die gesamte Familie von Turbulenzen geradezu verfolgt zu werden. – Einmal mehr erweist sich der tschechische Kultautor Michal Viewegh in diesem tragikomischen Roman als phantasievoller und ironischer Erzähler.

Michal Viewegh, geboren 1962 in Prag, studierte Ökonomie, Philosophie und Bohemistik. Nach drei Jahren als Lehrer war er in einem Verlag tätig. Er lebt heute als freier Schriftsteller in Prag. Auf deutsch liegt außerdem der Roman »Erziehung von Mädchen in Böhmen« (1998) vor.

Michal Viewegh
Blendende Jahre für Hunde

Roman

Aus dem Tschechischen von
Irene Bohlen und Kathrin Liedtke

Piper München Zürich

Von Michal Viewegh liegt in der Serie Piper außerdem vor:
Erziehung von Mädchen in Böhmen (2802)

Ungekürzte Taschenbuchausgabe
Piper Verlag GmbH, München
April 2000
© 1992 Michal Viewegh
Titel der tschechischen Originalausgabe:
»Báječná léta pod psa«
© der deutschsprachigen Ausgabe:
1998 Verlag Kiepenheuer & Witsch, Köln
Umschlag: Büro Hamburg
Stefanie Oberbeck, Katrin Hoffmann
Foto Umschlagvorderseite: Vicky Kasala/Image Bank
Foto Umschlagrückseite: Marie Votavova
Satz: Satzpunkt Ursula Ewert GmbH, Krefeld
Druck und Bindung: Clausen & Bosse, Leck
Printed in Germany   ISBN 3-492-22909-3

Dieser Roman ist, wie fast alle Romane, eine gewöhnliche Mischung aus sogenannter Wahrheit und sogenannter Dichtung. Wie das Verhältnis dieser Komponenten aber auch sein mag: Es läßt sich nicht eindeutig behaupten – wie es viele Leser tun –, daß die Romanfiguren wirklich existiert und sich die dargestellten Begebenheiten tatsächlich ereignet hätten.
Genausowenig läßt sich allerdings behaupten – wie uns an dieser Stelle viele Autoren versichern –, daß die »Personen und Ereignisse der folgenden Geschichte frei erfunden« sind.

I.

1. Nach Zitas Berechnungen sollte Quido in der ersten Augustwoche des Jahres neunzehnhundertzweiundsechzig in der Entbindungsklinik Podolí zur Welt kommen.

Seine Mutter hatte zu dieser Zeit zwölf Theaterspielzeiten hinter sich, betrachtete die meisten ihrer Rollen in Stücken von Jirásek, Tyl, Kohout und Makarenko – vorwiegend Kinderrollen – jedoch als leicht kompromittierende Jugendsünden. Sie studierte übrigens im vierten Jahr Jura und sah ihre Mitwirkung in der Komparserie des Theaters der Tschechoslowakischen Armee in Prag-Vinohrady nur noch als unverbindliche Spielerei an (was sie andererseits aber nicht daran hinderte, den mehr oder weniger zufälligen Umstand, daß der Geburtstermin in die Zeit der Theaterferien fiel, ihren erfolgreicheren Kolleginnen gegenüber als absolut selbstverständliche Berufsdisziplin zu präsentieren). Es mag paradox klingen, aber Quidos Mutter, einst ein Star des Schülertheaters, war unter der äußeren Schale einer begeisterten Laienspielerin in Wirklichkeit zutiefst prüde, und außer Zita durfte sie niemand sonst untersuchen. Frau Zita, Chefärztin der Entbindungsklinik Podolí und langjährige Freundin von Großmutter Líba, die Quidos Mutter schon seit ihrer Kindheit kannte, versuchte geduldig, deren Kapricen zu entsprechen und versprach, den Dienstplan so umzustellen, daß an jenem kritischen Tag nicht ein einziger Mann im Kreißsaal assistieren würde.

»Bei Zita in Podolí
schmerzte die Geburt noch nie«,
reimte Großmutter Líba beim Mittagessen, und sogar
der Vater von Quidos Vater, Großvater Josef, der
grundsätzlich skeptisch gegenüber allem Kommunistischen eingestellt war, das Gesundheitswesen natürlich
nicht ausgenommen, war bereit zuzugeben, daß die
Wahrscheinlichkeit, daß Quidos Köpfchen von der
Geburtszange zermalmt würde, diesmal doch etwas
geringer war.
Womit aber niemand gerechnet hatte, war ein nasser
schwarzer Schäferhund, der bereits am Abend des siebenundzwanzigsten Juni im rötlichen Sonnenlicht auf dem
Moldaukai auftauchte, gerade in dem Augenblick, als
Quidos Mutter mühsam aus dem Taxi stieg, und der sie
nach einem kurzen, lautlosen Anlauf an die sonnenge-
wärmte Wand des Hauses Ecke Annenplatz drückte. Man
kann nicht sagen, daß die Absichten jenes streunenden
Hundes ausgesprochen feindselig gewesen waren, er
hatte sie ja überhaupt nicht gebissen; es reichte jedoch,
daß er sein ganzes Gewicht auf ihre zierlichen Schultern
legte und ihr, wie Mutter selbst es später etwas unglücklich formulierte, »den ranzigen Gestank lange nicht
geputzter Zähne« ins Gesicht schnaufte.
»Aaaaaa!« kreischte Quidos Mutter, als sie sich vom
ersten Schreck erholt hatte.
Quidos Vater, der verabredungsgemäß vor dem Eingang
des Theaters ›Am Geländer‹ wartete, hörte den Schrei
und rannte sofort los. Er war sich zwar nicht sicher, wem
diese angstverzerrte Stimme gehörte, ihn beschlich aber
sogleich ein bestimmter Verdacht, den es zu zerstreuen
galt.
»Aaaaaaaa!« kreischte Quidos Mutter noch durchdrin-
gender, denn der Hund zertrümmerte ihr nun förmlich

die zarten Schlüsselbeine mit seinen Vorderpfoten. Der Verdacht von Quidos Vater hatte sich leider bestätigt. Für einen Augenblick erstarrte er, wie von einer ungeahnten Kraft gelähmt, dann befreite er sich jedoch aus ihr und rannte zu der ihm teuersten Stimme. Voller zorniger Liebe sprintete er über das granitene Kopfsteinpflaster des Platzes, weil er glaubte, daß seine Frau wieder einmal von einem der Saufbrüder überfallen worden war, die sie seit der Zeit, da sie die Serviererin Hettie in Weskers »Die Küche« gespielt hatte, ständig von irgend etwas zu überzeugen versuchte, anstatt achtsam einen Bogen um sie zu machen. Unmittelbar darauf sah er jedoch seine Frau, wie sie unter Aufbietung ihrer letzten Kräfte der riesigen schwarzen Last trotzte, und er tat etwas, was ihn in Quidos Augen für immer größer sein ließ als seine hundertzweiundsiebzig Zentimeter: Im Laufen schnappte er sich die nächstbeste Mülltonne, hob sie in die Höhe und schlug den Hund durch einige gezielte Hiebe mit der Unterkante auf der Stelle tot.

Quidos Mutter behauptete später, daß die Mülltonne voll gewesen sei, was aber ziemlich sicher ausgeschlossen werden kann. Schlimmer ist jedoch der Umstand, daß auch Quido selbst eine *bewußte* Teilnahme an der ganzen Geschichte – und somit das Recht einer Zeugenaussage – für sich in Anspruch nimmt:

»Selbstverständlich leugne ich nicht, daß ich damals, wie wohl jeder andere Fötus auch, höchstwahrscheinlich blind war«, äußerte er später, »aber auf irgendeine Art und Weise muß ich die Dinge wohl wahrgenommen haben, denn wie soll ich mir sonst diese seltsame Rührung erklären, die mich noch heute befällt, wenn ich Müllmänner bei der Arbeit beobachte?«

Offensichtlich bemüht, Lew Tolstoj zu überbieten, dessen Erinnerungsvermögen angeblich bis an die Schwelle der Kindheit zurückreichte, ging Quido noch weiter: Seinem jüngeren Bruder zum Beispiel versuchte er später mit einer Ernsthaftigkeit, die etwas Frostiges an sich hatte, einzureden, daß er sich jenes »rembrandtartig verdüsterte Bild des mütterlichen Eies, das an der Gebärmutterschleimhaut klebte wie ein Schwalbennest«, ganz genau vergegenwärtigen könne.

»Mensch, Quido, so ein Quatsch!« tobte Pazo.

»Abgesehen von dem Vorfall mit dem Hund muß ich sagen, daß die Schwangerschaft für jeden auch nur ein bißchen intelligenten Fötus unvorstellbar langweilig ist«, fuhr Quido unbeirrt fort. »Ich sage absichtlich für einen *intelligenten* Fötus und nicht etwa für diese nackten, lahmen Grottenolme, wie du zum Beispiel einer warst, und das sogar noch einige Tage nach der Geburt, als ich leider in dein häßliches, lila Gesicht gucken mußte. Vielleicht kannst du dir die furchtbare Langeweile dieser rund zweihundertsiebzig absolut gleichen Tage wenigstens *vorstellen*, in deren Verlauf das bereits *erwachte* Bewußtsein dazu verurteilt ist, lediglich untätig ins Fruchtwasser zu stieren und ab und zu kraftlos gegen die Bauchdecke zu treten, damit die da oben nicht unnötig in Panik geraten. Zweihundertsiebzig lange Tage, die ein junger, intelligenter Mensch von humanitärer Gesinnung wie eine Kunstschwimmerin im Trainingslager vor der Olympiade verbringen muß! Zweihundertsiebzig Tage ohne ein einziges vernünftiges Buch, ohne ein einziges geschriebenes Wort, wenn ich von der keinesfalls originellen Widmung auf Zitas Ring einmal absehe! Neun Monate im abgeschalteten Aquarium! In den letzten drei Monaten habe ich nur noch gebetet, daß Mutter eines ihrer unsinnigen Tabus endlich brechen und mich auf dem Motorrad über einen holprigen Feldweg fahren oder mir zwei, drei ordentliche Schluck, wenn nicht gleich zwei Dezi weißen

Wermut schicken möge. Bruderherz, glaube mir, diesen Hund hat mir der Himmel geschickt!«

Kurz nachdem seine Mutter unter leicht hysterischen Weinkrämpfen in Vaters Arme gesunken war, tat Quido seine Ungeduld zum ersten Mal deutlich kund. Der tote Hund an sich hatte bei den herbeigeeilten Zuschauern bereits große Aufmerksamkeit erregt, und der bloße Gedanke an einen weiteren Skandal, diesmal in Gestalt einer Frühgeburt, überstieg offensichtlich Mutters Kräfte. Sie wischte deshalb schnell ihre Augen trocken und antwortete mit tapferem und strahlendem Lächeln auf alle besorgten Fragen, daß alles vollkommen, wirklich vollkommen in Ordnung sei.

»Meine Mutter«, erzählte Quido später, »verließ niemals eine Gesellschaft, um auf die Toilette zu gehen, wenn es nicht absolut unauffällig möglich war. Und ehrlich gesagt, verursachte ihr schon ein ganz gewöhnliches Schneuzen seit jeher erhebliche Verlegenheit.«

Dieser Schüchternheit bezüglich ihrer Intimsphäre, die etwas anmutig Mädchenhaftes an sich hatte, verdankte Quidos Mutter ihre langwierigen Nasenhöhlen- und Blasenentzündungen, ihre sogenannte habituelle Verstopfung und seit dem siebenundzwanzigsten Juni des Jahres neunzehnhundertzweiundsechzig auch die Geburt ›Theatre-in‹: Die ersten Wehen setzten schon in dem Moment ein, als sie ihren leichten karierten Paletot an der Garderobe abgab; dennoch widerstand sie Quidos Drängen – von der Seite durch die flehenden Blicke ihres Mannes hypnotisiert – bis zum Schlußvorhang, aber keine einzige Minute länger. Sobald nämlich Estragon und Vladimir ihre letzten Repliken gewechselt hatten und der bekannte Augenblick der ganz kurzen Stille eintrat, der dem Applaus gewöhnlich vorangeht, entfuhr Quidos Mutter der erste gequälte Schrei, und unmittelbar darauf folgte eine ganze Serie weiterer Schreie. Quidos Vater schnellte von seinem Sitz empor und zwängte sich durch die Reihe der verblüfften Zuschauer ins Foyer, von wo er sich irgendwohin in die Nacht hinausstürzte, um – wie er offenbar meinte – ruhig und besonnen alles Notwendige zu veranlassen. Zum Glück kam eine ältere Dame zu Mutters Rechten sofort wieder zu sich: Sie beauftragte zwei ihrer Nachbarn, einen Krankenwagen zu rufen, und versuchte selbst, die werdende Mutter aus dem vollen, stickigen Saal hinauszubringen. Quidos Mutter versuchte, sich um jeden Preis an der Frau festzuhalten, denn sie wagte nicht einmal daran zu denken, daß die Geburt vor so vielen Männern stattfinden könnte, und gleichzeitig sei es ihr – wie sie später behauptete – angeblich taktlos vorgekommen, die Beckettsche Atmosphäre der existentiellen Hoffnungslosigkeit durch etwas so provokativ Optimistisches wie die Geburt eines gesunden Kindes zu stören. Trotz ihrer Entschlossenheit sank sie ihrer Begleiterin jedoch zu Füßen, und das ausgerechnet in dem Moment, als sie den Gang zwischen Parkett und Bühne passierten. Zwei Männer hoben sie sogleich dort hinauf, beinahe vor die Füße von Václav Sloup und Jan Libíček, die gerade kamen, um sich zu verbeugen, nun aber bestürzt stehenblieben. Abgesehen von einigen Dutzend Frauen, die ohne Rücksicht auf ihre Abendroben erregt das Podium stürmten, um der jungen Mutter etwas von ihren eigenen Erfahrungen weiterzugeben, blieben die meisten Zuschauer an ihren Plätzen, wahrscheinlich in der Annahme, daß die Szene der Niederkunft, die jeden Moment beginnen mußte, Bestandteil dieser unkonventionellen Inszenierung war.

»Wasser. Heißes Wasser!« rief jemand geistesgegenwärtig. »Und saubere Leintücher!«

»Verlassen Sie den Saal!« ordnete einer der beiden anwesenden Ärzte an, der sich endlich zu der werdenden Mutter durchgekämpft hatte.

»Gehen Sie schon!« verlangte er nachdrücklich, aber niemand rührte sich von der Stelle.

»Aaaaaa!« schrie Quidos Mutter.

Einige Minuten später hallte der erste Schrei eines Neugeborenen männlichen Geschlechts durch den Saal.

»Er ist da!« rief Jan Libíček, einer plötzlichen Inspiration folgend, die Quido fast zum Verhängnis geworden wäre.

»Godot! Godot!« skandierte das Publikum begeistert, während sich die Ärzte bescheiden verbeugten. (Dieser Spitzname hat sich zum Glück nicht durchgesetzt.)

»Wir sind gerettet!« rief Václav Sloup.

»Er heißt Quido«, flüsterte Quidos Mutter, aber niemand hörte sie. Vom Kai her schallte das Martinshorn des nahenden Krankenwagens herüber.

2. »Um eins klarzustellen«, sagte Quido Jahre später zum Lektor, »ich habe bestimmt nicht vor, den gesamten sogenannten Familienstammbaum aufzumalen und so lange an seinen ausladenden Ästen zu rütteln, bis irgendein toter Baurat oder Verwalter von Thuns Ländereien herausfällt, um mir sagen zu lassen, wer ich bin, woher ich komme und daß Masaryk auf Arbeiter geschossen hat!«

»Masaryk«, sagte der Lektor beschwichtigend, »lassen wir lieber aus dem Spiel. Der Großvater väterlicherseits war Bergarbeiter?«

»Na, da haben Sie sich ja den Richtigen ausgesucht!« sagte Quido lachend. »Der wollte Hotelier werden! Den hätten Sie hören sollen! Wenn unangemeldeter Besuch nach Tuchlovice kam und die Genossen es nicht mehr geschafft hatten, Großvaters Schicht umzutauschen, ließen sie ihn lieber erst gar nicht ausfahren. Während sich die anderen Bergarbeiter mit der Parteidelegation unterhielten, fluchte der alleingelassene Großvater in der Tiefe und hämmerte wütend gegen die Rohre. Die Kumpel nannten ihn Aschenputtel.«

»Das ist gut«, sagte der Lektor. »Nur, was soll man damit ...«

»Eben«, sagte Quido. »Was soll man damit ...«

Quidos Vater wurde mit hoher Intelligenz in niedrige Verhältnisse geboren. Einundzwanzig Jahre lang ist er tagtäglich damit konfrontiert worden: mit ewig ungemachten Betten, mit dem Geruch von Gas und aufgewärmtem Essen, mit leeren Flaschen und verstreutem Vogelfutter. Direkt unter den Fenstern der Einzimmer-Parterrewohnung in der Sezimová-Straße erbrachen sich allabendlich die Säufer, die aus der benachbarten Kneipe ›Bei Banseth's‹ kamen. Am schmutzigen Putz klebte oft das verschmierte Blut von Zigeunern aus Nusle. Der Großvater fuhr am frühen Morgen oder bald nach dem Mittagessen mit dem Bergmannsbus nach Kladno; wenn er zu Hause war, rauchte er und wanderte nervös im Zimmer herum, wobei er das Vogelfutter zertrat.

»Was für ein beschissenes Leben«, sagte er oft.

Ein andermal fütterte er stundenlang die Wellensittiche oder ließ Platten von Louis Armstrong und Ella Fitzgerald in voller Lautstärke ertönen. Die Großmutter, eine Kürschnerin, war immer zu Hause; von morgens bis abends nähte sie. Schwerfällig bewegte sie sich um die alte Schneiderpuppe herum, den Mund voller Stecknadeln. Das Parkett knarrte. Quidos Vater versuchte, sich möglichst irgendwo anders aufzuhalten: Mit seinem Freund Zvára kletterte er auf den Festungsmauern des

16

Vyšehrad herum. Auf dem Bahnhof Vršovice versteckten sie sich in den Waggons auf dem Abstellgleis. Manchmal blieben sie über Nacht in der Aula des Gymnasiums. In späteren Jahren saßen sie im Arbeitsraum der Fakultät, wie es sich Quidos Vater wünschte, oder im Kaffeehaus Demínka, wie Zvára es wollte. Sie fuhren zu Arbeitseinsätzen, und zwei Abende in der Woche verbrachte Quidos Vater in der Sprachschule. Wenn er nachts nach Hause kam und im Schein des kleinen Tischlämpchens im Englischlehrbuch las, das er an den besudelten Vogelkäfig lehnte, hatte er manchmal das Gefühl, die Worte eines geheimnisvollen Gebets zu sprechen.

Irgendwann zu Beginn des achten Semesters brachte Zvára Quidos Vater eine Theaterkarte mit. Aus seinem Gesicht ging hervor, daß diejenige, für die die Karte ursprünglich gedacht war, aus irgendeinem Grunde abgelehnt hatte.

»Und wofür?« fragte Quidos Vater. »Wer hat das Stück geschrieben?« Er ging normalerweise nicht ins Theater und konnte schwerlich annehmen, daß ihm der Name des Stückes etwas sagen würde, dennoch wollte er sich ein Hintertürchen offenlassen, für den Fall, daß die Karte zu teuer war.

»Für'n Arsch!« sagte Zvára, als würde er den Himmel um Verständnis anflehen. »Shakespeare wahrscheinlich, wer sonst!«

Aber da hatte er sich geirrt. Es gab Lorcas »Wundersame Schustersfrau«. In der Pause trafen sie eine ehemalige Freundin von Zvára, die ihnen ihre Begleiterin vorstellte, ein schlankes Mädchen mit Brille und dunkelblauem Samtkleid mit weißem Spitzenkragen.

»Der nicht von Wellensittichen besudelt war«, pflegte Quido immer hinzuzufügen.

Es war Quidos Mutter.

Drei Monate später wurde Quidos Vater zum ersten Mal in die Wohnung am Platz der Pariser Kommune eingeladen. Natürlich fiel ihm die Größe der beiden Zimmer auf, die Höhe der Decken, das polierte Klavier und die vielen Bilder, den größten Eindruck machte auf ihn aber das Arbeitszimmer von Großvater Jiří: Über die gesamte Länge der entfernten Wand zog sich eine Bibliothek aus Mahagoni mit mindestens tausend Bänden, und davor stand ein sogenannter amerikanischer Schreibtisch, ebenfalls dunkel, mit Lamellenzügen, hinter denen eine Schreibmaschine und eine Menge anderer Büroutensilien einschließlich Siegellack, Familiensiegel und Brieföffner untergebracht waren.

»Nehmen Sie Platz«, sagte Großvater Jiří und wies auf einen Ledersessel.

»Essen Sie Möhrenaufstrich?« fragte Großmutter Líba, die aus der Küche herbeigeeilt kam.

»Seit über zwanzig Jahren«, entgegnete Großvater finster und zündete sich eine Zigarette der Marke Dux an.

»Du bist nicht gefragt«, sagte die Großmutter schelmisch lächelnd. »Ich meine den Herrn Ingenieur.«

»Ich esse alles«, sagte Quidos Vater wahrheitsgemäß. »Machen Sie sich keine Sorgen.«

»Keine Angst«, sagte Quidos Mutter etwas geheimnisvoll. »Mama macht sich keine.«

Obwohl bei Großvater und Großmutter ein gewisser minimaler Rest an Mißtrauen geblieben war (Quidos Mutter war schließlich ihre einzige Tochter), war der Besuch unerwartet gut verlaufen. Quidos Vater hatte keine Show abgezogen und jedes Wort ehrlich abgewägt, so daß er dem Großvater schließlich viel sympathischer war als die meisten der jungen Schauspieler, Dichter und Drehbuchautoren, die zu ihm kamen, um ihre Texte vorzutragen, Großvater für die Schrecken der fünfziger Jahre verantwortlich machten und Rotwein über seinen Tisch gossen.

»Komm wieder«, sagte er beim Abschied beinahe schroff, aber Quidos Mutter wußte in diesem Augenblick, daß Quidos Vater bestanden hatte.

3.   »Ich war also eine Frühgeburt«, erzählte Quido. »Beide Großmütter waren entsetzt. Mit einem Jahr wog ich vierzehn Kilo, aber sie versuchten weiterhin, mich am Leben zu erhalten. Noch in meinem fünften Lebensjahr kämpften sie mit Hilfe von Bananen und Schokolade um meine nackte Existenz.«

Quido war in beiden Familien das erste Enkelkind, und alle rissen sich buchstäblich um ihn. Mit Ausnahme von Großvater Jiří wetteiferten sie, wer am häufigsten mit ihm in den Zoo ging. Nilpferde, Strauße und Känguruhs wurden von Quido ziemlich lange als Haustiere betrachtet.

Nach dem Zoo ging es selbstverständlich in die Konditorei. »Was duftet hier denn so, Quidolein?« pflegte Großmutter Věra zu fragen.

»Na, Kaffeechen natürlich!« antwortete der kleine, fettleibige Quido so süß, daß die Bedienung in der Konditorei von einem Gefühl schwer definierbaren Ekels ergriffen wurde.

Wenn Quidos Mutter jemandem im Theater ihren Sohn vorstellte, schlich sich ein herausfordernd warnender Unterton in ihre Stimme.

»Insbesondere, nachdem sie ein ziemlich bekannter Kurzfilmregisseur scherzhaft gefragt hatte, ob sie mich nicht für einen geplanten Aufklärungsfilm über die Vorteile hormoneller Verhütung ausleihen wolle«, erzählte

Quido. »Nichtsdestotrotz – das wird mir jetzt klar – war dies die einzige Zeit meines Lebens, in der ich maximal geliebt wurde, ohne viel dafür tun zu müssen. Man liebte mich einfach nur deshalb, weil es mich gab. Wo sind diese Zeiten geblieben!«

Großvater Josef nahm Quido mit zum Angeln, zum Fußball oder zum Möwenfüttern.

»Na los doch!« rief Großvater im Eden.

»Da, friß«, rief er den Möwen an der Moldau zu.

»Halt still, kriegst'n Pelz«, rief er ärgerlich, wenn der sich windende Regenwurm nicht an den Haken wollte.

All das spielte sich in einer fürchterlichen und für Quido damals unerklärlichen Hast ab. Wenn sie zu Hause waren, drängte der Großvater, so schnell wie möglich zum Fußball zu kommen; noch vor Ende der ersten Halbzeit eilte er jedoch auf die Galerie, um Würstchen zu holen; diese waren noch nicht aufgegessen, da hasteten sie schon zurück, damit sich niemand auf ihre Plätze setzte, und zwanzig Minuten vor Ende des Spiels drängelten sie sich durch die schimpfenden Zuschauer nach Hause. Großvater beeilte sich, zum Angeln zu kommen und beeilte sich, vom Angeln zu kommen, er eilte zur Arbeit und von der Arbeit zurück, in die Kneipe und aus der Kneipe heraus. Kaum war er irgendwo angekommen, trieb es ihn wieder anderswo hin. Es dauerte lange, bis Quido die Ursache dieser inneren Unruhe begriff: Sein Großvater beeilte sich, dieses beschissene Leben endlich hinter sich zu bringen.

Im Gegensatz zu seinem Vater und Großvater mochte Quido die kleine Wohnung in der Sezimová-Straße gern. Er wohnte nicht dort, aber Großmutter Věra behielt ihn oft bei sich, damit er nicht in den Kindergarten mußte. Er konnte hier mit weichem Pelz spielen, und drei schöne blaue Wellensittiche flogen in der Wohnung herum.

Quido wurde schadenfroh bewußt, daß er es sich auf den Lammfellkissen gemütlich machen und sorglos beobachten konnte, wie die Wellensittiche über die verrauchten Gardinen kletterten, während seine Altersgenossen gerade irgendein langweiliges Erziehungsprogramm absolvieren mußten. Die Großmutter hatte die Wellensittiche so gezähmt, daß sie ruhig das Fenster offenlassen konnte, ohne daß sie weggeflogen wären. Sie stolzierten über die Brüstung, und nur wenn sich eine der vielen Tauben von Nusle geräuschvoll niederließ, flogen sie aufgeschreckt zu ihrer Beschützerin zurück und setzten sich auf ihren Kopf und ihre Schultern. Damit ihre Krallen sie nicht kratzten, trug Großmutter im Sommer zwei unbenutzte Nadelkissen auf den Trägern ihres Unterkleids.

»Wenn sich alle drei Vögel auf ihr niederließen«, erzählte Quido, »zwei auf den Schultern und einer auf dem Kopf, erreichte Großmutter die Symmetrie eines Triptychons.«

Was Quido jedoch nicht leiden konnte, war Großvaters Unsitte, mit den Wellensittichen das Essen zu teilen: Zuerst zerkaute er sorgfältig die jeweilige Speise, dann öffnete er weit den Mund, und die Vögel kamen sofort herbeigeflogen, um in seiner vergilbten Zahnprothese zu picken und sich ihren Teil zu holen.

»Nie im Leben, auch in keinem einzigen Pornofilm, den ich bis jetzt gesehen habe«, erzählte Quido, »habe ich etwas Abstoßenderes als diese drei speichelfeuchten Federköpfchen gesehen, die sich abwechselnd in Großvaters Mund voller Sahnesoße schoben.«

Wenn Großvater Jiří den Enkel auch etwas zurückhaltender aufgenommen hatte, geschah das gewiß nicht aus Mangel an Liebe. Einerseits nahm ihn seine Arbeit im Präsidialamt viel mehr in Anspruch, als das bei allen anderen Familienmitgliedern der Fall war, und andererseits lehnte er es ab, um die Gunst des Kindes zu buhlen, wie er

21

sich ausdrückte. Er wartete lieber geduldig, bis er an die Reihe kommen würde, drängte sich nicht auf, geschweige denn, daß er Quido – wie es die beiden Großmütter mit Vorliebe zu tun pflegten – mehr oder weniger heimlich entführt hätte. Sobald man ihm aber den Jungen endlich anvertraute, bereitete er ein bis ins letzte Detail durchdachtes Programm für ihn vor, so daß Quido sich wirklich keine Minute langweilte: Sie flogen nach Karlsbad, unternahmen eine Dampferfahrt auf dem Stausee von Slapy, stiegen auf Dutzende Prager Türme, besuchten nach und nach alle Museen, den Laurenziberg, Vyšehrad, das Planetarium und natürlich auch die Prager Burg. Großvater verfügte über einen Ausweis, der auch verschlossene Türen öffnete, so daß Quido zum Beispiel die Krönungsjuwelen um einige Jahre früher zu sehen bekam als jeder andere normal Sterbliche. Außerdem besaß Großvater die seltene Gabe, den Augenblick abzupassen, da die Aufmerksamkeit des sonst sehr interessierten Kindes zu erlahmen begann: Dann beendete er rasch die Besichtigung, sie gingen durch eine Passage oder durchquerten ein Quido unbekanntes Gäßchen, und schon waren sie direkt an der Haltestelle einer Straßenbahn, die sie irgendwohin brachte, wo es Limonade gab und ein großes Stück Fleisch mit kleiner Beilage.

Der Großvater redete während dieser Ausflüge nicht viel, aber manches davon, was er sagte, behielt der kleine Quido ziemlich genau im Gedächtnis.

»Alles ist wichtig«, belehrte er eines Abends seine Mutter aus der Badewanne. »Aber nichts ist bedingungslos wichtig.«

»Wer hat dir das gesagt?« fragte die Mutter lächelnd.

»Großvater Jiří«, sagte Quido, und als er den Kopf zu seinem schwimmenden rotweißen Dampfer neigte, bildeten sich an seinem Hals dreifache Kinnfalten.

22

Durch derartige Beweise ermutigt, glaubte Quidos Mutter, wie verständlicherweise die meisten Mütter, daß unter den Fettpölsterchen ihres Sohnes ein außergewöhnliches Talent verborgen sei, das sich früher oder später offenbaren würde. Vor dem zweijährigen Quido deklamierte sie deshalb schon laut ihre besten Theaterrollen, und zwar nicht nur die Kinderrollen und bei weitem nicht nur diejenigen, die sie wirklich gespielt hatte:

»Mein armer Vater ist nun tot. Rodrigos Schwert
hat sich, da es ihn schlug, zum ersten Mal bewährt.
Weint, meine Augen, weint! Hin sank mein halbes Leben!
Die andre Hälfte war's, die ihm den Tod gegeben.
Und nun verlangt die Pflicht, ich müßte Rache üben
Für die, die ich verlor, an der, die mir geblieben.«

rezitierte sie zum Beispiel oft vor Quido. Sie nahm natürlich nicht an, daß ihm Corneilles Verse irgendwie verständlich wären, aber sie hoffte, daß Quido dadurch wenigstens ein bißchen anders werden würde als all die Kinder, die mit den Geschichten der Ameise Ferda Mravenec und einer tschechischen Märchensammlung groß wurden.

»Schließlich ist es ihr tatsächlich gelungen«, erzählte Quido Jahre später. »Mein Psychiater und ich haben ihr das nie verziehen.«

Die ersten Ergebnisse von Mutters Erziehung mit der Kunst waren aber so wenig überzeugend, daß sie sogar in Erwägung zog, ob das Kind nicht doch nach dem Vater gerate, und sie konfrontierte Quido lieber noch zusätzlich mit »Anregungen technischer Art«, was ihn in der Folge um ein Haar das Leben gekostet hätte. Sie schenkte ihm nämlich unter anderem ein altes, kaputtes

23

Radio, das ihren eigenen Worten nach zum »Indikator für Quidos Sinn für Elektronik« werden sollte. Quido schloß das Radio eines trüben Sonntagnachmittags heimlich ans Netz an, riß die Rückwand ab und faßte hinein, um sich dort die eindeutig stärkste Anregung für seine gesamte Ontogenese zu holen. Der Anblick der weit aufgerissenen, glasigen Augen des vorübergehend mit Atemstillstand auf dem Perserteppich unter dem Tisch liegenden Quido war für seine Mutter so unerträglich, daß sie sich danach monatelang mit den absolut klassischen und – wie sie es vorher ausgedrückt hatte – intellektuell absolut sterilen Buntstiften und Knetmasse zufriedengab. Quido nahm jedoch insbesondere die Buntstifte dankbar auf. Zu seinen gelungensten Bildern gehörte die Szene »Fallschirmspringer im Regen«.

»Seht mal, wie schön er die Pilze in den Tannennadeln gemalt hat!« rief Quidos Mutter begeistert, wobei sie unbeabsichtigt die Situation bei vielen seiner späteren Verhandlungen mit Verlagslektoren vorwegnahm.

Eine Begabung hatte der kleine Quido aber zweifellos – die des Lesens. Ohne, daß sich vorher jemand im geringsten in dieser Richtung um ihn gekümmert hätte (denn alle betrachteten es als verfrüht), beherrschte er mit vier Jahren das gesamte Alphabet. Dieses Talent offenbarte sich Anfang September des Jahres neunzehnhundertsechsundsechzig während einer der ersten Proben zu Pavel Kohouts Theaterstück »August, August, August«. Bereits zuvor hatte Quido zwar schon zweimal zu Hause geglänzt, als er einige kurze Überschriften aus der Zeitschrift ›Flamme‹ und der ›Literatur-Zeitung‹ vorgelesen hatte, doch beide Leistungen waren in den Wirren von Mutters Vorbereitungen auf das Rigorosum untergegangen. Auch an jenem denkwürdigen Vormittag widmete sich Quidos Mutter hinter den Kulissen mehr den dicken

Skripten über Wirtschaftsrecht als den wenigen einfachen Sätzen ihrer Rolle. Ihr Sohn kletterte indessen über die roten Plüschsitze des dunklen Zuschauerraumes, befingerte die vergoldeten Verzierungen der Logen, und da sich die Probe wegen ständiger Unterbrechungen schon gut zwei Stunden hinzog, langweilte er sich mächtig. Schließlich erbarmte sich Frau Bažantová seiner, die Garderobiere, und brachte ihm aus einem der Büros einen großen Stapel älterer Theaterprogramme. Quido bedankte sich höflich flüsternd und trat näher an die Bühne heran, um die Buchstaben besser sehen zu können. Gerade, als er sich hingesetzt hatte, den Schoß voller bunter Programmhefte, drehte sich Regisseur Dudek um und lächelte ihm kurz zu. Quido deutete das als Aufforderung. »Eine seltsame Geschichte oder wie man es schafft, seine Tochter nicht zu verheiraten«, las er halblaut aus dem grünen Programmheft vor, das zuoberst lag.

»Psst!« ermahnte ihn der Regisseur sofort.

Pavel Kohout, der die Probe zu Quidos Linken verfolgte, schaute den Jungen mißtrauisch an.

»Pavel, hör mal«, flüsterte Quido und befeuchtete souverän seinen Zeigefinger, um die Seiten leichter umblättern zu können:

»Oh, Mutter der Motten, Mutter der Menschen, Mutter von allem, gib den Motten die Kraft zur Rückkehr in die Welt voller Qualen«, las er fließend vor.

»Um Gottes willen!« stieß Pavel Kohout aus, »das Kind liest womöglich!«

Die Probe mußte für einen Augenblick unterbrochen werden. Vlastimil Brodský und Vladimír Šmeral betrachteten interessiert das übergewichtige Kind.

»Verzeihung«, sagte Quidos Mutter, die – rot im Gesicht – schnell herbeigeeilt war, um ihren Sohn wegzubringen. »Entschuldigung, Pavel.«

»Warte«, sagte Kohout. »Laß ihn zu Ende lesen.«
Er zeigte mit dem Finger auf die nächste Zeile im Text.
»... weil sie so zart sind, und weil so viele von ihnen ge-
braucht werden in einer Welt, die vor riesigen Ungeheu-
ern starrt«, las Quido zu Ende.
»Bravo!« rief Vladimír Šmeral anerkennend. Einige
Schauspieler klatschten Beifall. Es gab keinen Zweifel:
Quido konnte lesen.

4.   Das Zimmer von Quidos Eltern. Abend. Quido
schläft.

VATER (legt die Straßenverkehrsordnung zur Seite):
Hauptsache, daß es im Januar kein Glatteis gibt. Das
wäre mein Tod.

MUTTER (bügelt): Ich kann immer noch nicht verstehen, wie du dich bei der Tankstellenauffahrt dreimal um
die eigene Achse hast drehen können.

VATER: Der Fahrlehrer hat mich wahnsinnig nervös
gemacht. Er hat was gegen mich. Noch auf dem Hof der
Fahrschule hat er mich angeschrien, daß ich die Prüfung
nicht bestehen werde – wahrscheinlich wegen der Tasche
mit Fleisch, die ich ihm in den Kofferraum legen sollte ...

MUTTER (stutzt): Und wo hast du sie hingetan?

VATER: In den Motorraum. Ich war furchtbar aufgeregt.

Mutter (lacht): Und wann hat man das entdeckt?

VATER: In der Černokostelecká-Straße. Der Polizist auf
dem Rücksitz behauptete, es würde nach angebranntem
Schaschlik riechen.

MUTTER: Das hast du mir noch gar nicht erzählt!

VATER: Ich hab's vergessen. Weißt du, ich ertrage einfach die Vorstellung nicht, daß mich beim Vorbeifahren
an einem entgegenkommenden Auto nur eine winzige
Handbewegung vom sicheren Tod trennt. Das ist das

ganze Problem. Ein paar Zentimeter – und Schluß. Bestenfalls die Intensivstation. Stell dir vor, daß man da nicht mal Besuch haben darf.

MUTTER: Du darfst dir das nicht so zu Herzen nehmen. Du mußt einfach mehr Vertrauen zu dir haben.

VATER: Ich vertraue mir in Einbahnstraßen. Ich liebe Einbahnstraßen. Mein Fahrstil ändert sich da immer total.

MUTTER: Wie an der Tankstelle! Oder damals auf der Autobahn!

VATER: Autobahn ist was anderes. Ich fahre nie wieder Autobahn! Ich bin doch kein Astronaut!

MUTTER: Warum machst du dann überhaupt den Führerschein?

VATER: Weil du es wolltest.

»Der moderne Mensch«, sagte Quido zum Lektor, »kommt um das Auto nicht drumrum. Das Fleisch erinnert mich übrigens an etwas.«

5. »Großmutter«, sagte Großvater Jiří manchmal beim Mittagessen, »ist zweifellos eine erfahrene und ausgezeichnete Köchin. – Schade nur, daß sie ihr hervorragendes Talent in neun von zehn Fällen für fleischlose Gerichte einsetzt.«

Er hatte recht: Sechs Mittagessen in der Woche bestanden aus Kartoffelnocken, überbackenen Palatschinken, Nudeln mit Quark, Kartoffelpuffern, gebackenen Kartoffeln mit Ei und Semmelauflauf.

»Ich kann wirklich kein Fleisch kaufen, solange mir Großvater so wenig Haushaltsgeld gibt«, verteidigte sich Großmutter Líba, den Tränen nahe, während sie verzweifelt die vereinsamten Semmelknödel auf dem Teller

27

mit einer vorzüglichen Dillsoße übergoß. »Mit so wenig Geld komme ich einfach nicht aus. Ich komme einfach nicht aus.«

Alle Familienmitglieder wußten natürlich längst, daß Großmutter mit dem Geld nicht nur gut auskam, sondern ihr sogar noch so viel übrigblieb, daß sie mit Zita und den anderen Freundinnen ihre alljährliche Auslandsreise unternehmen konnte.

»Dieses Jahr wollen wir mit den Mädels nach Jalta fahren«, verkündete sie im Frühjahr neunzehnhundertsiebenundsechzig der Familie, und ihre Wangen wurden von einer bezaubernden mädchenhaften Röte überzogen. »Hab' ich euch das schon erzählt?«

(»Nach Jalta?!« schrie Großvater Josef, als er davon erfuhr. »Nach Jalta?! Sie will sich seelenruhig ausgerechnet dort erholen, wo man uns für immer an die Bolschewiken verkauft hat?!«)

»Ich glaube nicht«, sagte Großvater Jiří im Gegensatz dazu sehr höflich und aß mit geradezu orientalischem Gleichmut den Rest seines Sellerierisottos.

Noch viele Jahre später, als Quido die vollangekleidete Jaruška nach einem dreistündigen Ehestreit mit eiskaltem Wasser abduschte, tauchte blitzartig die Erinnerung an diesen Ausdruck unvergleichlichen Unverständnisses vor ihm auf, der damals auf Großvaters Gesicht lag.

»Großmutter Líba war eine fanatische Touristin«, erzählte Quido. »Seit ihrer frühesten Kindheit verbrachte sie die Ferien in den besten französischen und englischen Familien. Später fuhr sie über Silvester in die Schweizer Alpen. Ihr gegenwärtiges Leben konnte sie nicht befriedigen. Sie betrachtete es lediglich als einen unverhältnismäßig langen Ferienaufenthalt an ein und demselben

28

Ort, während sie – wie sie oft betonte – thematischen Studienreisen den Vorzug gab. Großvater war zwar ein aufmerksamer, aber manchmal auch etwas schwieriger Begleiter.«

Aus Jalta schickte Großmutter – wie übrigens von allen Reisen – eine schwarzweiße Ansichtskarte mit eigenen Versen:

Am wunderschönen Jalta-Strand,
sitzen wir im warmen Sand,
wir plaudern, häkeln und baden,
erfüllt von Erinnerungsschwaden!

stand auf der Karte, und es folgte das übliche »In Liebe, Eure Líba!«

Quido, der an diesem Tag außerordentlich guter Laune war, weil der Großvater nach Großmutters Abreise den Kühlschrank mit geräucherter Zunge, Kalbsleber und Schweinekoteletts gefüllt hatte, versuchte, Witze zu machen:

»In Liebe, uns're Líba Not!« rief er ziemlich schlagfertig. Seinem Vater entschlüpfte ein kurzer Lacher, aber Großvater Jiří lachte nicht. Mutter holte aus und versetzte Quido eine Ohrfeige; es war einer dieser unglücklichen Schläge, die einige Sekunden zu spät kommen, um noch als impulsiv zu gelten.

Quido ließ die Mundwinkel sinken, aber er war entschlossen, seine Wahrheit zu verteidigen.

»In Liebe, uns're Líba Not!« wiederholte er trotzig und fing sich die zweite ein.

In doppelter Anstrengung biß er die Zähne zusammen: einerseits, um die Tränen zurückzuhalten, und andererseits, um sich einen noch gewagteren und treffenderen Spruch auszudenken.

Großvater, Vater und Mutter beobachteten gespannt, wie sein kleines, fettes Kinn in immer stärkere Vibrationen geriet.

»Alle liebt sie – Fleisch gibt's nie!« stieß Quido endlich trotzig hervor.

Mutter preßte die Lippen zusammen und holte zum dritten Mal aus, aber Großvater hielt ihren Arm fest.

»Der Mensch soll nicht unhöflich sein«, sagte er zu Quido. »Manchmal sogar auch dann nicht, wenn er recht hat. Versuchst du, dir das zu merken?«

Quido konnte gerade noch mit dem Kopf nicken, bevor das befreiende Weinen aus ihm hervorbrach.

»An diesem Tag«, erzählte er später, »habe ich zum ersten und beileibe nicht zum letzten Mal die fürchterlichen Folgen jenes Falles kennengelernt, wenn sich das unerbittliche Gesetz des Schaffens gegen die Familie des Künstlers selbst wendet.«

Der erste, der Quido prophetisch mit der Wortkunst in Verbindung brachte, war übrigens sein Vater. (Er meinte das allerdings eher ironisch, da auch ihm – obwohl er es nicht laut zugegeben hätte – all die jungen Dichter, Dramatiker und Liedtexter, die nicht aufhörten, seine Frau zu besuchen, immer mehr auf die Nerven gingen.)

»Meinst du, er hätte sich für die Tiere interessiert?« beschwerte sich Großmutter Věra nach der Frühjahrspremiere im Zoo über Quido. »Überhaupt nicht! Er hat die ganze Zeit nur in dem Buch über sie gelesen, das Großvater ihm am Eingang gekauft hatte!«

»Na ja«, sagte Quidos Vater. »Er ist jetzt eben ganz wild aufs Lesen.«

»Und da gehen wir extra los, um die Fütterung zu sehen!« betonte die Großmutter.

Sie übertrieb keineswegs: Während vor ihnen lebendige, echte Tiere sprangen, krochen und flogen, so nah, daß sie

30

ihren Geruch wahrnehmen und jedes Haar, jede glänzende Schuppe und jedes bunte Federchen sehen konnten, hatte Quido die besagte Publikation ans Käfiggeländer gelehnt und las den Text unter den qualitativ nicht besonders anspruchsvollen Fotos. Die Großmutter wußte sich keinen Rat. Quidos Verhalten hatte sie so sehr verblüfft, daß sie diesmal, im Gegensatz zum letzten Besuch, trotz ihrer Erziehungsgrundsätze sogar bereit gewesen wäre, ihm die sich paarenden Affen zu zeigen, aber diese schliefen gerade.

»Was ist das bloß für ein Kind?« fragte Großmutter jetzt Quidos Vater. »Sag mir nur, was aus ihm werden soll!«

Quidos Vater rief sich für einen Moment seinen Sohn vor sein geistiges Auge, wie er an Orten, an denen gelb-schwarze Giraffen die höchsten Baumwipfel abnagten, Löwen dreißig Kilo schwere Stücke von blutigem Rind rissen und Adler mit ihren Flügeln einen größeren Schatten bildeten als ihn alle Sonnenschirme im benachbarten Gartenrestaurant zusammen zu spenden vermochten, ein Buch über Tiere las.

»Wahrscheinlich Schriftsteller«, sagte er amüsiert.

»Weißt du, wo er das einzige Mal nicht gelesen hat?« fügte Großmutter nachdenklich hinzu. »Als wir bei den Hunden standen.«

6. Am Abend vor Heiligabend des Jahres siebenundsechzig bereitete Großmutter Líba zusammen mit Quidos Mutter Kartoffelsalat zu. Quidos Vater saß am Küchentisch und las halblaut einen englischen Text auf der letzten Seite der ›Flamme‹:

»We would like to call our reader's attention to the following contributions in the December edition of ›Flamme‹«, las Vater.

»Ich denke darüber nach«, sagte Quidos Mutter, »ob es ganz normal ist, wenn ein tschechischer Leser in tschechischen Zeitschriften *nur* das englische Resümee liest.«

»Das ist nicht normal«, sagte Großmutter Líba.

»Warum nicht?« fragte Quidos Vater. »Ich liebe kurze Zusammenfassungen. Es ist alles drin. Wie, meinst du, wäre es mir denn sonst gelungen, das Studium zu schaffen?«

»Wann schmücken wir endlich den Baum?« wollte Quido wissen. »Immer verschiebt ihr das. Habt ihr eine Ahnung, wie deprimierend das ist?«

»Erst, wenn es Papa gelungen ist, den Baum in den Fuß zu stellen«, informierte ihn die Mutter.

»Also, Papi!« drängte der Junge und versuchte, dem Vater die Zeitschrift wegzunehmen.

»Erst, wenn du mir etwas vorgelesen hast!«

»Warte«, Mutter erinnerte sich an etwas. Sie trocknete sich die Hände ab und blätterte in der Zeitschrift, bis sie zu einer Seite mit einem angestrichenen Text kam: »Lies uns das da vor.«

»So viel?« fragte Quido scheinbar enttäuscht, in Wirklichkeit aber froh, seine Lesefertigkeit wieder einmal an einem einigermaßen zusammenhängenden Text demonstrieren zu können.

»Eines der geistigen Merkmale des Stalinismus war die Einengung des Schaffensflusses in autoritär regulierte und de jure unüberwindbare Bahnen der einzig ›richtigen‹ und ›fortschrittlichen‹ Methode, für die sich die Formel sozialistischer Realismus eingebürgert hat«, wuchs Quido über sich hinaus. »Die ästhetischen Normen und Grundsätze dieser Konzeption sind im wesentlichen von der realistischen Prosa des neunzehnten Jahrhunderts abgeleitet worden, der es angeblich durch ihre objektive Schilderung gelungen ist, die *gesamte* Lebensrealität abzubilden, besonders das, was für das marxistische Verständnis die wichtigste Funktion der Kunst war, die Bewegung und die Konflikte der Klassengesellschaft.«

»Ausgezeichnet, Quido«, lobte die Mutter. »Das ist ein Verriß, was?« wandte sie sich an Vater.

Dieser beobachtete jedoch schon eine geraume Zeit aufmerksam die Kochtätigkeit seiner Schwiegermutter:

»Sollte man da nicht Wurst reintun?« fragte er.

»In den Kartoffelsalat!?« Großmutter Líba war entsetzt.

»Dich interessiert das offensichtlich überhaupt nicht«, sagte Quidos Mutter. »Dich macht eher die Wurst im Salat an.«

»Die Wurst im Salat macht mich nicht an«, sagte Quidos Vater. »Es interessierte mich lediglich die Frage nach der Möglichkeit ihrer *Abwesenheit*.«

»Wurst im Kartoffelsalat!« Großmutter Líba schüttelte den Kopf. »Was für eine Idee!«

»Schmücken wir jetzt endlich den Baum?« rief Quido.

»Komm«, sagte der Vater. Quido hob den Ständer hoch, und der Vater verglich den Stammdurchmesser mit der Öffnung darin. Dann verlangte er nach einem Messer und begann sorgfältig, fast zärtlich, das entsprechende Stück Rinde abzuziehen.

»Was für ein Duft«, sagte er. »Ich liebe Holz.«

»Mehr als kurze Zusammenfassungen?« fragte Mutter.

»Mehr.«

»Aber weniger als Einbahnstraßen?«

»Klar, weniger«, Vater lachte. »Aber auch weniger als dich.«

Im Schloß raschelte der Schlüssel.

»Großvater«, rief Quido.

»Guten Abend miteinander«, sagte Großvater Jiří, als sie in den Flur kamen, um ihn zu begrüßen. Sein Hut und sein Mantel waren voll von nassem Schnee. »František hat mich aufgehalten, er hat mich mit zum Abendessen geschleppt.«

»Ich habe am Nachmittag Frikadellen vorbereitet!« sagte Großmutter Líba vorwurfsvoll.

»*Wirsingfrikadellen*«, stellte Mutter klar.

»Ich wasche mir nur die Hände«, sagte Großvater, »und esse sie gerne mit euch.«

»Eine«, sagte Quidos Mutter fröhlich.

»Und was hat er gesagt?« fragte Quidos Vater interessiert, als Großvater Jiří aus dem Badezimmer zurückkam.

»František? Daß die Leute an uns glauben, zum Beispiel«, antwortete Großvater mit einem etwas rätselhaften Lächeln.

»Meinst du die Leute hier in der Vikárka-Straße?« zog Quido ihn auf.

»Nein«, sagte er, »ich meine die Leute hier in der Republik. Angeblich haben wir eine historische Chance in der Hand.«

»Ich glaube ihm«, sagte Quidos Mutter. »Und ich mag ihn. Ich glaube euch allen, wirklich. Ihr, die ich gern habe, sollt jetzt regieren und unseren Staat heilen!«

»Was hast du ihm darauf geantwortet?« fragte Quidos Vater.

»Was kann man schon auf politische Prognosen antworten?« sagte Großvater zweifelnd. »Nichts. Nur, daß ich Jurist bin und persönlich keine Chance in *meiner* Hand halte und deshalb niemandem etwas verspreche, daß ich aber natürlich auch sehr froh wäre, wenn es gelingen würde und deshalb mein Möglichstes zu tun gedenke.«

»Das hast du gut gesagt«, sagte Großmutter Líba. »Über Visa hat er nichts gesagt?«

»Nein«, sagte Großvater etwas überrascht. »Mit Visa hat er nichts zu tun.«

»Sag mal, bitte«, erinnerte sich Großmutter plötzlich. »Gehört in *Kartoffelsalat* Wurst?«

»Also«, sagte Großvater gedehnt und überflog mit dem Blick schnell die Arbeitsfläche der Küchenzeile, »das hängt vom Naturell des Kochs ab.«

»Niemals«, sagte Großmutter Líba.

»Bei uns in der Akademie«, sagte Vater schnell, »tut sich auch schon was: Wißt ihr, was sich Šik an seine Tür schreiben ließ? VERKAUF VON ABLÄSSEN FÜR ÖKONOMISCHE IRRTÜMER! Zvára hat es mir gestern gezeigt.«

»Verdammt noch mal!« rief Quido. »Schmücken wir jetzt endlich den Baum?!«

7.   Als Quidos Großvater Josef am einundzwanzigsten August des Jahres neunzehnhundertachtundsechzig um halb fünf Uhr morgens in der Küche aufstand, um sich auf den Weg zur Arbeit zu machen, hörte er ein merkwürdiges, unbekanntes Dröhnen, das irgendwo vom dunklen Himmel durchs Fenster in die Wohnung kam. Er stellte leise die Kanne auf den Gasherd, seine Rücksicht war jedoch überflüssig, da die Großmutter wegen des Lärms schon eine geraume Zeit nicht mehr schlafen konnte.

»Was ist das?« fragte sie vorwurfsvoll aus dem Zimmer.

»Was weiß ich?« entgegnete Großvater unwirsch. »Die Müllmänner wohl kaum.«

Plötzlich stutzte er, weil ihm bewußt wurde, daß er bisher keinen der Wellensittiche gesehen hatte. Er schaute ins Zimmer, machte das Licht an und wieder aus, ging in die Küche zurück, guckte auf den Schrank und auf die Gardinenstange, schob den Vorhang etwas zur Seite, aber sie waren nirgends zu finden.

»Wo sind meine Wellensittiche?« rief er und schaute auf das offene Fenster. »Sie sind nicht da.«

»Bist du blind?« rief Großmutter. »Wo sollen sie denn schon sein?«

»Was weiß ich!« schrie Großvater aufgebracht, während er nochmals um sich sah. »Dann komm und hilf mir suchen, wenn du so schlau bist!«

Er hatte leider recht: Die Vögel waren weg. Quido wachte kurz vor acht auf. Überrascht blinzelte er den Großvater an, der schon längst im Bergwerk hätte sein sollen und statt dessen im Pyjama am Tisch saß und Radio hörte.

»Die Undulinchen sind uns weggeflogen«, sagte Großmutter traurig. »Irgend etwas hat sie wohl erschreckt.«

Quido hob seinen Blick zur Decke und beugte sich dann im Bett vor, um in den Käfig zu sehen. Er war leer.

»Wieso?« fragte er.

Er empfand vorerst aber kein Bedauern. Es tat ihm zwar leid, daß er nun nicht mehr würde sehen können, wie die Wellensittiche über den Vorhang kletterten oder sich in Großmutters Haar niederließen, gleichzeitig war er aber froh, daß beim Essen niemand mehr auf seinem Tellerrand sitzen und die Krällchen in den Kartoffelbrei stecken würde.

»Wieso?!« rief Großvater. »Wieso?! Weil Genosse Breschnew uns den Krieg erklärt hat!«

»Laß das, hörst du!!« kreischte Großmutter plötzlich so schrill, wie es Quido noch nie gehört hatte. »Laß das!! ... Das ist kein Krieg, verstehst du?!«

Sie warf Großvater einen vernichtenden Blick zu und setzte sich an Quidos Bett.

»Großvater spinnt«, sagte sie und küßte ihn auf die Wange. Er roch den angenehmen Duft ihrer Mandelcreme. »Man dreht hier einen Kriegsfilm, und Opa denkt gleich, es ist Krieg!«

Quido stand auf und trat neugierig ans Fenster, sah aber weder Kameras noch Soldaten. Großmutter streute etwas Vogelfutter auf die Fensterbank.

36

»Geh frühstücken«, sagte sie zu ihrem Enkel. »Der Hefekuchen steht auf dem Kühlschrank.«

Sie säuberte den Käfig, wechselte das Wasser im Schälchen und setzte sich dann in der Küche aufs Sofa und schaute auf das leere Fenster. Quido schämte sich innerlich beim Anblick von Großmutters Trauer und bemühte sich, ebenfalls Sehnsucht nach den Wellensittichen zu verspüren: Er konzentrierte sich, und während des gesamten Frühstücks dachte er so intensiv an ihre herrliche blaue Farbe, ihre samtigen Federchen und ihre kugelrunden Äuglein, daß er in Tränen ausbrach.

»Weine nicht«, sagte Großmutter gerührt. »Wirst mit Opa Suchanzeigen ankleben.«

Großvater riß sich die Zigarette aus dem Mund: »Was denn für Anzeigen?!«

»Na, was denn wohl«, entgegnete die Großmutter unwirsch. »Daß sie uns entflogen sind!«

»Jetzt?!« schrie Großvater. »Ausgerechnet jetzt werde ich mich um Wellensittiche kümmern!«

»Wann denn sonst? Kann ich was dafür, daß sie jetzt weggeflogen sind?«

»Ich kann sie kleben«, sagte Quido. »Wenn ich darf ...«

Zuerst beklebten sie einige Laternenpfähle direkt in der Straße und dann auf dem Platz. Jeweils einen Zettel klebten sie an die Telefonzelle, den Zeitungskiosk und die Straßenbahnhaltestelle.

»Was kümmern euch jetzt, um Gottes willen, Wellensittiche?« schrie ihnen ein Mann nach, der ihre Anzeige gelesen hatte. »Was seid ihr nur für Patrioten!«

Großvater winkte mit der Hand ab, ohne sich umzudrehen, und murmelte leise einen unverständlichen Fluch. Quido verstand den Vorwurf des Mannes nicht, hatte aber keine Zeit, darüber nachzudenken, weil er mit den

37

Augen sorgfältig den Himmel, die Bäume und die Häusersimse absuchte. Von den Wellensittichen keine Spur. Sie überquerten den Botič, gingen unter dem Viadukt durch und stiegen die Nusler Treppe hinauf.

»Kleben wir hier auch?« wollte Quido wissen.

»Klar«, sagte Großvater und steckte sich eine Zigarette an. Sie klebten die restlichen Zettel an und setzten sich im Park des Tyl-Platzes einen Augenblick auf die Bank. Es waren viele Leute unterwegs, und das nicht nur auf den Gehwegen, sondern auch auf den Straßen, manche liefen sogar zwischen den Straßenbahnschienen herum.

»Guck mal!« rief Quido plötzlich. Aus der Richtung des Karlsplatzes kamen zwei braungrüne Truppentransporter. Im Vergleich zu den geparkten Autos kamen sie ihm beängstigend groß vor. Großvater blieb wie angewurzelt sitzen, doch Quido, der Theater- und Filmschauspieler schon immer für gute Freunde gehalten hatte, sprang auf und winkte ihnen fröhlich zu.

»Ich war eben einer der acht oder neun Menschen in Prag, die den Besatzern zulächelten«, erzählte Quido dem Lektor.

»Schade ums Papier«, sagte der Lektor kopfschüttelnd. »Rettet die Wälder!«

Großvater zog Quido zur Seite und verbot ihm ohne nähere Erklärung, den Filmleuten zuzuwinken. Quido gehorchte, wollte aber sehr gerne weitersuchen. Großvater lehnte seinen Vorschlag jedoch entschieden ab und behauptete, er müsse sich zuerst im Valdek diesen widerlichen Beigeschmack des Klebstoffs von der Zunge spülen – und wie gesagt, so getan.

»Was sagst du denn dazu, du starkes Bürschchen«, wandte sich eine ältere, hellhaarige Frau an Quido, der gerade mit einer Mischung aus Abscheu und Faszination beobachtete, wie Großvaters Zähne vom Flüssigkeits-spiegel im Bierkrug optisch vergrößert wurden.

»Ich weiß nicht«, sagte er. »Ich habe es nicht gesehen.«

»Na ja«, sagte die Frau. »Wir schon, nicht wahr, Pepík?! Im März neununddreißig!«

»Und ob«, sagte Großvater Josef. »Alle sollte man sie hängen. An ihren russischen Berjosas!«

»Meine Rede«, sagte die Frau.

Als sie etwa anderthalb Stunden später wieder auf die Straße traten, fiel Quido auf, daß Großvaters Gang merk-würdig unsicher war. Er wußte schon, was das bedeutete, bemühte sich aber, höflich so zu tun, als merke er nichts, und fing an, ihm von den komischen Problemen bei der Umbenennung des TJ Dynamo Prag in die heutige Slavia zu erzählen, wie er es früher im Theaterklub Pavel Ko-hout erzählen gehört hatte.

»Von diesem Jugendverbandsknaben«, sagte Großvater mit unbeschreiblicher Verachtung, »erzähl mir lieber nichts.«

Zu Quidos großer Verwunderung erwartete sie in der Wohnung in der Sezimová-Straße außer Großmutter Věra bereits die gesamte Familie. Es war schier un-glaublich, wie es alle geschafft hatten, in diesem engen Raum Platz zu finden, sogar Sitzplätze, und sei es auch nur auf einem Korb mit schmutziger Wäsche, wie im Falle von Quidos Vater. Großvater Jiří und Quidos Mutter rauchten, und das Zimmer war voll von grau-blauem Qualm.

»Da sind sie endlich!« rief Großmutter Líba, die als erste die Stimme ihres Enkels im Hausflur gehört hatte, und sie lief zur Tür, um zu öffnen. »Wo seid ihr denn nur gewesen?« fuhr sie den Großvater gleich an der Tür an.

»In der Kneipe«, sagte Quidos Mutter mit der Stimme der Kellnerin Hettie. »Wenn ich mich nicht irre.«

39

»Um Gottes willen, Vater«, sagte Quidos Vater verzwei-felt. Seit drei Stunden zittern wir hier vor Angst!«

»Wo?!« rief Großvater Josef und streckte sein Kinn in Richtung Großmutter Líba. »Wo?! Angesehen haben wir sie uns, eure Freundchen aus Jalta!«

»Laß das, hörst du!« kreischte Großmutter Věra.

»Also erlaube mal«, wehrte sich Großmutter Líba.

»Wenn ich gesagt habe, daß das nette und kontaktfreu-dige Menschen sind, heißt das noch lange nicht, daß ich mit allen und allem einverstanden wäre. Ganze Abende haben wir mit ihnen – da könnt ihr Zita fragen – mehr-stündige und sehr heftige Diskussionen geführt. Vor allem dieser Grigorij – ich glaube, ich habe euch schon von ihm erzählt – war in seinen Ansichten äußerst unnachgiebig. Stellt euch vor, er wetterte sogar gegen –«

»Gemüse?« fragte Quidos Mutter.

»Also«, hauchte Großmutter. »Das habe ich nicht ver-dient. Das ist nun der Dank dafür –«

Laßt Josef ausschlafen«, sagte Großvater Jiří. »Kommt, gehen wir alle nach Hause. Und ich wäre sehr froh«, fügte er mit Nachdruck hinzu, »wenn *alle* dort auch blei-ben würden.«

Irgendwo aus dem Stadtzentrum ertönten kurz Schüsse.

»Schrecklich!« rief Großmutter Líba. »Was sollen wir tun? Hast du František angerufen?«

»Trauern«, sagte Quidos Mutter. »Allgemeine Trauer ist jetzt unser Los. Hinter Gefängnismauern werden wir die vom Mond gesteuerte Ebbe und Flut der mächtigen Sek-ten überdauern.«

»František«, sagte Großvater Jiří etwas aufgebracht, »wird uns nicht helfen, und offenbar hilft uns jetzt nicht einmal mehr Shakespeare!«

»Aufhängen«, sagte Großvater Josef. »Das würde hel-fen!«

»Mama!« rief Quidos Vater. »Er soll sich endlich hinlegen! Wir gehen schon. Er soll sich in der Küche hinlegen.«

»Das ist auch Quidos Schuld!« rief Quidos Mutter. »Immerhin kennt er schon seit seinem dritten Lebensjahr die Uhr.«

»Sie ist eifersüchtig auf die Filmleute«, flüsterte Quido Großvater Jiří zu.

»Was?« schrie Quidos Mutter, die es gehört hatte.

»Du bist ja nur eifersüchtig auf die Filmleute!« quietschte Quido und versteckte sich hinter Großvaters Beinen vor der Mutter, die schon ausgeholt hatte.

»Großer Gott! Ich dachte immer, daß er ein Genie sei«, sagte Mutter ungläubig. »Heute sehe ich aber, daß er ein Idiot ist!«

»Laß das Kind in Ruhe!« donnerte Großvater Jiří. »Du benimmst dich wie eine Gans. Wieviel meinst du, kann er noch ertragen?«

»An eine Birke binden, biegen – und loslassen!« grölte Großvater Josef aus den Tiefen seiner finsteren Phantasie.

»Seht ihr das?!« schrie Großmutter Věra. »Seht ihr das?!«

»Das ist nicht so schlimm«, sagte Quidos Vater resigniert. »Schlimmer ist, daß wir es auch hören.«

»Entschuldigung«, sagte Mutter plötzlich. »Quido, verzeih. Verzeiht mir alle! Wirklich«, sie fing an zu weinen. »Es war einfach zu viel für mich.«

»Du mußt dich nicht entschuldigen«, sagte Großmutter Líba. »Ich habe es dir schon verziehen. Für irgendwelche persönlichen Streitereien ist jetzt sicher nicht der geeignete Augenblick. Es stehen uns nicht gerade leichte Zeiten bevor. Wir müssen alle die Zähne zusammenbeißen und sparen. Außerdem, wer weiß, wie es in Zukunft mit dem Reisen wird?«

41

»Meine Güte«, sagte Großvater Jiří, »kommt ihr jetzt oder nicht?«

»Wir kommen«, sagte Quidos Mutter wieder ruhig. »Aber wohin?«

II.
Aus Quidos Tagebuch

20. September 1968

Wir ziehen um in irgendein Sázava! Niemand konnte mir vernünftig erklären, warum. Sie haben mir nur gesagt, daß ich den Anfang des Schuljahres verpaßt hätte und in Sázava noch ein weiteres Jahr in den Kindergarten gehen muß. Lauter Hiobsbotschaften! Außerdem weiß keiner genau, wo dieses Sázava liegt. Auf der Karte der ČSSR haben wir es nicht gefunden. Vater hat gesagt, daß er morgen eine größere mitbringt. Ständig singt er ›Katjuscha‹. Mutter schweigt.

21. September 1968

Es ist nicht einmal auf der größeren. Vater sagte, er werde eine noch größere besorgen. Mutter hat hysterisch gelacht und ihm empfohlen, sich eine von den Soldaten auszuleihen. Wenn sie überhaupt noch eine haben, fügte sie hinzu. Ich habe Vater gefragt, warum ich denn alle emotionalen Bindungen, die ich Prag gegenüber aufgebaut habe, mit einem Schlag zerreißen solle. »Weil ich nicht warten will, bis man mich bei der Arbeit rausschmeißt«, hat er geantwortet. Er wolle lieber selber gehen. Wenn ich Fürst Bruncvík an der Karlsbrücke wirklich so sehr lieben würde, würde er es mir ermöglichen, ihn an den Wochenenden zu besuchen. Es kam mir vor, als machte er sich über mich lustig.

22. September 1968

Vater und Mutter werden in den Glaswerken von Sázava arbeiten, wo, wie es heißt, das weltberühmte feuerfeste Glas für

43

Haushalt und Labor hergestellt wird. Wir werden angeblich in einer werkseigenen Villa mit einer großen, verglasten Terrasse wohnen und nach der Arbeit im Fluß baden können, der direkt unter den Fenstern rauscht, hat Vater gesagt. Morgen fahren wir gucken. Mutter hat zweifelnd dreingeschaut und Vater »František Hrubín« genannt. Sie hat mir erklärt, daß das damals keine Dreharbeiten gewesen seien, sondern eine ganz normale Okkupation. Großmutter hat gesagt, daß es keine Okkupation gewesen sei, sondern ein Pogrom gegen Touristen.

23. September 1968

Heute waren wir zum ersten Mal in Sázava. Das Kloster geht ja noch, aber als ich die Umgebung gesehen habe, ist mir klar gewesen, daß die Mönche damals wahrscheinlich freiwillig gegangen sind. Vater und ich haben uns die Villa angeschaut. Mir gefällt, daß im Putz bunte Glasstücke eingesetzt sind. Mutter blieb im Auto sitzen. Ich sagte ihr, daß die Villa DRÁ-BOVKA heiße. Sie antwortete, daß das ein hübscher Name sei. Dann begann es zu regnen. Als ich mir im Geschäft Limonade kaufte, war ich überrascht, daß die Schokolade in den Regalen gleich neben der Seife lag und so weiter. Vater hat mir erklärt, daß dies ein Gemischtwarenladen sei, eine praktische Idee, die ihrer Zeit in mancher Hinsicht voraus sei, wenn er auch zugab, daß die Möbelpolitur in der Tiefkühltruhe wohl ein Irrtum wäre. Es regnete immer mehr, und so liefen wir zum nächsten Gasthaus, um Schutz vor dem Regen zu finden. Wir sind fast eine halbe Stunde gelaufen. Mutter schrie, daß ein Autofahrer, der Angst habe, bei Regen zu fahren, einen Psychiater brauche. Im Gasthaus waren viele Ausflügler. In ihren Schuhen steckten Suppenlöffel, was mir ausgesprochen unhygienisch vorkam. Vater und Mutter stritten, ob das Plakat ANKAUF VON FELLEN modernistisch oder funktionalistisch sei. Als wir mit den Würstchen fertig waren, hatte es aufgehört zu regnen. Ich wollte gehen, aber Vater bestand dar-

auf zu warten, bis die Straße trocken sei. Mutter bestellte sich Rum. Eine Weile hat sie dann mit den Ausflüglern gesungen, aber beim vierten Lied brach sie in Tränen aus. Als ich sie darauf ansprach, sagte sie, daß sie der wehmütige Refrain »SO TRITT GEGEN DIE KISTE« so traurig mache. Wieder in Prag, hielt uns Vater eine Stunde lang gewaltsam im Park fest, damit Mutter nicht verweint aussah. Dem Großvater sagte sie dann, daß Sázava eine feuchte Gegend voller bodenständiger, netter Menschen sei, daß sie persönlich es aber nichtsdestotrotz von nun an für das tschechische Sibirien halte.

29. September 1968

Heute nachmittag sind wir umgezogen. An den Fenstern der Villa Drábovka standen viele fremde Leute. Mutter sagte, daß die beiden Umzugsmänner anscheinend besoffen seien, wenn sie ihr Bett auf die verglaste Terrasse trügen. Vater sagte, daß ihr Unmut völlig unberechtigt sei, weil diese Terrasse tatsächlich unser vorübergehendes Domizil würde. Mutter hat sich daraufhin auf dem Gehweg vor der Villa in einen Korbsessel gesetzt und etwa eine Stunde die Wellen im Fluß beobachtet. Dann nahm sie mich an die Hand und sagte zu Vater, wir würden nach Prag zurückfahren. Vater erwiderte, daß er sich immer gewünscht habe, auch ein Mädchen für schlechtes Wetter zu heiraten, daß er aber, wie sich nun herausstellte, offensichtlich die stolze Prinzessin geheiratet habe. Was soll zum Beispiel der Ingenieur Zvára sagen, fragte Vater, der mit seiner Verlobten schon die dritte Woche illegal im Transformatorhäuschen wohnt? Als es dunkel wurde, hat Mutter mir gesagt, daß ihr das Leben mit Vater immer mehr wie eine Walpurgisnacht vorkäme.

30. September 1968

Die Terrasse ist von drei Seiten verglast. Mutter schämte sich gestern, ihren Schlafanzug anzuziehen. Sie hat behauptet, daß

45

sie hunderte von Augen durch das Glas beobachteten. Sie tat mir ein bißchen leid. Ich bin zu ihr unter die Bettdecke gekrochen und habe mich an ihren Mantel geschmiegt. Vater las Bücher über Glas.

1. Oktober 1968

Der Oktober hat begonnen. Ich habe Vater gefragt, was er wohl tun wird, wenn uns der eisige Nordwind drei, vier Schneezungen hereinbläst – er hat geantwortet, daß er sie mit dem Staubsauger wegsaugen werde. Manchmal frage ich mich, ob er überhaupt dazu in der Lage ist, Mutter und mir eine Stütze zu sein. Entweder liest er über Glas oder er schnitzt Paradestöcke. Eine gewöhnliche Flöte, um die ich ihn schon einige Male höflich gebeten habe, übersteigt offensichtlich seine Kräfte. Übermorgen gehen beide zum ersten Mal zur Arbeit und ich in den Kindergarten. Die Metapher ist der Schlüssel zur Wirklichkeit. Ich lese ein Buch über die Schriftstellerei und helfe Mutter. Wenn sie sich umziehen will, muß ich ihr einen Bunker aus Matratzen bauen.

2. Oktober 1968

Heute waren Vater und ich am Fluß. Er hat gesagt, daß er Holz zum Schnitzen suchen müsse. Ich habe gefragt, was er ständig mit diesem Holz habe. Er antwortete mir, daß es ein Material mit ausgezeichneten psychohygienischen Eigenschaften sei, was in den Ostblockländern nicht hoch genug geschätzt werden könne. Am Abend hat er mir endlich die Flöte geschnitzt. Das hat ja gedauert!

3. Oktober 1968

Der Kindergarten spiegelt, mit Ausnahme der Lehrerin Frau Hájková und des Himbeerquarks, den tristen Zustand unserer Vorschulerziehung wider, und das habe ich auch gesagt. Die Lehrerin Konečná aus der Gruppe der Jüngeren kam herüber,

um mich in Augenschein zu nehmen und hat gesagt, daß ich ein
großer Gewinn für den Kindergarten sein werde. Ich sitze neben
Jaruška Macková. Sie ist ein recht hübsches Provinzmädchen,
obwohl sie voller naiver Vorurteile gegenüber metaphorischer
Ausdrucksweise und Korpulenz steckt. Mutter hat vier Taschen
voller Akten von der Arbeit mitgebracht. Zur Begrüßung habe
ich ihr die ›Träumerei‹ vorgeflötet, aber sie ist auf mich losge-
gangen und hat meine Flöte aus dem Fenster geworfen. Ich
schrie, daß ich hinterherspringen werde, aber Mutter bezwei-
felte, daß ich angesichts meiner Dickleibigkeit überhaupt auf
den Stuhl kommen würde, von dem aus ich dann auf das Fensterbrett klettern könnte. Die Entfremdung zwischen meiner
Mutter und mir wächst wie ein Fliegenpilz nach ausgiebigem
Regen. Ab morgen verzichte ich auf alle Süßigkeiten.

4. Oktober 1968
Gestern nacht gab es ein Gewitter. Ich bin zu Mutter ins Bett
gekrochen, aber Vater drängte sich zwischen uns. Wir haben
uns angesehen, wie der Himmel blau und weiß aufleuchtete
und wieder erlosch. Vater hat gesagt, das sei besser als ein Sieb-
zig-Millimeter-Film im Kino ›Alfa‹. Der Regen trommelte
auf das Dach wie eine Horde wildgewordener Dachdecker.
Vater hat Mutter gestreichelt, was ich mir gegenüber ausgesprochen taktlos fand.

5. Oktober 1968
Heute im Kindergarten habe ich zugunsten von Jaruška
Macková auf die Mehlspeise verzichtet. (Gestern gab es eine
Orange.) Während der Mittagsruhe zeigte sie mir dafür ihr
Geschlecht.

6. Oktober 1968
Die Macková wollte mein Geschlecht sehen! Ich habe ihr gesagt,
daß sie morgen wieder meine Mehlspeise bekommt. Mutter wird

*immer nervöser. Vater hat ihr am Abend vorgeschlagen, auszu-
gehen, aber eine Viertelstunde später waren sie wieder da, weil
sie in der Dunkelheit in den Abwasserkanal vor dem polnischen
Wohnheim gefallen waren. Sie haben einen Gestank wie unge-
waschene Stinktiere verbreitet. Und das habe ich ihnen auch
gesagt.*

14. November 1968
*Heute schreibe ich bei fürchterlichem Lärm, weil Vater und
Mutter Ingenieur Zvára und seine Verlobte angeschleppt
haben. Mein Bett haben sie mit einem meterhohen Wall aus
Kartons umstellt, die nach dem Umzug immer noch keiner
ausgepackt hat, und versucht, mir vorzugaukeln, daß dadurch
ein eigenes Kinderzimmer für mich entstanden sei. Dann sangen sie sowjetische Kriegslieder und tranken Wodka aus Kera-
mikisolatoren, die Ingenieur Zvára zu Hause im Transformatorhäuschen geklaut hatte.*

15. November 1968
*Heute habe ich Frau Hájková gebeten, meinen Mittagsschlaf
ausnahmsweise auf den Vormittag zu verlegen. Sie war einverstanden, wollte jedoch wissen, warum, so daß ich ihr kurz
geschildert habe, wie lange ich mir gestern nacht russische Weisen und Gassenhauer anhören mußte. Sie machte zwar ein mit-
leidvolles Gesicht, aber ich habe den Eindruck, daß sie mir erst
wirklich geglaubt hat, als ich ihr mein Unterhemd zeigte, mit
dem Vater in der Dunkelheit den verschütteten Alkohol wegge-
wischt hatte. Sie ließ mich sogar auf dem Sofa im Direktoren-
zimmer schlafen! Während ich selig geratzt habe, mußten meine
provinziellen Altersgenossen infantile Rollenspiele spielen!*

16. November 1968
*Weder Vater noch Mutter reden mit mir. Ich muß Punkt
19.00 Uhr ins Bett gehen wie irgendein unausgeschlafenes*

Huhn. Mit dem Schlag der Uhr beginnen die Eltern, provoka-
tiv zu flüstern. Was meine Mutter betrifft, ist das sowieso
überflüssig, da sie aus dem Theater gewohnt ist, ungeheuer
laut zu flüstern. Und das habe ich ihr auch gesagt.

17. November 1968
18. November 1968
Das gesamte Wochenende habe ich hinter den Kartons ver-
bracht. Es spricht immer noch keiner mit mir und ich auch
nicht mit ihnen. Ich lese Montaignes Essays. In vielen Fällen
bin ich hundertprozentig einer Meinung mit ihm. Als ich aber
las, daß »derjenige, der die Menschen das Sterben lehrt, sie
auch das Leben lehren würde«, ließ mich das Gefühl nicht los,
daß er wohl nicht mehr alle Tassen im Schrank hat.

19. November 1968
Mutter und Vater reden wieder mit mir. Mutter aber nur
wenig, weil sie sich durch das Theaterflüstern eine Stimm-
bandentzündung zugezogen hat. Als ich sie fragte, warum sie
so laut flüstere, wenn es ihre Stimmbänder so anstrengt, ant-
wortete sie, daß sie sich auf diese Weise – wie angeblich alle ehr-
lichen Schauspieler – mit den armen Studenten im dritten
Rang solidarisiere. Vater behauptet, daß er mein Hemd nur
aus Versehen benutzt habe – er sei halb blind gewesen, weil
Mutter ihm mit ihrer Zigarette das Auge angesengt habe. Ich
sagte, daß ich das morgen bei der Lehrerin Hájková in diesem
Sinne präzisieren werde. »Du präzisierst überhaupt nichts
mehr!« hat Mutter gekrächzt. Ihre Augen waren so hervorge-
quollen, daß ich mir gesagt habe, daß wir sie wohl bald nach
Prag in die Irrenanstalt bringen werden.

20. November 1968
Es ist mir gelungen, zwei große Stücke edles Ebenholz für
Vater aufzutreiben, das irgend jemand sträflicherweise auf die

Müllkippe am Weißen Stein geworfen hat. Als ich das Holz nach Hause geschleppt hatte, war immer noch niemand da. Sie kommen immer später von der Arbeit zurück. Ich habe ihnen gesagt, daß sie keinen Job annehmen sollten, der sie offenbar überfordere. Alle anderen kommen um halb drei nach Hause.

21. November 1968
Vater hat erklärt, daß es kein Ebenholz sei, sondern verkohltes Bakelit, daß er mir aber trotzdem danke. Er benahm sich mir gegenüber etwas kühl. Mutter hat mich jedoch gelobt und gesagt, daß ich eine inselartig ausgebildete Intelligenz habe. Ansonsten reden sie ausschließlich über die Arbeit, obwohl sie noch vor zwei Monaten einen Scheißdreck über feuerfestes Glas wußten. Und das habe ich ihnen auch gesagt.

22. November 1968
Im Kindergarten nehmen die Probleme überhand: Am Vormittag schien die Sonne, so daß man uns wie Kälber in den Garten jagte. Die Lehrerin Konečná wollte mich dazu zwingen, in einem der gräßlichen Blechhäuschen zu spielen. Ich habe sie gefragt, was ich ihrer Meinung nach dort spielen solle. Sie sagte, ich könne so tun, als ob ich Besuch empfangen würde. Ich habe geantwortet, daß das absurde Ritual, das in diesem Land das Empfangen von Besuch begleitet, ein Kapitel für sich sei, insbesondere in diesem sogenannten Häuschen, das einen eher an ein enges Eisenbahnabteil, wenn nicht sogar eine ausgebrannte Attrappe auf einem Panzerschießplatz erinnere, und daß ich viel lieber – selbstverständlich nur, wenn sie damit einverstanden wäre – auf einer nicht allzu weit entfernten Bank Heinrich Böll zu Ende lesen würde. Sie sagte natürlich nein, weil jetzt nicht irgendein Böll dran sei, sondern Kommunikationsspiele. Daraufhin habe ich sie gefragt, ob sie meine Persönlichkeit tatsächlich entfalten wolle – wie es auch in ihrer Arbeitsbeschreibung stehe – oder sie eher unterdrücken wolle.

*Sie sagte, das einzige, was sie im Moment wolle, sei, in Ruhe
das Rentenalter zu erreichen. Es sah so aus, als breche sie jeden
Moment in Tränen aus, und so bin ich brav mit Jaruška
Macková kommunizieren gegangen, um der Lehrerin eine
Freude zu machen. Wir haben in einem roten Häuschen kom-
muniziert. Es war recht interessant, Jaruškas Geschlecht einmal in einem anderen Licht zu sehen!*

23. November 1968

*Heute hatten wir die Lehrerin Hájková, und überall herrschte
angenehme Geruhsamkeit. Am Vormittag habe ich beim
Kegeln das Bild von Präsident Ludvík Svoboda runtergewor-
fen, das Glas ging entzwei und durchschnitt dem Herrn Präsidenten die Oberlippe, so daß er ein bißchen wie ein alter Hase
aussah. Jaruška Macková mußte darüber lachen. Die Lehrerin Hájková hat mich gefragt, ob ich beabsichtige, bei der
Weihnachtsfeier mit Jaruška zu tanzen. Ich sagte, höchstwahrscheinlich ja, auch wenn ich mich eigentlich nicht vorzeitig an ein Provinzmädchen binden wolle. Als ich nach Hause
kam, habe ich nach kürzester Zeit vor Kälte zu zittern begonnen. Ich habe das Fenster geöffnet und einige Häufchen nassen
Laubs über Betten und Möbel verteilt, das ich im Garten
gesammelt hatte, damit Vater endlich begreift, daß draußen
gerade der Herbst zu Ende geht. Als Vater es am Abend gesehen hat, hat er mit einer Latte nach mir ausgeholt, die er sich
für den Bau eines Blumenständers präpariert hatte, traf aber
Mutter damit. Als sie sich beide beruhigt hatten, setzten sie
sich mit dem Rücken vor den Heizstrahler und fingen an,
mich auszufragen, wie das mit dem Bild gewesen sei. Vater
glaubte mir nicht, daß es aus Versehen passiert war, und
behauptete, daß man ein Bild beim Fußball oder Basketball
herunterschmeißen könne, nicht aber beim Kegeln. »Nur ein
Idiot kann beim Kegeln ein Bild runterschmeißen!« schrie er.
Mutter sagte, ich solle Vater nicht böse sein, weil er heute auf*

der Arbeit die kaderpolitische Beurteilung über sich ergehen lassen mußte.

25. November 1968

Gestern war Samstag. Wir sollten eigentlich nach Český Šternberk fahren, aber Vater hat mir statt dessen eine Stunde lang gedroht, daß er zwei Zeugen habe, die bestätigen könnten, daß ich, nachdem ich das Bild erwischt hatte, gerufen hätte: »Treffer! Treffer!« Ich gab zu, daß ich das wirklich gerufen hätte, aber nur deshalb, um vor den anderen Kindern den Mißerfolg beim Kegeln zu kaschieren. Vater seufzte und ging in den Keller, um den Blumenständer zu Ende zu bauen. Mutter teilte mir mit, daß Vater einen Psychiater brauche und wir nach dem Mittagessen nach Šternberk fahren würden. Vor dem Essen stieß sich Vater aber mit der Rundkehle in den Oberschenkelknochen, so daß wir nach Uhlířské Janovice zur Ersten Hilfe gefahren sind. Es fuhr uns Ingenieur Zvára, weil Vater sich weigerte, in diesem Zustand am Steuer zu sitzen. Während der ganzen Fahrt lachte Vater merkwürdig und sprach dauernd von irgendeinem »Šperk vom CeZetWe*«. Mir war kalt, und ich hatte Heimweh nach Prag. Ich werde dem Großvater schreiben.

---

* CZV – Gesamtbetriebsausschuß der KPČ (Anm. d. Ü.)

III.

1. Quidos Mutter war fest davon überzeugt, daß
Pazo am ersten Samstag im Juni des Jahres neunzehnhundertneunundsechzig gezeugt worden war, etwa eine
Viertelstunde vor Mitternacht. Sie behauptete, daß dies
nur einige Meter vom verglimmenden Lagerfeuer geschehen sei, in einem Militärschlafsack, während Ingenieur Zvára seiner frischgebackenen Ehefrau (mit der er
endlich aus dem Transformatorhäuschen in das Wohnheim für Ehepaare umgezogen war) nicht weit entfernt
das Lied ›Salome‹ von Karel Kryl vorsang und -spielte.
Diese Annahme hat es ihr dann erlaubt, Pazos spätere
Wanderleidenschaft scheinbar rational zu erklären. Quidos Vater hielt derartige Schlußfolgerungen jedoch von
Anfang an für eine ganz gewöhnliche Selbsttäuschung
und lehnte Mutters Hypothese von der Zeugung im übrigen ganz ab, wobei er mit einer recht genauen Kenntnis
ihrer Zyklusphasen argumentierte.
»Du mußt aber in Betracht ziehen«, wandte Mutter ein,
»daß ich in jener lauen Nacht und noch dazu am Feuer
nach zehn oder was weiß ich wieviel Monaten auf dieser
eisigen Terrasse das erste Mal wieder richtig durchge-
wärmt war.«
Diese lange nicht mehr gekannte Wärme, erklärte sie
ernst, habe in ihr nicht nur die ehemalige Vitalität wie-
dererweckt, die sie angeblich dazu gebracht habe, den
Samstag abend auf diese ausgesprochen *lockere* Art zu ver-

53

bringen, sondern offensichtlich auch das Einsetzen ihrer Ovulation beschleunigt.

»So ein Blödsinn«, lachte Vater.

Wie dem auch sei, die Schwangerschaft seiner Frau war unbestreitbar:

»Es stimmt, Mädchen«, sagte Zita im August in Podolí. Sie sah müde aus, ihre Augen hatten aber immer noch die klare blaue Farbe. »Willst du denn da in der Provinz entbinden?«

»Das werde ich müssen«, sagte Quidos Mutter, während sie sich anzog. »Du weißt, daß ich schon immer nur bei dir entbinden wollte.«

»Hättest du ja tun können!« sagte Zita scheinbar vorwurfsvoll. »Aber du hast diesen Doktor Libíček vorgezogen.«

»Ich gebe zu, er ist ein Pfuscher«, sagte Quidos Mutter. »Stell dir vor, er konnte nicht einmal die Nabelschnur durchbeißen!«

»So ein Skandal!«

»Verzeihst du mir?«

»Nein«, sagte Zita lächelnd.

Sie setzten sich in die beigefarbenen Sessel. Quidos Mutter erinnerte sich plötzlich daran, wie Zita sie in diesen Sesseln getröstet hatte, als sie als junges Mädchen, durch die erste Regel in Schrecken versetzt, zu ihr kam. Sie empfand eine nostalgische Wehmut. Eine tolle Frau, dachte sie.

»Zita?« sagte sie.

»Ja?«

»Jetzt würde es nicht mehr gehen?«

Die Chefärztin holte tief Luft und hob etwas die Augenbrauen, so daß sich an ihrer Nasenwurzel eine bittere Falte bildete. Ihr Lächeln verschwand.

»Im Februar?« sagte sie mit Zweifel in der Stimme. »Im Februar des Jahres siebzig?«

54

»Ich könnte meinen Wohnsitz pro forma in Nusle anmelden«, schlug Quidos Mutter vor.

»Darum geht es doch nicht«, sagte Zita. »Es ist zu spät, mein Kind.«

»Zu spät?« fragte Quidos Mutter verständnislos.

Die Ärztin beugte sich zu ihr und strich ihr mit dem Finger die Haare aus der Stirn. Dann nahm sie ihr Kinn in beide Hände und klopfte ihr leicht auf die Wangen. Quidos Mutter fiel auf, daß ihre Augen feucht schimmerten.

»Im Februar bin ich wohl schon Platzanweiserin im Realistischen Theater«, sagte sie. »Verstehst du?«

»Sie hatte sich geirrt«, sagte Quido. »Sie wurde Garderobenfrau im Kino ›Jalta‹.«

»Großvater!« schrie Quido.

»Guten Tag, Quido!«, rief Großvater Jiří erfreut, nahm den Enkel aber diesmal lieber nicht auf den Arm, da er sich schon längere Zeit nicht wohl fühlte. Er mußte seine langjährige Stelle im Präsidialamt verlassen, und obwohl er zum Glück den Beruf nicht wechseln mußte, fiel ihm das Eingewöhnen am neuen Arbeitsplatz doch sehr schwer. Nicht einmal die ausgezeichnete Dillsoße mit echtem Fleisch – und nicht wie üblich mit Ei –, die Großmutter Líba für ihre Gäste zubereitet hatte, vermochte ihm seinen früheren Humor restlos zurückzugeben.

»Was macht Herr František?« fragte Quidos Vater mit aufrichtigem Interesse, als alle in der Küche Platz genommen hatten.

»Ich weiß nicht so genau«, sagte Großvater. »Er ist irgendwo bei Gartenbau und Forst.«

»Das ist schrecklich«, seufzte Quidos Mutter.

»Aber nein«, erwiderte Großvater irgendwie resigniert. »Er ist an der frischen Luft, in der Natur ... Anderen ist es schlechter ergangen.«

»Karla hat man nicht in die Schweiz gelassen«, warf Großmutter Líba ein. »Ist das nicht unglaublich?«
»Sag bloß!« sagte Quidos Mutter. »Wirklich?«
Als Quidos Mutter aber die Zigarette zum Kaffee ausgeschlagen und endlich die glänzende Neuigkeit mitgeteilt hatte, lebte Großvater Jiří doch sichtlich auf.
»Ist es sicher?« wollte er lächelnd wissen.
»Ich war bei Zita«, sagte Mutter und errötete, denn Wörter wie »gynäkologische Untersuchung« konnte sie nicht einmal im Kreise ihrer Nächsten aussprechen. »Ich glaube, es wird wieder ein Junge.«
»Ein Junge!« sagte der Großvater erfreut, »und wie soll er heißen?«
»Pazo«, sagte Quidos Mutter. »Genauso wie Papa«, und zeigte auf Quidos Vater.
»Aha«, sagte Großvater neutral.
»Ich heiße seit jeher Josef«, sagte Quidos Vater gemessen.
»Ich habe noch nie gehört, daß jemand Pazo heißt«, schaltete sich Großmutter Líba ein.
»Ich auch nicht«, sagte Quidos Vater hoffnungsvoll.
»Als ob Quido nicht schon reichen würde.«
»Also, erlaube mal«, wehrte sich Quido.
»Quido ist ein sehr schöner Name«, sagte Großvater.
»Pazo ist wiederum interessant«, sagte Quidos Mutter. »Mindestens so interessant wie ›Drábovka‹.«
»Was hat denn das damit zu tun?!« protestierte Vater.
»Viel!«
»Pazo«, wiederholte Großvater Jiří prüfend. »Pazo. Klingt gar nicht so schlecht. Pazo.«
»Noch ein Kind?« fragte Großvater Josef mißbilligend. »Jetzt?«
Als er im Zimmer auf und ab ging, zertrat er mit seinen Pantoffeln das zerstreute Vogelfutter. Auf der Gardinenstange saßen wieder drei Wellensittiche, diesmal

56

grüne. Quido fiel auf, daß das Fenster geschlossen war.

»In dieser Zeit ein Kind!« polterte der Großvater. »Wollt ihr, daß es euch einer von diesen Bolschewiken erschießt?«

»Aufhören!« kreischte Großmutter Věra. »Hör sofort auf damit!«

»Ich? Ich soll aufhören? Und sie können auf Menschen schießen?!«

»Papa, um Himmels willen, hör auf zu schreien!« verlangte Quidos Vater.

»Schreien hilft uns nicht.«

Großvater zog wütend an seiner Zigarette.

»Gut«, sagte er, »ich bin schon still«, und er riß sich mühsam zusammen.

»Und was hilft uns dann?«

»Woher soll ich denn das wissen, Papa?« erwiderte Quidos Vater hilflos.

»Ich sag dir was«, fuhr Großvater Josef fort und hob wieder die Stimme.

»Aufhängen – das würde helfen!«

»Würde es nicht«, sagte Quidos Vater. »Du brauchst einen Psychiater.«

2.   In den folgenden Monaten hatte er aber nicht nur einmal das Gefühl, daß er dringend selbst einen benötigte, da er trotz aller Versprechungen noch keine Wohnung für seine Frau und Kinder hatte. Im September sollte ihnen eine Dreizimmerwohnung im ersten Stock der Drábovka zugeteilt werden, aber zu guter Letzt war dort eine ganz andere Familie eingezogen. Quidos Vater war am Rande des Zusammenbruchs. Der vergangene Winter, den sie auf der Terrasse verbracht hatten, war ein Erlebnis gewesen, das er wirklich nicht wiederholen wollte. An frostigen Tagen zeigte das Innenthermometer selten mehr als dreizehn Grad an, obwohl der Elektroofen und der Heizstrahler auf vollen Touren liefen. Die Stühle, der Tisch und die Betten waren bei Berührung unangenehm kalt, und nachts, wenn der Frost draußen am stärksten war, verwandelte sich der menschliche Atem sofort in einen weißlichen Dampf. Quido und seine Mutter hatten einige Erkältungen durchgemacht, und er selbst litt, obwohl er es nicht zugab, an rheumatischen Gelenkschmerzen.

»Ich habe versprochen, in guten wie in schlechten Zeiten bei dir zu sein«, sagte seine Frau am Ende des Sommers zu ihm, »aber unter achtzehn Grad gehe ich dieses Jahr nicht. Tu, was du kannst.«

Quidos Vater tat sein Bestes: Er ergänzte den Wohnungsantrag um eine Bestätigung über die Gravidität seiner Ehefrau, überprüfte persönlich das Vorrücken in der Warteliste, mahnte später den Antrag mündlich und schriftlich an, beantwortete einige Dutzend Anzeigen und schrieb schließlich eigenhändig eine Beschwerde, aber all dies führte zu nichts. Der Oktober ging langsam zu Ende, der Fluß war voller Blätter, und morgens stieg ein immer kälterer Nebel aus ihm auf. Quidos Mutter kroch sofort nach ihrer Rückkehr von der Arbeit ins Bett, und Quido richtete das orangefarbene Licht des Heizstrahlers auf die hervortretende Stelle der Bettdecke, unter der er ihren Bauch vermutete. Er beobachtete diesen beleuchteten kleinen Hügel, unter dem es sich Pazo in der Wärme gutgehen ließ, etwas eifersüchtig und klapperte absichtlich laut mit den Zähnen. Mitte November bekam er wie erwartet eine Grippe, und Mutter mußte mit ihm zu Hause bleiben. Zehn Tage lang blieben beide im Bett, kochten sich heißen Tee und aßen Vitamine. Als Quidos Fieber gesunken war,

58

erlaubte ihm Mutter, ihr aus Dürrenmatts Stücken vorzu-
lesen, und als Gegenleistung las sie ihm Andersens Mär-
chen vor. Ein andermal lagen sie nur schweigend da, beobachteten durch die sechzig kleinen Fensterscheiben, die sie
von drei Seiten umgaben, die verschiedenen Formen und
Farben der Wolken – und träumten.
Während einer solchen Träumerei entstand vor Quidos
Auge eine unbekannte, exotische Landschaft. In der
Mitte lag selbstverständlich die Prager Burg und die Alt-
stadt, aber dann neigte sich die Landschaft über Kaskaden weißer Felsen allmählich zum Meer. Der Sandstrand
war heiß und goldglänzend. Im Schatten der nahen Palmen saßen die Lehrerin Hájková, Großvater Jiří, Pavel
Kohout und Frau Bažantová aus dem Kostümfundus. Sie
lasen sich gegenseitig Theaterstücke vor, lachten und
tranken Kokosmilch direkt aus der Schale. In der Luft
schwirrten himmelblaue Wellensittiche und ließen sich
auf Quidos und Jaruška Mackovás gebräunten Schultern
nieder; anstelle der Krallen hatten sie samtweiche Saug-
näpfchen, so daß es Quido und Jaruška überhaupt nicht
zwickte. Sie sammelten gemeinsam Muscheln und bade-
ten, und wenn sie müde wurden, streckten sie sich auf
großen Biber- und Nerzpelzen in der Sonne aus. Wann
immer Quido wollte, zeigte ihm Jaruška ihr Geschlecht.
Die Vision dieser Landschaft fesselte Quido so sehr, daß
er sie sich oft ins Gedächtnis rief und in den nächsten
Tagen noch weiter ausschmückte. Er hatte jedoch Angst,
daß ihm all diese wunderbaren Dinge, die er sich in der
Landschaft erschaffen hatte, verlorengehen könnten.
Eines Abends entschloß er sich deshalb, das Bild seiner
Landschaft für immer festzuhalten: Er nahm sich einen
Schreibblock und einen Füller mit ins Bett und schrieb all
das, was er noch ganz scharf sehen konnte, wenn er die
Augen halb schloß, sorgfältig auf.

»Heutzutage könnte man das natürlich nicht herausgeben«, sagte der Lektor sarkastisch zu Quido. »Auch ohne Kohout. Da ist Surrealismus und kindliche Pornographie drin, und die Gruppe unter den Palmen ist vollständig aus der Struktur der Klassenbeziehungen herausgelöst.«

»Das Kind träumt von Wärme!« sagte Quidos Mutter zu ihrem Mann, nachdem sie das Frühwerk ihres Sohnes heimlich gelesen hatte. »Tu etwas!«
»Tu etwas!« explodierte Quidos Vater, der seit seiner Rückkehr von der Arbeit geschwiegen hatte, und er hatte dafür, ehrlich gesagt, auch Grund genug. »Bist du aber schlau. Was denn?! Sag mir nur eine einzige Sache, die ich hätte tun können und die ich noch nicht getan habe.« Und er fügte gereizt hinzu: »Außer dem Eintritt in die Kommunistische Partei, wenn es geht!«
»Schrei nicht so!« Quidos Mutter schaute sich nach ihrem schlafenden Sohn um. »Du warst zum Beispiel noch nicht bei Šperk. Alle sagen, das sei das Wichtigste.«
»Ich *war* bei Šperk – sogar schon zweimal. Ich kann aber nichts dafür, wenn er mich nicht empfängt.«
»Und Zvára hat er empfangen?«
»Ja. Zvára hat Šperk empfangen«, sagte Quidos Vater. »Anscheinend hatte Zvára eine attraktive Information für ihn ...«
»Was?« Quidos Mutter setzte sich im Bett auf. »Willst du damit sagen, daß Zvára –?«
»Ja«, sagte Quidos Vater mit irgendwie merkwürdiger Nachsicht.
»Zvára.«
»Also, das ... das hätte ich nie gedacht ...«
»Leidende Menschen langweilen ihn inzwischen«, sagte Vater. »Er hat erkannt, daß man zur Verbreitung der

Wahrheit List anwenden muß. So sind die Zeiten. Sie sind unsere Gegner, und gegenüber einem Gegner muß man Taktik anwenden, andernfalls ist es Donquichotterie. Ein Lebewesen überlebt, indem es sich seiner Umgebung anpaßt. Diese ganze rote Farbe ist nur Tarnung. Der Mensch muß einfach mit der Zeit gehen, besonders dann, wenn er sich im Transformatorhäuschen die Nieren erkältet.«

»Aha«, sagte Quidos Mutter.

»Ich besitze angeblich nicht ein Fünkchen Selbsterhaltungstrieb ...«

»Das stimmt.«

Auf einmal wurde ihr etwas bewußt: »Also, obwohl sie erst ihr *erstes* Kind erwarten, bekommen sie eine Wohnung!«

Quidos Vater zögerte einen Moment.

»Sie bekommen sie nicht«, sagte er und schaute zur Seite. »Sie haben sie schon bekommen.«

Quidos Mutter lachte kurz auf. Sie legte sich wieder hin und beobachtete schweigend die rissige Zimmerdecke.

»Und ihr Zimmer im Wohnheim?« fragte sie nach einer Weile leise.

»Das ist schon vergeben worden ...«

»An die Havelkas?«

»Nein.«

»Die Tondls?«

»Nein.«

»Die Dritten in der Reihe sind wir«, sagte Quidos Mutter.

»Sie waren überhaupt nicht auf der Warteliste.«

»Widerlich«, sagte Quidos Mutter. »Widerlich, widerlich, widerlich.«

»Ja. Es ist widerlich.«

»Und da tust du nichts dagegen! Wie soll ich dich überhaupt noch achten?«

»Ich lese Ihnen vor«, sagte Quido zum Lektor, »was Professor Michail Bědný sagt: ›Ein Mädchen, das heiratet, sollte sich merken, daß der kürzeste Weg, sich zur Witwe und die Kinder zu Waisen zu machen, über die anhaltende Druckausübung auf den Ehemann führt: Du bist ein Mann, du mußt. Ich bin eine schwache Frau, ich muß nicht. Die Psychologen wissen, daß gerade diese schwachen Frauen in der Regel die anspruchsvollsten sind.‹ Was sagen Sie dazu?«

»Daß wir Zeit verlieren. Wir haben uns auf einen humoristischen Roman geeinigt, und statt dessen erörtern Sie mir hier ausführlich, wie Sie in der Kindheit gefroren haben, abgesehen davon, daß Sie die Schuld daran, Gott weiß warum, gewissen Parteimitgliedern in die Schuhe schieben.«

»Ich weiß aber auch, warum«, sagte Quido. »Wir beide, Gott und ich, wissen es.«

»Dann belästigen Sie mich nicht damit!« sagte der Lektor erzürnt.

»Die meisten Kapitelchen, die Sie mir bisher gebracht haben, werden hier nirgends erscheinen, kapieren Sie das denn wirklich nicht? Wenn Sie also nicht in der Lage sind, zwei Absätze zu schreiben, ohne dabei fünfmal die Kommunisten in den Dreck zu ziehen, sagen Sie es, und wir lassen es. Dann pfeifen Sie auf mich und schreiben meinetwegen für die Schublade, oder schicken Sie es, in Gottes Namen, zu den Sixty-Eight Publishers. Das hier hat keinen Zweck.«

3. Der Dezember des Jahres neunzehnhundertneunundsechzig war nicht besonders kalt, aber Quidos Mutter verbrachte trotzdem alle Wochenenden und natürlich auch die Weihnachtsfeiertage bei den Eltern in Prag.

Quidos Vater, der diese Besuche aufgrund der gegebenen Umstände zunächst etwas gefürchtet hatte, mußte im stillen bewundernd feststellen, daß seine Frau nicht ein einziges Mal auch nur mit einem Wort geklagt hatte; im Gegenteil, sie sprühte vor guter Laune und zitierte häufig aus Theaterstücken, so daß er schließlich glaubte, daß er der einzige war, der bemerkt hatte, wie oft sie sich mit dem Rücken an den großen Kachelofen in Großvaters Arbeitszimmer schmiegte.

Bald darauf, als sie nach Neujahr nach Sázava zurückkehrten, fiel der erste Schnee. Es war nicht viel, und außerdem war er ziemlich naß, aber fürs Rodeln reichte es, und der Skřivánek, der Hausberg von Sázava, war nachmittags nach dem Unterricht geradezu von Kindern übersät. Quido und Jaruška gingen auch hin. Quido wollte, daß Jaruška *vor* ihm auf dem Schlitten saß, weil er doch schließlich etwas größer war, aber Jaruška hatte Angst zu sehen, wie die Bäume am Fuße des Skřivánek so furchtbar schnell näher kamen, und setzte sich lieber *hinter* ihn. Während der Fahrt drückte sie dann lachend das Gesicht an seine Schulter und schloß dazu noch die Augen, in blindem Vertrauen in seine nicht allzu herausragenden Fahrkünste.

»Das schlimmste ist«, erzählte Quido nach der Hochzeit mit einer sonderbaren Mischung aus Stolz und Ehrfurcht, »daß sie jetzt genauso mit mir lebt.«

Jaruška trug damals, wie sich Quido erinnerte, einen weißen Rollkragenpullover, eine schwarze Gamaschenhose und rote Stiefel von ihrer älteren Schwester, die ihr etwas zu groß waren, so daß sie den einen oder anderen von Zeit zu Zeit auf der Strecke verlor. Quido gefiel Jaruškas heißer Atem, den er an seinem Nacken spürte, andererseits bereitete es ihm aber Sorgen, daß sie seinen speckigen Bauch berühren mußte. In den nächsten Tagen wickelte er sich deshalb zu Hause vor dem Rodeln eine elastische Binde um. Nun fühlte er sich wirklich unbeschwert und konnte jeden Tag bis zum Einbruch der Dunkelheit Schlitten fahren.

Am folgenden Samstag kam Quido jedoch unerwartet früh vom Skřivánek zurück. Er war völlig durchnäßt und zitterte vor Kälte. Mutter brachte ihn ins Bett, kochte ihm Tee und maß die Temperatur: Er hatte genau neununddreißig Grad. Quido schlief ein, aber als er am Abend aufwachte, glühte er. Das Thermometer zeigte diesmal fast vierzig, mehr noch ängstigte die Mutter jedoch sein mühsamer, keuchender Atem. Quidos Vater zog sich an und ging zum Telefon, um die Erste Hilfe in Uhlířské Janovice anzurufen.

»Hast du sie erreicht?« rief Mutter angsterfüllt, als sie ihn kommen hörte.

»In einer knappen Stunde sind sie hier«, beruhigte sie der Vater.

Quidos Mutter, die angesichts ihres neunten Schwangerschaftsmonats und der vier Pullover, die sie trug, praktisch unbeweglich war, setzte sich schwerfällig in den Sessel gegenüber von Quidos Bett und biß sich verzweifelt in das rechte Handgelenk. Der Vater warf ihr eine karierte Decke über.

»Wir werden hier noch alle verrecken«, sagte sie. »Ich habe es dir schon immer gesagt.«

Nach etwa vierzig Minuten knirschten auf dem Schotterweg vor der Drábovka die Räder des Krankenwagens. Quidos Vater lief hinaus und begleitete den Arzt – zu dessen Verwunderung – zu der verglasten Terrasse.

»Das ist wirklich ein starkes Stück«, bemerkte der Arzt, nachdem er den gesamten Raum mit einem Blick überflogen hatte, und dann beugte er sich schnell über den Jungen im Bett.

64

»Es könnte eine Lungenentzündung sein«, sagte er schließlich. »Auf jeden Fall werden wir ihn *von hier* –«, er schaute sich noch einmal ungläubig um, »lieber wegbringen.«

»Wenn es Ihnen nichts ausmacht«, sagte Quidos Mutter, »würde ich gerne mit nach Kutná Hora fahren. Ich muß da sowieso in ein paar Tagen antreten, und so könnte ich –«

»Wieso? Schon?« rief Quidos Vater.

»Selbstverständlich«, sagte der Arzt, und es durchlief ihn ein Kälteschauer.

»Wollen Sie nicht auch mitkommen?« wandte er sich freundlich an Quidos Vater. »Irgendwas fällt uns für Sie schon ein.«

»Das geht nicht!« lachte der Vater, aber es war zu merken, daß er eine Sekunde gezögert hatte.

Quidos Mutter holte ihre Ledertasche aus dem Schrank und begann, das Nötigste einzupacken. Der Fahrer des Krankenwagens kam herein.

»Die Mutter fährt mit uns«, sagte der Arzt zu ihm.

»Ah«, meinte der Sanitäter erfreut. »Zwei Fliegen mit einer Klappe!«

»Ein toller Vergleich«, sagte Quidos Mutter und machte die Tasche zu.

Die beiden Krankenhausgebäude, in denen Quido und seine Mutter lagen, waren durch einen etwa dreißig Meter breiten Parkstreifen, der nun verschneit war, voneinander getrennt. Ihre Zimmer waren zufällig praktisch gegenüber gelegen, nur in verschiedenen Stockwerken (Quidos im dritten und Mutters im ersten), aber die Gruppe der einzigen Nadelbäume, die in dem kleinen Park wuchsen, hinderte sie leider daran, sich zu sehen. Eine der netteren Schwestern sorgte für ihre tägliche Korrespondenz, aber als Quido seine Mutter später auch sehen wollte, mußte er ans Fenster des Nachbarzimmers gehen.

»Guten Tag«, sagte er jedesmal zu den anwesenden Erwachsenen. »Könnte ich bitte von Ihrem Fenster aus kurz meiner Mutter winken?«

»Dem Winken«, erklärte Quido später, »wurde in unserer Familie schon immer eine sehr große Bedeutung beigemessen.«

»Natürlich, junger Mann, natürlich!« pflegte Herr Hlavatý röchelnd zu antworten, ein Rentner und Asthmatiker, der sich gern von der Höflichkeit des Jungen bezaubern ließ.

Quido bedankte sich und kroch dann etwas schwerfällig auf den Heizkörper der Zentralheizung, denn andernfalls hätte er durch den milchig-weißen Fensteranstrich nichts gesehen. In dieser nicht besonders bequemen Position mußte er anfangs manchmal ziemlich lange warten, bis seine Mutter in die richtige Richtung schaute, aber bald hatten sie sich schriftlich auf zehn Uhr vormittags und vier Uhr nachmittags geeinigt, und einige Tage lang klappte das perfekt.

Eines Vormittags erschien Quidos Mutter aber nicht am Fenster – und sie zeigte sich auch nach dem Mittagessen nicht. Die Schwester, die sonst die Briefe beförderte, hatte ausgerechnet jetzt frei, so daß Quido nur im stillen rätseln konnte, was wohl der Grund für Mutters Abwesenheit war. Er konnte nicht glauben, daß sie ihre gemeinsame Verabredung so plötzlich vergessen hatte.

Am nächsten Tag kam er schon um halb zehn in das Nachbarzimmer, und unter dem durchsichtigen Vorwand einer Unterhaltung mit Herrn Hlavatý schaffte er es, bis halb elf auf dem Heizkörper zu stehen, die Mutter bekam er allerdings nicht zu Gesicht. Er ging enttäuscht ins Bett zurück und blätterte zerstreut in dem Bildband von Karel

66

Plicka ›Die Prager Burg‹, den ihm Großvater über den Vater mitgeschickt hatte. Als eine Schwester hereinkam, fragte er, ob seine Mutter ihm nicht zufällig eine Nachricht hinterlassen hätte.

»Wessen Mutter? Was für eine Nachricht? Bei wem?« schleuderte sie ihm ungeduldig entgegen.

Quido begriff, daß die Krankenschwester in Eile war. Er wollte nicht riskieren, daß sie ihn endgültig abwies, und deshalb konzentrierte er sich so gut er konnte und erklärte ihr die Situation mit einem einzigen, logisch und stilistisch fast unglaublich perfekten Satz. Er schaute dabei so ernst drein, daß er der Schwester leid tat. Sie setzte sich sogar für einen Augenblick zu ihm ans Bett.

»Wenn deine Mama dort ist«, sagte sie und zeigte auf die Fenster der Entbindungsstation, »dann hat sie jetzt vielleicht andere Sorgen, als Briefe mit dir zu wechseln. Verstehst du?«

Erst jetzt verstand Quido.

Die Schwester hatte sich nicht geirrt. Als die Mutter zu Quidos unbeschreiblicher Freude an diesem Nachmittag kurz vor vier am Fenster erschien, hielt sie irgendein weißes Kissen im Arm.

»Warum zeigt sie mir das Kissen?« rief Quido vollkommen nervös, weil er das Geschehen auf der gegenüberliegenden Seite nicht verstand.

»Was für ein Kissen schon wieder?« röchelte Herr Hlavatý, den Quidos häufige Anwesenheit allmählich ermüdete. Der Arzt, der den Asthmatiker gerade untersuchte, trat zu Quido und schaute in die Richtung, die ihm der Junge wies.

»Das ist kein Kissen, du Dussel«, sagte er. »Das ist ein Kind. Kannst du nicht gucken?«

Und so war's: Pazo war auf der Welt, und Quido mußte eine Brille tragen.

4.   Zwei Tage später in dem kleinen Park vor der Entbindungsstation. Nacht.

VATER (wirft Steinchen gegen das Fenster): Sssst! Sssst! (Hinter dem Fenster tauchen die hellen Schatten von Nachthemden und Gesichter lachender Frauen auf. Dann verschwinden die Schatten, das Fenster öffnet sich, und Quidos Mutter erscheint.)

MUTTER: Wer bist du, der du, von der Nacht beschirmt, dich drängst in meines Herzens Rat?

VATER: Mach doch keinen Blödsinn!

MUTTER: Wenn sie dich sehen, sie werden dich ermorden. Wie kamst du her und warum? So sprich!

VATER (stolz): Mit dem Auto.

MUTTER (überrascht): Was, in der Nacht? Du? Und wo ist es jetzt?

VATER: Ich habe es vor der Stadt stehenlassen. Du weißt doch, daß ich Parkplatzeinfahrten nicht leiden kann.

MUTTER: Du bist also nachts gefahren? Du hast doch immer behauptet, du seist nachtblind!

VATER: Ich habe einfach beschlossen, es zu riskieren. Es ist eine klare Nacht. (Über der Nadelbaumgruppe erscheint ein großer strahlender Mond.)

MUTTER (geschmeichelt): Und das meinetwegen?

VATER: Am meisten Angst hatte ich vor dem Wild. Stell dir vor, dir springt aus dem Wald ohne Vorwarnung ein zentnerschweres Reh auf den Kühler! Kannst du dir das Blutbad vorstellen? Schrecklich! Zur Sicherheit habe ich die ganze Fahrt über gehupt.

MUTTER (überrascht): Du bist durch einen Wald gefahren? Wie bist du denn bloß gefahren?

VATER: Bin ich nicht. Aber nirgends steht geschrieben, daß es Rehe nicht auch auf dem Feld gibt. Ich nehme jedenfalls nicht an, daß der Förster sie im Wald anbindet.

MUTTER: Das stimmt auch wieder. Du bist mein Held. Ich meine das ernst. Wirklich.

VATER: Ich glaube, daß Nachtfahrten in der Fahrschule zu wenig geübt werden. Dabei hat das Fahren in der Nacht eine Reihe ganz spezifischer –

MUTTER (fällt ihm ins Wort): Ich liebe dich.

VATER (überrascht): Ich bin –

MUTTER: Sag, liebst du mich? (rezitiert verträumt) Ich weiß, du wirst's bejahn,
Und will dem Worte traun; doch wenn du schwörst,
so kannst du treulos werden; wie sie sagen,
lacht Jupiter des Meineids der Verliebten
O Romeo! Wenn du mich liebst:
Sag's ohne Falsch!

VATER: Sei doch nicht albern! Was macht der Urin?

MUTTER (verlegen): Schrei nicht so. (flüstert) Jetzt nicht. Man könnte uns hören!

VATER: Wer?

MUTTER (zeigt eine Etage höher): Die Jungs aus der Urologie.

VATER: Na und? Ich werde doch wohl noch fragen dürfen, ob dein Urin schon in Ordnung ist?

MUTTER (errötet): Psst! (flüstert fast unhörbar) Er ist in Ordnung.

VATER: Was? Ich verstehe dich überhaupt nicht!

MUTTER (errötet noch stärker, flüstert immer noch): Der Urin ist wieder in Ordnung.

VATER: Was? Ich verstehe dich nicht, zum Donnerwetter!

MUTTER (explodiert): Dann frag mich solche Sachen nicht vor anderen Leuten!!!

VATER: Und das Blut? Nach dem Blut kann ich doch fragen.

MUTTER: In Ordnung.

VATER: Wirklich?

MUTTER: Wirklich. Es ist in Ordnung.

VATER (flüstert): Und der Urin?

MUTTER (explodiert): Verdammt! Ich hab' dir doch gesagt, daß –

VATER (beschwichtigend): Gut, gut, nicht aufregen ... Was macht Pazo?

MUTTER: Jetzt? Er schläft.

VATER: Und Quido?

MUTTER: Er schläft wahrscheinlich auch. (ironisch) Überrascht dich das?

VATER: Hat er sich am Abend die Zähne geputzt?

MUTTER (ironisch): Das weiß ich leider nicht, aber ich werde morgen den Oberarzt fragen.

VATER: Wollen wir hoffen, daß er sie sich geputzt hat. Du kennst ihn ja!

MUTTER (immer noch ironisch): Das wollen wir hoffen. (Beide schweigen.)

MUTTER (absichtlich sehr laut): Ich soll also glauben, daß du fünfunddreißig Kilometer durch die Nacht und durch Rudel von Rehen gefahren bist, nur um zu fragen, wie dein älterer Sohn sein Gebiß pflegt? Der Schulzahnarzt sollte dir in diesem Falle eine Schachtel Pralinen kaufen. (Aus dem Zimmer ertönt eine Lachsalve.)

VATER (lächelnd): Deshalb doch nicht. (wird ernst) Ich bin gekommen, um dir etwas Wichtiges zu sagen.

MUTTER: Was ist passiert? (erschrocken) Der Heizstrahler ist kaputtgegangen?!

VATER: Aber nein. Ich will es auf keinen Fall dramatisieren, aber setz dich lieber hin.

MUTTER (entsetzt): Um Gottes willen! (Sie setzt sich und verliert den Vater aus den Augen.) Du bist hoffentlich nicht in die Partei eingetreten?! (Halblaut zu den Frauen im Zimmer) Der Kerl stoppt mir womöglich die Laktation! (laut) Bist du noch da?

70

VATER (laut): Ja.

MUTTER (springt auf): Du bist in die Partei eingetreten?!

VATER: Nein, spinnst du? Was hast du andauernd mit der Partei?

MUTTER: Was ist also los, um Himmels willen??

VATER (feierlich): Ich habe mich an der Abenduniversität für Marxismus-Leninismus angemeldet.

MUTTER: Bist du verrückt geworden? Warum gerade an der AUML?

VATER (zieht lächelnd ein Schlüsselbund hervor): Damit man uns eine Wohnung gibt.

MUTTER (verblüfft): Eine Wohnung??

Die Frauen (gleichermaßen verblüfft): Eine Wohnung!!

(Vorhang)

»Komm rein, Genosse«, hatte Šperk an jenem denkwürdigen Nachmittag zu Quidos Vater gesagt, nachdem dieser an die Tür seines Büros geklopft hatte. »Willkommen in Sázava!«

Quidos Vater überquerte etwas verlegen den roten Teppich und nahm die Hand, die ihm Šperk lächelnd entgegenstreckte.

»Ich wohne hier doch schon über ein Jahr«, rief er ihm in Erinnerung. »Beziehungsweise friere.«

»Auch im Sommer?« fragte Šperk lachend.

»Im Sommer nicht«, sagte Quidos Vater.

Er hob seinen Blick zu den Diplomen und Plaketten an der Wand und ließ ihn dann über den Bücherschrank aus poliertem, dunklen Holz schweifen, in dessen Regalen außer einigen broschierten roten Büchern überwiegend verschiedene Muster feuerfesten Glases standen. Er wartete ab.

Šperk beobachtete ihn.

»Ich habe mich entschlossen«, sagte er endlich, »daß wir dir noch eine weitere Chance geben. Deshalb habe ich dich kommen lassen.«

»Noch eine? Habe ich denn schon eine bekommen?« fragte Quidos Vater verwundert.

»Hast du nicht? Die Stelle in der Exportabteilung hast du nicht bekommen?« fragte Šperk lächelnd.

»Habe ich. Aber —«

»Aber?«

»Aber in Anbetracht der Tatsache, daß ich fünf Jahre Ökonomie studiert und drei Jahre an der Akademie gearbeitet habe, scheint es mir nur logisch, daß ich die Stelle eines *Sachbearbeiters* in der Exportabteilung bekommen habe – zumindest logischer, als wenn ich die Stelle eines Sachbearbeiters in der Buchhaltung bekommen hätte.«

»Auch wenn an dieser Akademie ein gewisser Herr Šik gearbeitet hat?« fragte Šperk grinsend.

»Himmel«, seufzte Quidos Vater. »Was kann ich denn dafür?«

»Und kann ich was dafür, daß dieser Kohout hier sein Wochenendhaus hat?« fragte Šperk lachend. »Und daß Prag es sieht? Dafür bin ich auch verantwortlich. Kennst du ihn?«

»Ich?« fragte Quidos Vater, etwas in die Enge getrieben. »Nein. Persönlich nicht. Aus dem Fernsehen«, log er.

»Das ist ein Rechter, wie er im Buche steht. Er war nicht immer so – ich kann mich erinnern, daß ihn die Kinder in der Schüler-AG meiner Frau rezitiert haben. Sie hat mir aber gesagt, daß dein Junge schön rezitieren kann. Kein Wunder, ein Junge!«

»Quido?« fragte sein Vater geschmeichelt. »Na ja, er gibt sich Mühe.«

»Aber dich sieht man nicht!«

»Mich? Zehn Stunden lang können Sie mich auf ein und demselben Stuhl im Büro sehen. Manchmal auch zwölf. Sie können ruhig vorbeikommen!«

»Darum geht es nicht«, sagte Šperk grinsend. »Ich meine nicht im Büro, ich meine unter den Leuten, *politisch*.«

»Politisch?« fragte Quidos Vater vorsichtig.

»Du hast dich nicht an der AUML angemeldet, du kommst nicht zu Versammlungen, Funktionen hast du keine, du engagierst dich nicht, kurz gesagt, nichts!«

Quidos Vater zuckte mit den Schultern.

»Ich erwarte keine Wunder von dir, Genosse«, sagte Šperk. »Es würde reichen, wenn du in der Nationalen Front wärst. Oder wie wär's mit der Feuerwehr?«

»Feuerwehr??«

»Ja, Feuerwehr – du hast doch keine Angst vor Feuer?«

»Das hängt von der Höhe der Flammen ab«, erwiderte Quidos Vater.

»Hm«, sagte Šperk. »Und was ist mit Fußball, spielst du? Die B-Mannschaft ist abgestiegen, weißt du das?«

»Ich habe es gehört«, log Quidos Vater erneut. »Aber ich spiele nicht Fußball. Ach wo! Ehrlich gesagt, bin ich ein ziemlich unsportlicher Typ.«

»Fußball also nicht?«

»Nein.«

»Und bist du vielleicht im Svazarm*?«

»Nein.«

»Also dann«, rief Šperk plötzlich. »Melde dich an der AUML an, und ich gebe dir die Wohnung!«

Quidos Vater spürte einen leichten Stich unter dem Brustbein.

»Gut«, sagte er. »Auf der Terrasse frieren wir wirklich.«

»Und weißt du wann? Jetzt sofort!« sagte Šperk und zog einen Schlüsselbund aus der Schreibtischschublade.

* paramilitärischer Sportverband (Anm. d. Ü.)

»Fang – es ist das betriebseigene Häuschen unter dem Skřivánek. Und heiz sofort ein, sonst platzen dir die Rohre! Seit wir den Pitora ausquartiert haben, ist da nicht mehr geheizt worden. Das dürfte schon eine gute Woche her sein.«

»Ein Haus?« fragte Quidos Vater ungläubig.

»Na ja, ein Haus!« sagte Šperk lachend. »Samt Garten. Ich leih' es dir doch nur!«

»Das habe ich nicht erwartet«, sagte Quidos Vater aufrichtig. »Ich danke Ihnen.«

»Ich hoffe, daß du uns nicht enttäuschst. Und gnade dir Gott, wenn du die Fahnen nicht hißt – wir führen den Laternenumzug dort vorbei.«

»Fahnen?« fragte Quidos Vater begriffsstutzig.

Erst jetzt wurde ihm klar, was Šperks Nachricht bedeutete. Er empfand riesige Freude und riesige Erleichterung und konnte sich nicht richtig konzentrieren.

»Fahnen!« Šperk wieherte vor Lachen. »Du sollst nicht vergessen, sie zu hissen!«

»Heute?«

»Bist du verrückt geworden? Weißt du, was für eine Provokation das wäre? Ich sagte hissen – nicht jetzt gleich aufhängen!«

»Ich werde sie hissen«, besann sich Quidos Vater. »Schließlich ist nichts Schlechtes dabei.«

»Das hat Pitora auch gesagt.« Šperk grinste. »Aber was für ein Ende hat es mit ihm genommen!«

»Und noch etwas«, sagte er schließlich zu Quidos Vater, »du brauchst einen Hund – jetzt, wo du einen Garten hast.«

»Einen Hund? Eigentlich –«

»Ich verkaufe dir einen Welpen«, sagte Šperk autoritär. »Samt Papieren. Ich habe eine Zucht, hat man dir das nicht erzählt?«

74

»Doch. Aber ich —«

»Für dreitausend. Komm vorbei!«

»Aber das geht nicht«, wehrte Quidos Vater ab. »Ich meine nicht das Geld, sondern meine Frau würde wahnsinnig werden. Sie hat einen Horror vor Hunden!«

»Sie wird sich daran gewöhnen«, sagte Šperk. »Meine hat sich auch daran gewöhnt. Und es sind Schäferhunde wie Kälber!«

»Schäferhunde«, stieß Quidos Vater entsetzt hervor. »Auch das noch! Meine Frau stirbt vor Angst. Gerade mit einem Schäferhund hat sie vor einigen Jahren eine ziemlich gräßliche Geschichte erlebt. Absolut unmöglich, sie und ein Hund!«

»Was für ein Hund?« fragte Šperk lächelnd. »Ich sage dir doch, es ist ein kleiner Welpe.«

IV.

1.   Die kleine Villa unter dem Skřivánek, in die die Familie nach Mutters Rückkehr aus der Klinik endgültig eingezogen war, erinnerte Großmutter Líba an ein kleines, entzückendes Mädchenpensionat in Lausanne, wo sie irgendwann vor langer Zeit einige Male gewesen war. Der gleiche Sockel aus rotem Sandstein, die gleichen ockerfarbenen Fensterrahmen, eine sehr ähnliche, von wildem Wein umrankte Veranda sowie die angeblich fast identische Anordnung der Fichten und Thujen im Garten weckten in ihr sentimentale Erinnerungen.

Im Frühjahr desselben Jahres unternahm sie mit zwei Freundinnen eine Reise in die Deutsche Demokratische Republik. Eine knappe Woche verbrachten sie inmitten der herrlichen, erwachenden Natur des Harzer Waldes. Um so mehr bedrückte die Großmutter die nahende Rückkehr in die schmutzige, verrauchte Stadt. In letzter Zeit machten ihr Atembeschwerden zu schaffen, die sie ausnahmslos der Prager Luft anlastete, und, wie auch ihre beiden Freundinnen, schloß sie die Möglichkeit nicht aus, daß sie Lungenkrebs habe.

Im Restaurant im Harzer Wald
da machen wir ein Weilchen Halt.
Der Ober bringt Kaffee und Torte
und spricht sehr viele deutsche Worte!

reimte sie zwar traditionsgemäß auf einer schwarzweißen Ansichtskarte, aber dann folgte ein ungewohnter und merkwürdiger prosaischer Zusatz: ›Wir atmen Sauerstoff auf Vorrat – vielleicht hält uns das in Prag!‹, schrieb sie.

»Was sagst du dazu?« fragte Quidos Mutter ihren Mann, in der Hand die Ansichtskarte und im Arm den kleinen Pazo.

Quidos Vater las den Text noch einmal.

»Das ist irgendein Blödsinn«, bemerkte er.

»Wollen wir's hoffen«, sagte seine Frau, aber sie lächelte. Die Aprilsonne wärmte die Terrassenplatten so stark, daß man bereits darauf sitzen konnte, und es war sogar angenehm. Die Bienen summten, und in der Krone des nächststehenden Apfelbaumes zeichneten sich unter den rosa Blüten schon deutlich die zukünftigen Sommeräpfel ab.

Quidos Mutter strahlte großes Glück aus – und zugleich eine große Wachsamkeit.

Diese war angebracht, half am Ende aber doch nichts: Großmutter Líba erschien schon Mitte Mai mit zwei Koffern und dem unumstößlichen Vorsatz, Quidos Mutter mit dem kleinen Pazo zu helfen. Sie kam vollkommen unerwartet an einem Freitag nachmittag an, was sie allerdings nicht daran hinderte, Quidos Vater Vorhaltungen zu machen, daß er sie nicht abgeholt hätte.

»Willst du den Papa etwa allein in Prag lassen?« Quidos Mutter konnte es nicht fassen.

»Ist er denn nicht erwachsen?« argumentierte die Großmutter. »Zumindest kann er sich jetzt immer Fleisch kaufen!«

Sie behauptete, daß sie nicht eine Minute länger in Prag bleiben könne, da sie an dem dortigen Smog fast ersticke, und zur Bekräftigung ihrer Worte zeigte sie der Familie einen verschleimten Filter aus einem Taschenrespirator, den sie nun auf allen stark befahrenen Kreuzungen zum Atmen benutzte.

»Smog«, erklärte sie, »ist karzinogen!«

Das Wort ›karzinogen‹ sprach sie mit einer fast heiligen Ehrfurcht aus.

»Na ja«, sagte Quidos Mutter resigniert. »Dann meinetwegen.«

Quidos Vater bot alle seine Tischlerkünste auf und richtete der Schwiegermutter im bisher unbewohnten Dachgeschoß eine *gemütliche Sommerfrische* ein.

»Trotz der verzweifelten Betonung, die Vater auf das Wort ›Sommer‹ legte«, erzählte Quido, »blieb Großmutter nicht nur den ganzen darauffolgenden Winter in Sázava, sondern bis zu ihrem Tod im Jahre siebenundachtzig.«

»Das Zimmer ist im Winter praktisch nicht beheizbar!« warnte Quidos Vater die Großmutter.

»Du solltest ihm diesmal glauben, Mama«, redete ihr Quidos Mutter zu. »Er hat mit nicht beheizbaren Zimmern reichlich Erfahrung.«

Großmutter ließ sich jedoch nicht abschrecken, und zum Entsetzen von Quidos Vater nahm sie sowohl den Elektroofen als auch den alten Heizstrahler aus Drábovka in Beschlag und tat, als könne ihr kein Winter etwas anhaben. Beide Geräte konnten, wie Vater sehr gut wußte, den Elektrozähler wie eine Schallplatte in Schwung versetzen – und bei dem Gedanken, neben dem teuren Heizöl auch noch ein ganzes Vermögen für Strom zahlen zu müssen, wurde ihm ganz schwindelig.

In frostigen Winternächten stand er dann oft auf und schaute im Schein der Taschenlampe den Zähler im Treppenhaus an.

»Er sah aus wie der sparsame Geist von Hamlets Vater«, beschrieb ihn Quidos Mutter später mit diesem etwas verrückten Vergleich.

Großmutters plötzliche Furcht vor Krebs blieb merkwürdigerweise auch in der gesunden Luft von Sázava bestehen. Anfangs weigerte sie sich lediglich, in Aluminiumtöpfen zu kochen, karzinogene Hähnchen zu essen, die Quidos Vater trotz ihrer Warnungen ständig kaufte, und das Geschirr mit Spülmittel zu spülen, so daß die Teller und Töpfe bald so fettig waren, daß sie allen aus den Händen rutschten; allmählich erweiterte sich aber der Kreis der von Großmutter aufgestellten Tabus zunehmend.

Am zwanzigsten Mai feierte die Familie den dreißigsten Geburtstag von Quidos Vater. Die Sonne brannte schon kräftig, aber das Laub des Immergrüns über der Terrasse spendete den nötigen Schatten, so daß sich Quido entschied, den Mittagstisch dort zu decken. Er hatte für den Vater einen Satz von drei Schnitzeisen gekauft und konnte es schon nicht mehr erwarten, ihm das Geschenk nach dem Mittagessen zu überreichen.

»Also, zu Tisch!« rief er ungeduldig.

Als erster kam Vater und brachte eine Flasche Sekt mit.

Mutter, die ihm folgte, trug einen großen Topf dampfender Suppe, und unter ihrem Arm klemmte die Zeitung vom vergangenen Tag.

»Das mußt du dir anhören«, sagte sie lachend. »Ich lese es dir vor – das meinen die doch wohl nicht ernst!«

Sie stellte die Suppe auf den Tisch und schlug die Zeitung auf.

»Lieber nicht«, sagte der Vater, »wo ich doch Geburtstag habe.«

Großmutter Věra zeigte auf Großvaters Glas:

»Er bekommt nichts«, befahl sie.

»Habt ihr das gehört? Habt ihr sie gehört?« rief Großvater Josef, um das Mitleid der anderen zu erwecken. »Nicht einmal mit meinem eigenen Sohn darf ich anstoßen!«

79

»Ich lese dir nur ein kleines Stückchen vor«, sagte Mutter, »es lohnt sich.«

»Du sollst mir jetzt nichts vorlesen«, bat Vater. »Papa, Ruhe. Ruhe.«

Er machte sich daran, das Drahtkörbchen auf dem Korken zu entfernen.

»Also, zu Tisch!« rief Quido. »Opaaa!«

»Ich komme schon«, rief Großvater Jiří, der gerade die Pflichtbesichtigung von Großmutter Líbas Gemüsebeeten absolvierte und nun etwas außer Atem zurückkam. Quido fiel auf, daß er merklich abgenommen hatte.

»Also, was sagst du dazu?« rief Großmutter Líba.

»Es ist eine Pracht!« sagte Großvater, ließ seinen Blick aber sehr weit schweifen, bis zum bewaldeten Massiv des Flußtals, so daß nicht ganz sicher war, ob seine Bewunderung lediglich dem Sellerie, Blumenkohl, Kürbis und Rhabarber galt.

»Kein Wunder«, sagte Quidos Mutter und fuhr auf russisch fort: »Sázava ist eines der bekanntesten touristischen Gebiete.«

»Willst du mit so was etwa angeben«, wandte Großvater Josef verächtlich ein. »Mit Russisch ...«

»Laß das!« sagte Großmutter Věra. »Es ist wirklich ein wunderschönes Haus, Mädchen. Ich sag' dir ...«

»Nur die Garage ist unglaublich eng«, sagte Vater. »Wer die gebaut hat, muß ein Vollidiot gewesen sein. Mit unserem Oktávia komme ich da rückwärts kaum rein.«

»Wir versuchen, sie gegen einen Hangar einzutauschen«, sagte Quidos Mutter. »Wenn es uns nicht gelingt, muß er lernen, mit geschlossener Tür rückwärts zu fahren.«

»Sie übertreibt«, sagte Vater. »Kommt, wir stoßen an.«

»Wecke bitte Pazo nicht auf!«

Die Familie versammelte sich am Tisch. Vater ließ den Korken knallen und verteilte den Sekt auf die Gläser.

80

»Was??« schrie Großmutter Líba. »Geschliffenes Glas?? Willst du uns alle vergiften??«

»Das will ich wirklich nicht«, erwiderte Quidos Vater lächelnd. »Ich versichere euch, daß wir, sofern meine Frau nicht aus Rudé Právo vorliest, den Toast überleben werden.«

»Ich weigere mich, dieses Blei abzulecken!« rief Großmutter und wandte sich mit sichtlicher Abscheu von dem geschliffenen Glas ab.

Alle beugten sich argwöhnisch über ihre Gläser.

»Was ist denn das für ein Unsinn?« fragte Großvater Jiří verwundert.

»Blei«, sagte Quidos Vater langsam und überlegen, »ist im Bleiglas *molekular* gebunden. Deshalb halte ich die Möglichkeit, daß Sie nur ein einziges Mikrogramm ablecken – wie Sie sich ausdrückten – für *absolut* ausgeschlossen.«

»Wißt ihr, wen ich gestern getroffen habe?« fragte Mutter, um das Gespräch auf ein anderes Thema zu bringen, »Pavel Kohout.«

Großmutter Líba umwickelte das Glas mit einer Papierserviette.

»Zum Wohl«, sagte sie trotzig.

»Auf *Ihr* Wohl«, sagte Quidos Vater und hob seinen Kelch. »Auf das Ihre.«

»Ökologie – und noch dazu originell«, sagte der Lektor. »Das nehm' ich. Natürlich ohne diesen Kohout. Na, sehen Sie, es geht doch, wenn Sie wollen ...«

2. Es ist schon erwähnt worden, daß Quido, lange bevor er in Sázava in die erste Klasse kam, fließend lesen konnte. Man hätte deshalb erwarten können, daß ihn die primitiven Sätze in der Fibel langweilen würden, wie es bei Kindern in ähnlichen Fällen zuweilen vorkommt, aber sein Problem lag etwas anders: Da er, wie jeder erfahrene Leser, die Silben ganz automatisch und unbewußt miteinander verband, verstand er die Aufgabe der Wörter, die gerade zur Übung dieser Verbindungen im Lehrbuch standen, nicht. Er wollte nicht glauben, daß all diese Wörter nur so abgedruckt waren, ohne jegliche Absicht oder Ziele, und versuchte während des Lesens angestrengt, ihren Zusammenhang zu ergründen. Er wußte bereits, daß die Wörter in Büchern oder Theaterstücken keineswegs nach dem Zufallsprinzip ausgewählt werden und wollte nicht glauben, daß es auf den ersten Seiten der Fibel anders sein könnte. Dadurch bekamen dann Worte wie OTTO, TON oder AUTO einen seltsam nachdrücklichen, dramatischen Akzent in Quidos Mund, den jeder Zuhörer sofort bemerkte, ohne ihn sich erklären zu können.

»Ein ganz banaler Satz des Typs EMMA MAHLT MOHN«, erzählte Quido später, »klang in meiner Interpretation wie eine suggestive existentielle Mitteilung oder vielleicht sogar wie ein kurzer Ausschnitt aus einem unbekannten Schauerroman. Alle waren immer total verblüfft!«

Quidos Ruhm gelangte bald bis zur Genossin Šperková, der Leiterin der Rezitations-AG der Schule, die sofort kam, um ihn zu hören.

»Aufstehen, Kinder!« rief die Genossin Lehrerin Jelínková, als ihre Kollegin für die höheren Jahrgangsstufen in der Klassentür erschien.

»Setzt euch, Kinder«, sagte die Genossin Lehrerin Šperková lächelnd. »Ich bin gekommen, um zu hören, wie gut ihr lesen könnt.«

Als Quido wie zufällig an die Reihe kam, erwarteten ihn drei kurze Sätze über eine runde grüne Erbse. Unwillkürlich Vladimír Šmeral in der Rolle Pius' XII. imitierend, las er sie konzentriert vor.

Die Lehrerinnen schauten sich an.

»Möchtest du nicht mit den größeren Kindern schöne Gedichte vortragen?« fragte Genossin Lehrerin Šperková Quido.

»Ehrlich gesagt, ich weiß nicht«, sagte Quido. »Es ist schließlich nur eine Reproduktionskunst. Ich möchte lieber versuchen, etwas Eigenes zu schreiben.«

»Schreiben könntest du auch so, nach den Auftritten«, sagte Genossin Šperková überrascht. Sie hatte schon so manches über Quido gehört, aber eine unmittelbare Begegnung mit ihm, das war doch etwas ganz anderes.

»Ich weiß nicht«, sagte Quido. »Ich lasse es mir noch mal durch den Kopf gehen.«

»Also gut«, sagte die Lehrerin Šperková etwas steif.

Ihre Kollegin zwinkerte ihr jedoch verschwörerisch zu.

»Du könntest ja zusammen mit Jaruška rezitieren«, schlug sie Quido vor. »Jaruška kann auch gut lesen.«

Quidos Interesse am Rezitieren stieg merklich, wie die Lehrerin richtig vorausgesehen hatte.

»Vielleicht möchte sie nicht«, sagte er.

»Na, hör mal!« lachte die Lehrerin, erfreut über ihren pädagogischen Erfolg, »Jaruška, komm mal her!«

Jaruška kam gehorsam angelaufen und blieb vor den beiden Lehrerinnen stehen. Ihre beiden Zöpfe schaukelten noch eine Weile hin und her. Quido wollte ihr zulächeln, aber Jaruška schaute ihn nicht an.

»Möchtest du schöne Gedichte aufsagen, Jaruška?«

Jaruška nickte etwas schüchtern und senkte den Blick.

»Obwohl das Engagement zweier Erstklässler ein Präzedenzfall in der Geschichte der Arbeitsgemeinschaft war, zögerte die Šperková nicht«, erzählte Quido. »Jaruška und ich wurden noch am selben Tag aufgenommen.«

Als sich Quido, damals noch auf der Terrasse von Drábovka, mit einer gewissen Verlegenheit zum ersten Mal
das blaue Hemd mit dem Abzeichen der Jung-Pioniere
anzog, sah er auf dem Gesicht seiner Mutter nicht die
Spur eines Lächelns, im Gegenteil, sie machte eine ziemlich ernste Miene.

»Findet das in der Schule statt?« fragte sie.

»Auf einer Versammlung«, informierte sie Quido.

»Aha.«

Quidos Vater trat mit einem Armvoll Holzleisten ins
Zimmer, aus denen er einen Schuhschrank bauen wollte.

»Ehre der roten Fahne«, sagte er zu Quido, als er ihn sah.
Seine Frau warf ihm einen kurzen, bedeutsamen Blick zu.

»Und was werdet ihr vortragen, Quido?« forschte sie
weiter.

»Das ist unterschiedlich«, sagte Quido nicht sehr bereitwillig.

»Natürlich hatte ich das Wesentliche dieses Problems
noch nicht erkannt«, berichtete er Jahre später, »aber
schon damals ahnte ich, daß etwas mit diesem Rezitieren
nicht ganz in Ordnung war.«

»Und du?« fragte Mutter.

»Ich rezitiere ›Sei stolz‹.«

»Sei stolz darauf, daß du widerstandest und weder Mund
noch Brust mit falscher Rede dir beflecktest!« kam die
Erinnerung der Mutter an ihre eigene Kindheit, die sie
fast zur Hälfte in Dismans Rundfunkensemble verbracht
hatte.

»Du kennst es?« fragte Quido überrascht.

»Hm«, sagte seine Mutter nachdenklich. »Und wer sagt,
›Lenin, der Leuchtturm, Lenin, die Glocke‹?«

»Jaruška«, sagte Quido und errötete.

Für die Versammlungsteilnehmer, das heißt, nicht nur für die Kommunisten, war die Einleitung durch singende und rezitierende Pioniere so selbstverständlich wie die Limonade auf den Tischen, der kleine Quido aber, der in den revolutionären Versen von Neumann oder Skála genausowenig Sinn fand wie in den leeren Sätzen der Fibel und sie deshalb mit derselben leidenschaftlichen Sinnerforschung vortrug, war ein Erlebnis, wie sie es bisher nicht gekannt hatten.

»Wer ist denn dieses aufgedrehte Kerlchen?«

»Der ist von dieser Juristin und dem Ingenieur.«

»Der sagt das, als ginge es um Leib und Leben!«

»Der zerreißt sich ja förmlich.«

»Seht euch diesen Knirps an!«

»Dieses Balg legt sich aber ins Zeug!«

Mögen einige dieser Bemerkungen auch noch so hämisch gewesen sein, eines stand fest: Die Leute waren auf den leidenschaftlichen Rezitator aufmerksam geworden und behielten ihn im Gedächtnis.

»Und sie kannten mich aus *Versammlungen*«, erklärte Quido Pazo. »Das war also ein politisch günstiger Aspekt. Günstig für Vater! Beide setzten eine wahnsinnig nachsichtige Miene auf, wie es richtige Eltern tun, wenn sich ihr Kind ein geschmackloses Spielzeug aussucht, das ihnen persönlich zwar überhaupt nicht gefällt, sie es ihm aber nicht versagen wollen, wenn sich das Kind dieses Spielzeug nun schon mal selbst ausgesucht hat. Nun, es paßte Vater in den Kram, und so hinderte er mich nicht daran, das ist nämlich das richtige Wort, sie *hinderten* mich nicht daran. Ich, Bruderherz, habe für sie die Schmutzarbeit erledigt: Einmal ›Sei stolz‹ für die Kommunisten aus dem Glaswerk, zweimal das ›Lied des Friedens‹ im Straßenausschuß, und Papa konnte nach London fliegen!«

85

»Sie übertreiben«, sagte der Lektor zu Quido. »Wie immer übertreiben Sie. Falls es überhaupt Sinn hat, über all das zu reden«, fügte er hinzu.

»Klar übertreibe ich«, sagte Quido. »Ich möchte Ihnen damit nur deutlich machen, was auch Einfluß gehabt haben könnte, zusammen mit all dem anderen. Es wird für Sie unsinnig klingen, aber ich bin immer noch überzeugt davon, daß meine Rezitationen für die Kommunisten, der Kauf des Hundes von Šperk und Vaters Fußballspiel die, wie ich sagen würde, drei Wurzeln und drei Voraussetzungen seiner folgenden kurzen Karriere waren.«

3.　　»Na, wie wohnt es sich, Genosse«, fragte Šperk lachend, als er sich in der Betriebskantine für einen Augenblick bei Quidos Vater niederließ.

»Gut, danke«, sagte Quidos Vater. »Es ist wirklich nicht zu vergleichen – die damalige Terrasse und das hier.«

Er war Šperk wirklich dankbar, andererseits war es ihm aber unangenehm, daß ihn die Leute so freundschaftlich mit ihm reden sahen.

»Die Fahnen hattest du draußen, das habe ich gesehen«, sagte Šperk grinsend.

»Hatte ich«, erwiderte Vater.

»Aber ansonsten sieht man dich nicht!« ermahnte ihn Šperk. »Spielst du Fußball? Ich brauche jemanden für die B-Mannschaft.«

»Ich habe Ihnen doch schon gesagt, daß ich nie gespielt habe.« Quidos Vater zuckte die Achseln. »Nur beim Militär, aber daran möchte ich lieber nicht erinnert werden.«

»Na ja.« Šperk grinste. »Also Fußball nicht?«

»Nein. Gott bewahre!«

»Macht nichts«, sagte Šperk. »Also nicht. Aber was ich dir noch sagen wollte: Ich habe den Hund für dich, wie wir ausgemacht haben.«

»Hören Sie auf!« sagte Quidos Vater erschrocken. »Ich habe Ihnen doch gesagt, was für ein Trauma meine Frau in bezug auf Hunde hat!«

»Na hör mal!« Šperk lachte schallend. »Für nur drei Tausender so einen Schäferhund! Ich will sie nicht gleich, keine Sorge.«

»Darum geht es nicht, wirklich. Meine Frau hat einfach Angst vor Hunden. Sie ist einmal bös gebissen worden, mußte deshalb im Krankenhaus liegen, furchtbar!« improvisierte Quidos Vater verzweifelt. »Ein Hund kommt nicht in Frage!«

»Ich habe dir doch gesagt, daß es kein Hund ist!« sagte Šperk, offensichtlich schon etwas verstimmt. »Es ist doch nur ein kleiner Welpe. Komm morgen bei mir vorbei!«

»Also noch einmal«, sagte Quidos Mutter an diesem Abend zu ihrem Mann, »glaubst du, daß ausgerechnet ich, die ich beim Anblick eines nicht angebundenen Hundes jeglicher Rasse vorzeitig meine Regel kriege, mich danach sehne, einen Hund für zu Hause anzuschaffen, und dann ausgerechnet auch noch einen *Schäferhund*?«

»Nein«, sagte Quidos Vater niedergeschlagen.

»Glaubst du also, daß unser Quido sich nach einem Hund sehnt? Dieser Quido, der bei unerwartetem Hundegebell weder Urin noch Stuhl halten kann?«

»Nein«, sagte Quidos Vater und seufzte.

»Sehnt sich vielleicht der kleine Pazo nach einem kräftigen Schäferhund? Hat er diesen Wunsch in irgendeiner Form geäußert?«

»Nein!«

»Dann bist du der einzige in der Familie, der ihn haben will!«

»Aber nein«, widersprach Vater. »Ich will nur eine ordentliche Arbeit bekommen.«

»Warte«, sagte seine Frau erstaunt, »das mußt du mir erklären: Du willst den Hund *nicht*? Du willst ihn auch nicht?? Das heißt, daß ihn überhaupt niemand will, und trotzdem werden wir ihn bekommen?? Trotzdem holst du ihn morgen?? Warum??«

»Das erklär' ich dir doch gerade: damit ich in meinem Beruf arbeiten kann.«

»Und damit du das tun kannst, mußt du dir für dreitausend diese haarige Erlaubnis von Šperk kaufen!«

»Oh Himmel«, stöhnte der Vater. »Was kann ich denn dafür?«

Dem Lektor war auf den ersten Blick anzumerken, daß ihm etwas klar geworden war.

»Allmächtiger!« rief er. »Erst jetzt ist bei mir der Groschen gefallen!« Er schlug sich laut auf die Oberschenkel und stand energisch vom Sessel auf.

»Ich schimpfe andauernd mit Ihnen wegen der minimalen Selbstzensur, ich rege mich auf, daß Sie sich höchstens minimale Einschränkungen auferlegen, und dabei ist es eigentlich ganz anders!« Er lachte etwas bitter. »Sie schränken sich nämlich *überhaupt nicht* ein! Sie zensieren sich bis jetzt nämlich *gar nicht*!«

»Ja«, mußte Quido zugeben, »bisher wirklich nicht besonders, aber –«

»Das heißt«, der Lektor fiel ihm ins Wort, »das heißt also, daß Sie es einfach ganz unverblümt, wie man so sagt, also wahrheitsgetreu schreiben, auf niemanden und nichts Rücksicht nehmen und sich mehr oder weniger damit abgefunden haben, denn so naiv sind Sie ja nun

auch wieder nicht, daß ich *dann* wie ein böser Jesuit nur
darin herumstreichen werde, nicht wahr? Ist doch so?«
»Irgendwie schon«, sagte Quido resigniert.
»Na, wunderbar!« rief der Lektor und senkte dramatisch
die Stimme: »Aber *dann*, dann wird man nicht mehr darin
streichen können!«
»Nein?« fragte Quido scheinbar erschrocken. »Das ist ja
eine Bescherung! Was sollen wir tun? Ich quäle mich hier
an einer wahren Geschichte ab, und zu guter Letzt stellt
sich heraus, daß man darin nicht streichen kann!«
»Sie finden das lustig?« fragte der Lektor kühl. »Ich
dachte, Sie wollen, daß der Roman *erscheint*? In diesem
Falle müssen Sie ziemlich viel streichen. Aber das wird
wohl kaum möglich sein, weil er bisher so angelegt ist,
daß Ihnen das Ganze zusammenfällt, wenn Sie gewisse
Dinge herausstreichen. Das Ganze bricht zusammen.«
Der Lektor trat voller Genugtuung ans offene Fenster,
trommelte mit den Fingern auf das Fensterbrett und
schaute gedankenverloren auf die Straße. Unten fuhr
gerade eine Straßenbahn vorüber.
»Na ja«, sagte Quido. »Dann bricht es eben zusammen.«

Nachdem Quidos Vater dreitausend Kronen an Šperk
gezahlt hatte, bekam er dafür eine halbjährige Hündin
namens Tera. Dieser Name gefiel ihm von Anfang an
nicht. Er klang irgendwie schneidend und kalt und erinnerte ihn vor allem an den Film ›Tora! Tora! Tora!‹, ein
bekanntes Kriegsdrama. Den ganzen Weg von Šperk
nach Hause über sagte er sich, daß er für die Hündin
einen ganz neuen, weicheren und zärtlicheren Namen
finden sollte, einen, der ihre – wie er fest glaubte – Fried-
fertigkeit, Zuverlässigkeit und Zutraulichkeit ausdrücken
und auf seine Frau und Quido sofort eine eindeutig beruhigende Wirkung haben würde. Ihm war zwar klar, daß

89

die nachträgliche Umbenennung eines Hundes, der sich bereits einige Monate an seinen ursprünglichen Namen gewöhnt hatte, in kynologischer Hinsicht wahrscheinlich eine große Sünde war, auf der anderen Seite fürchtete er aber die Reaktion seiner Familie auf den Namen Tera. Ihn erfreute der Gedanke, daß, wenn sie sich schon nicht auf die Namen ihrer Söhne hatten einigen können, es ihnen vielleicht wenigstens bei einem Hund gelänge. Einen Moment lang sah er sich sogar in der Versuchung, der Hündin die weibliche Variante seines eigenen Namens zu geben und sie Josefina zu rufen, aber dann verwarf er diese eitle Idee zum Glück wieder. Dennoch ließ ihn der Gedanke einer Umbenennung nicht los.

Wie er so nachdachte, verging die Zeit schnell, und ehe er sich's versah, stand er mit dem Hund, der noch immer Tera hieß, vor den roten Sandsteinpfosten des Gartentors. Seine gesamte Intelligenz, seinen Erfindungsgeist und Scharfsinn mobilisierend, schritt Quidos Vater auf das Haus zu. Während dieser zehn, zwanzig Sekunden jagten gut fünfzig Substantive weiblichen Geschlechts durch seinen Kopf, aber keines davon, das spürte er, war das richtige. Als er um die letzte Ecke bog, sah er seine Frau auf der Terrasse, wie sie die Immergrünblätter zusammenfegte. Unter dem cremefarbenen Pullover schaute ein weißer Kragen hervor. Nun hatte er es.

Seine Frau hatte ihn bisher noch nicht bemerkt.

»Da kommt sie endlich«, rief er fröhlich. »Sie heißt Zärte!«

Am besten wurde Zärte überraschenderweise von Quido aufgenommen: Wenn aus seinen Bewegungen auch eine gewisse Vorsicht nicht wich, trug er sie dennoch im Arm, streichelte sie, spielte mit ihr und sprang um sie herum. Großmutter Líba sah in ihr lediglich einen weiteren

Esser, der Fleisch verlangen würde, und Pazo war noch zu klein, um an dem Welpen überhaupt Freude haben zu können. Quidos Mutter hatte beschlossen, den jungen Hund zu ignorieren, so daß wirklich die Gefahr bestand, daß sie ihn während ihres schnellen ärgerlichen Hin- und Herlaufens von einem Raum zum anderen bei der nächsten Gelegenheit zertrat. Als dies länger als zwei Stunden so gegangen war, hielt Quidos Vater es nicht mehr aus.

»Das spielst du aber schlecht«, warf er seiner Frau vor. »Es ist unglaubwürdig. Guck dir Quido an! Findest du es nicht lächerlich, so zu tun, als ob du vor diesem Hundebaby Angst hättest?«

»Ich habe keine Angst vor ihm. Vorläufig«, sagte sie. »Aber ich war dagegen, und du hast es gewußt.«

Quidos Vater war für den Anfang vollkommen zufrieden damit, daß sie sich nicht fürchtete.

»Na also!« sagte er erleichtert. »Wie kann man vor diesem verspielten, anschmiegsamen, zutraulichen Knäuel auch Angst haben! Warum glaubst du, hat man sie Zärte genannt?«

»Für mich«, rief Quidos Mutter, »wird es immer nur ein schwarzer, böser, furchterregender, stinkender Hund mit großen Zähnen bleiben! Da kann sie von mir aus sogar Friede heißen!«

»Aber hör mal«, sagte der Vater lachend. »Komm, streichel sie lieber, wie herrlich weich sie ist.«

»Nie und nimmer! Und sieh zu, daß du sie irgendwo anbindest!«

»Bist du verrückt geworden? Seit wann werden Welpen angebunden?« Quidos Vater schüttelte ungläubig den Kopf und bückte sich dann zu Zärte hinunter. Die Hündin hob die Schnauze und schaute ihn mit dunklen, glänzenden Augen an. »Streichel sie. Bitte!«

Quidos Mutter zögerte.

Dann streckte sie den Arm aus und legte ihre Hand auf Zärtes Kopf.

Zärte drehte sich nach ihr um.

Quidos Mutter zog die Hand zurück.

»Na siehst du!« Quidos Vater lachte zufrieden. »Wie war's?« Erst jetzt öffnete Quidos Mutter die Augen.

»Wie eine tote Ratte zu streicheln«, sagte sie.

»Solange Zärte ein Hundekind war, gab es mit ihr keine besonderen Schwierigkeiten. Sie knabberte natürlich das ein oder andere Tischbein sowie ein paar Bücher an und pinkelte auf den Teppich, aber wirkliche Probleme gab es nicht mit ihr«, erzählte Quido. Als sie aber heranwuchs, nahmen die Probleme zu. Quidos Vater, der versuchte, sie nach Hegendorf, dem Klassiker der deutschen Kynologie, zu erziehen, mußte beunruhigt feststellen, daß, obwohl sie als Hündin ›ruhiger, williger und besser lenkbar sein sollte als ein Rüde‹, beinahe das Gegenteil der Fall war: Zärte war wild, starrköpfig und sehr unfolgsam. In einem anderen Ratgeber las er später, daß es sich wahrscheinlich um einen ›harten Hund mit ausgeprägtem Führungstrieb‹ handelte, ›der in dem Rudel Hund – Mensch dem Menschen nur sehr widerwillig die Führung überläßt‹.

»Na dann gute Nacht!« rief Vater erschrocken.

Ferner erfuhr er, daß ein zuverlässiges Kriterium für die Unterscheidung eines harten und eines weichen Hundes die Reaktion auf das Stachelhalsband sei: Der harte Hund verträgt es angeblich gut. Er hätte also ziemlich leicht feststellen können, um welchen Hundetypus es sich in Zärtes Fall handelte, aber er gab gegenüber der schrecklichen Gewißheit der seligmachenden Unwissenheit den Vorzug und verschob den Kauf des Halsbandes immer wieder. Um so mehr widmete er sich der Erziehung.

Zunächst war er jedoch lange unentschlossen, ob er als Erziehungsmethode die *Parforcedressur,* wie es Hegendorf bei harten Hunden empfahl, oder die der *Nachahmung,* die wiederum mehr seinem eigenen Naturell entsprach, anwenden sollte.

»Nachahmungsmethode?« rief seine Frau. »Hab' ich richtig gehört? Besitzt du etwa eine Eigenschaft, Fähigkeit oder Fertigkeit, die dieser Hund nachahmen sollte?«

Quidos Vater war allerdings gegen die Beleidigungen seitens seiner Frau schon längst immun und übte mit Zärte geduldig weiter, wobei er die beiden erwähnten Methoden kombinierte. Er hatte schon lange den Vorsatz aufgegeben, sie zum Kriechen zu bewegen, geschweige denn zum Apportieren und wäre schon zufrieden gewesen, wenn Zärte seine Befehle zum Hinsetzen oder Hinlegen befolgt und ihn an der Leine nicht so hin und her gezerrt hätte, und vor allem, wenn sie nach dem Abnehmen der Leine auf Zuruf zurückgekommen wäre. Dennoch schien es ihm manchmal, daß diese Ziele zu hochgesteckt waren, und ihn verließ jeglicher Erziehungselan.

Um so weniger konnte er es ertragen, wenn jemand – und sei es auch aus Unwissenheit – seine sporadischen Erfolge zunichte machte.

»Ich bitte dich, was für Befehle gibst du ihr denn jetzt schon wieder?!« schrie er einmal seine Frau an, nachdem er eine ganze Serie ihrer ›Kommandos‹ gehört hatte. »›Sieh zu, daß du dich hinlegst!‹ sogar ›Hau dich sofort hin!‹ Was, in Gottes Namen, soll das? Ich habe dir schon *tausendmal* gesagt, daß es ›Down!‹ heißt.«

»Dann sag deiner Bestie gefälligst, daß sie nicht mein Gesicht anknabbern soll!« kreischte Quidos Mutter.

»Sie hat dich noch nie gebissen! Sie leckt dich nur ab!« widersprach Vater leidenschaftlich. »Du kannst froh darüber sein, denn das ist eine Ergebenheitsbezeugung!

Wenn du endlich den Hegendorf gelesen hättest, wüßtest du Bescheid! Durch das Ablecken des Mauls des Leithundes bezeugen die Mitglieder des Rudels ihre Unterordnung!« zitierte er.

»Mein Maul wird nicht abgeleckt!« schrie Mutter. »Ich pfeife auf eine solche Ergebenheit! Für mich ist nur der Hund ergeben, der mich nicht ableckt!«

»Ach ja«, seufzte der Vater.

Gern hätte er Zärte abgewöhnt, das Gesicht seiner Frau abzulecken – wie auch viele andere ihrer schlechten Gewohnheiten –, aber er war sich nicht mehr sicher, ob es ihm jemals gelänge. Sein Selbstbewußtsein als Trainer verringerte sich von Tag zu Tag.

Nach einigen Monaten tat er endlich das, wovor er sich die ganze Zeit gefürchtet hatte: Während einer Dienstreise nach Prag kaufte er das Stachelhalsband. Als er es Zärte am Abend anlegte und mit den Fingerkuppen die Schärfe der Spitzen prüfte, glaubte er, daß sie nun nicht mehr so stark an der Leine ziehen würde. Sobald er jedoch von der Terrasse auf die ersten Platten des Gartenweges getreten war, preschte Zärte sowohl seinem Glauben als auch den Stacheln gegenüber vollkommen gleichgültig los, und während des gesamten Spaziergangs schleifte sie ihn genauso hin und her wie immer.

»Nun ist es leider klar«, sagte er am Abend völlig erschöpft zu seiner Frau.

»Es ist ein sogenannter harter Hund.«

»Und was folgt daraus?«

»Schwer zu sagen. Er hört wohl nicht immer auf uns. Er setzt wahrscheinlich ziemlich oft seinen Willen durch.«

»Nicht immer«, wiederholte seine Frau. »Ich weiß nicht, wo du deine Euphemismen hernimmst! Daß dieser Hund *nie* auf uns hört, wußte ich schon von Anfang an, auch ohne Hegendorf!«

»Ich werde natürlich auch weiterhin mit ihr trainieren«,
versicherte Quidos Vater.
»Was? Du?« fragte Quidos Mutter verwundert. »Du mit
deinem Hang zur Unterwerfung willst einen Führungs-
typus von Hund trainieren? Kommt dir das nicht absurd
vor?«
»Doch«, gestand Quidos Vater seine Niederlage ein.

4.   Quidos Vater versank erneut in Pessimismus, die
Mißerfolge bei Zärtes Erziehung waren aber freilich
nicht der einzige Grund dafür, es schien ihm vielmehr,
daß es immer mehr Gründe gab.
Stellvertretender Leiter der Exportabteilung wurde sein
Freund Ingenieur Zvára, was Quidos Vater erwartet hatte,
aber trotzdem nicht begreifen konnte. Von außen betrachtet, kamen sie auch weiterhin sehr gut miteinander aus,
aber beide vermieden es, allzu oft Erinnerungen auszutau-
schen, insbesondere darüber, wer das Staatsexamen in zwei
Sprachen hatte, wer das Diplom mit Auszeichnung und
wer wem die Diplomarbeit geschrieben hatte. Eine einzige
– und noch dazu indirekte – Anspielung auf diese bemer-
kenswerten Einzelheiten machte Ingenieur Zvára selbst
irgendwann im Oktober des Jahres zweiundsiebzig, als er
zum ersten Mal dienstlich in den Westen geschickt wurde
– zur Industrie-Messe nach Frankfurt.
Schon eine Woche vor dem Abflug tat Zvára nichts anderes mehr, als die zugeteilten sowie anderweitig erworbe-
nen D-Mark zu zählen, den Flugschein zu betrachten,
den Stadtplan immer wieder auseinander- und zusam-
menzufalten und vergebens nach den vergessenen deutschen Vokabeln in seinem Gehirn zu forschen.
»Weißt du, wie man sagt ›Jste vdaná?‹?« fragte er, ohne
die Augen vom Sprachführer zu heben.

95

»Sind Sie verheiratet?« sagte Quidos Vater.

»Und ›Svlékněte se!‹?« Zvára zwinkerte der Sekretärin zu.

»Ziehen Sie sich aus.«

»Und ›Otevřte ústa!‹?« fragte Zvára mit lüsternem Lächeln.

»Öffnen Sie den Mund«, seufzte Quidos Vater. »Und weißt du, was das heißt: ›Ich habe einen Ausschlag, Herr Doktor. Es juckt.‹?«

»Nee – was?«

»Mám vyrážku, doktore. Svědí to.«

Die Sekretärin kicherte.

»Mach dir nur keine Sorgen um mich!« sagte Zvára lachend. »Ich werde mir schon zu helfen wissen!«

»Daran zweifle ich nicht«, sagte Quidos Vater auf deutsch.

»Was heißt das?«

»O tom nepochybuji«, übersetzte er, inzwischen schon etwas gereizt.

Er hatte ihn nicht beneidet, jedenfalls nicht im üblichen Sinne des Wortes, und er wollte nicht, daß Zvára so etwas dachte, aber die Reisefreude mit ihm zu teilen, fiel ihm immer schwerer. Sein Gesicht verriet ihn. Er beugte sich deshalb über seinen Schreibtisch und gab vor, in wichtiger Arbeit zu ersticken. Zvára durchschaute das natürlich.

»Ich weiß, daß du der Bessere bist«, sagte er auf einmal.

Quidos Vater tat so, als hätte er ihn nicht verstanden:

»Wie?«

»Weißt du, warum nicht du hinfährst, obwohl du der Bessere bist?«

Quidos Vater spürte den bekannten Stich unter dem Brustbein.

»Laß mich doch damit in Ruhe«, sagte er so gleichgültig wie möglich.

»Ich meine es ernst«, sagte Zvára. »Weißt du warum?«

96

»Weiß ich nicht, Chef. Könnten Sie es mir erklären?«
Quidos Vater versuchte es mit einem lockeren Ton, aber
die plötzliche Spannung im Büro wurde dadurch nicht
gemildert.
»Weil du ein Hornochse bist!«
»Siehst du«, sagte Quidos Vater mit etwas belegter
Stimme, »und ich Dummkopf habe die ganze Zeit
gedacht, daß ich deshalb nicht fahre, weil ich nicht in der
Kommunistischen Partei bin.«
»Da hast du richtig gedacht. Und gerade deshalb bist du
ein Hornochse.«
Die Sekretärin beobachtete sie entsetzt.
Den Bruchteil einer Sekunde verspürte Quidos Vater das
Verlangen, seinen Freund zu schlagen, aber dann atmete
er einige Male tief durch, und eine Welle irgendwo in sei-
nem Innern spülte die Wut fort.
»Wissen Sie was, Chef?« sagte er versöhnlich. Seine
Augen waren wieder klar. »Scheißen wir drauf, oder?«
»Aber, Herr Ingenieur!« rief die Sekretärin scheinbar
empört.
»Meinetwegen ...«, sagte Zvára im selben Moment.
»Zugführer Zvára!« rief Quidos Vater etwa eine Viertel-
stunde später.
»Hier!« rief Zvára vorschriftsgemäß. Es sah so aus, als
hätte er den Vorfall schon längst vergessen.
»Machen Sie im Westen keine Dummheiten!«
»Zu Befehl!« salutierte Zvára vorschriftsmäßig.
Alle drei mußten lachen.

»Und so war es immer«, erzählte Quido. »Vaters Abnei-
gung gegenüber Konflikten, seine physische Unfähigkeit,
sie zu ertragen, gewann meistens die Oberhand. Die Vorstellung, daß er vierzig Stunden in der Woche mit jemandem in einem Raum verbringen mußte, mit dem er Streit

hatte, war für ihn so unerträglich, daß er mit Zvára wohl
nie stritt. Sobald er feststellte, daß eine Meinungsver-
schiedenheit auf einen echten Streit zusteuerte, gab er
nach. Kaum eine Wahrheit war ihm so viel wert, als daß
er sich dafür die Nerven ruiniert hätte.«

»Und du wirst ihm niemals sagen, was du von ihm
hältst?!« warf ihm seine Frau vor.
»Wozu denn? Das gibt nur Ärger. Oder meinst du etwa,
daß ich ihm dadurch die Augen öffne und er sich
ändert?« wandte Vater ein.
»Ich kann keine Hunde erziehen, geschweige denn Menschen.«
»Das stimmt.« Quidos Mutter war ausnahmsweise einer
Meinung mit ihm. »Es macht dir also überhaupt nichts
aus, in dieser Verlogenheit zu leben?« fügte sie hinzu.
»Doch«, sagte Quidos Vater. »Aber es macht mir weniger aus, als wenn jemand im Büro acht Stunden lang
beleidigt Sachen durch die Gegend schmeißt. Ich er-
schrecke nämlich jedesmal ungeheuer. Und kriege Grie-
ben am Mund.«
»Du hast dich also eigentlich wegen der Grieben mit der
Verlogenheit abgefunden.«
»Und du bist frei von jeder Lüge?«
»Natürlich nicht! Wir alle leben damit. Nur, daß ich
dagegen ankämpfe. Auf meine Art, scheinbar unauffällig,
aber ich kämpfe.«
»Mit rechtlichen Mitteln«, bemerkte Quidos Vater.
»Ja, mit *rechtlichen* Mitteln. Ich bin Juristin, also mit
rechtlichen Mitteln.«
»In einem Land ohne Recht«, ergänzte Vater. »Findest
du nicht, daß darin ein unlösbarer Konflikt steckt?«
Offensichtlich hatte er eine empfindliche Stelle getrof-
fen, denn Quidos Mutter reagierte sehr gereizt:

»Du hingegen kämpfst in der Tischlerwerkstatt für die Wahrheit!«

»Nein«, sagte Vater mit einem Seufzer. »Das habe ich nie behauptet. Ich kuriere dort meine Nerven. Du glaubst gar nicht, wie herrlich entspannend das ist. Solange ich ein Regal baue, vergesse ich die Welt.«

»Regal!« rief Quidos Mutter voller Verachtung. »Besorge dir LSD. Dann vergißt du die Welt viel schneller, und es hätte wenigstens ein gewisses *Format*.«

»LSD ist doch gar nichts, aber versuch mal, Holz zu besorgen!«

Quidos Vater wußte, wovon er sprach: Bereits vor einiger Zeit war es ihm gelungen, für seine Kellerwerkstatt eine alte Drechselbank mit Fußantrieb billig zu erwerben, aber er konnte gerade jetzt, da er dabei war, seine schöpferischen Möglichkeiten auf diese Weise zu erweitern, kein geeignetes Material auftreiben, und war wochenlang auf übriggebliebene Holzabfälle angewiesen. Daraus fertigte er dann Schwimmer für Angler an, obwohl er selber gar nicht angelte, oder verschiedene Anhänger, die niemand trug, und das alles nur, um auch weiterhin in der Werkstatt arbeiten zu können.

»Als er kein einziges Stück mehr hatte, das er in die Drehbank hätte einspannen können, begann er mit dem Schnitzen verschiedener Miniaturen von stark symbolischer Bedeutung«, erzählte Quido. »Das berühmteste Werk aus dieser Zeit ist wohl die Miniatur der Straßenschranke vom Grenzübergang Rozvadov.«

»Mensch, Sie machen sich anscheinend über mich lustig!« sagte der Lektor. »Ein Leben in Lüge, ein Staat ohne Recht ... Haben wir uns auf etwas geeinigt oder nicht ...?!«

99

»Aber es ist doch die Wahrheit«, sagte Quido trotzig. »Was hat es für einen Sinn, wenn es nicht der Wahrheit entspricht?«

»Sinn«, wiederholte der Lektor. »Sie sind wirklich noch ein Kind! Seit wann, bitte sehr, wird in Böhmen gefragt, ob unsere Literatur einen Sinn hat?! So einen Luxus konnte sich dieses Land noch nie erlauben. Hier wird immer nur gefragt, ob sie überhaupt existiert, ob es sie *gibt*! Verstehen Sie das denn nicht?«

»Nein«, sagte Quido. »Das verstehe ich nicht.«

Sobald Quidos Vater das erforderliche Material herangeschafft hatte und auf den Paletten in der Werkstatt akkurat ausgerichtete Kiefern- und Fichtenbretter lagen, dazu ein paar helle Eichenblöcke, Sperrholzplatten, kürzere und längere Leisten sowie rötliche Klötze der Wildpflaume, stürzte er sich mit lang unterdrückter Lust auf die neue Arbeit. Als Vorübung drechselte er einige Schalen und Kerzenhalter und einen neuen Rahmen für den Spiegel. Dann machte er sich an die Gardinenstangen, die sich Quidos Mutter gewünscht hatte. Er fertigte die versprochene Heizkörperverkleidung für das Kinderzimmer an, baute für Quido ein einfaches, praktisches Bücherschränkchen und schmirgelte und lackierte die Bank auf der Terrasse. Allerdings hatte er die ganze Zeit das Gefühl, daß seine Bastelei nicht perfekt war. Alles, was er aus der Werkstatt ans Tageslicht brachte, wies ein oder zwei kleine Details auf, die zwar meist nur ihm allein auffielen, die den Arbeiten in seinen Augen aber den Stempel des Amateurhaften aufdrückten: an einer Naht tauchte ein schmaler Spalt auf, im Lackanstrich entdeckte er einige Bläschen, die Winkel gingen etwas auseinander. Ein andermal war das Produkt handwerklich in Ordnung, wirkte aber ästhetisch nicht besonders überzeugend.

»Das war unter anderem beim Zeitschriftenständer so«, erzählte Quido. »Vater bastelte ziemlich lange daran herum, aber er machte ihn schließlich so groß und massiv, daß alle Besucher mit dem ersten Satz fragten, warum wir denn diese Futterkrippe im Wohnzimmer hätten.«

Quidos Vater konnte Dilettantismus nicht ertragen. Seine gesamte Kindheit und Jugend hatte er zwischen wackligen, baumelnden, abgelösten und herausfallenden Dingen verbracht, die amateurhaft oder, besser gesagt, völlig dilettantisch von seinem Vater, Großvater Josef, ausgebessert wurden. Noch jetzt erfaßte ihn eine merkwürdige, manchmal an Hysterie grenzende Nervosität, wenn er sich an all die mit zusammengefalteten Papierstückchen unterlegten Schranktüren, mit Leukoplast umwickelten Elektrokabel und mit Kaugummi befestigten, lockeren Parkettbretter erinnerte. Er war der Meinung, daß, wenn seine oft unsinnige Arbeit in der Exportabteilung schon nicht professionell sein konnte, wenigstens seine Holzarbeiten ein professionelles Niveau erreichen sollten, aber wie konzentriert er auch arbeitete, wie hochwertig das Material auch sein mochte und wie scharf auch die Schnitzeisen waren, war es doch nicht das Wahre. Er begriff, daß ihm für die Holzarbeiten anscheinend irgendein nicht erlernbares, angeborenes Gefühl fehlte, andererseits glaubte er aber, daß er diese Unzulänglichkeit mit einer erhöhten Anzahl von Arbeitsstunden, die er in der Werkstatt verbrachte, kompensieren könnte.

»Mein Vater«, erzählte Quido, »versuchte, seine eigenen Gene zu überwinden.«

Einen großen und zumindest außergewöhnlichen Tischlerauftrag bekam er zu dieser Zeit von Großmutter Líba, die von ihrem konsequenten Schutzbedürfnis vor karzinogenen Stoffen über verschiedene Kräuter bis an den

Rand des Mystizismus geführt wurde: Irgendein Wünschelrutengänger, den sie sich hatte kommen lassen, hatte ihr nämlich gegen Entgelt die Vermutung bestätigt, daß die allgegenwärtigen elektromagnetischen Ströme *diagonal* durch ihr Mansardenzimmer verliefen und sie ziemlich leicht davon zu überzeugen vermocht, daß ihr Bett diese Richtung unbedingt respektieren müsse. Der klassische rechteckige Bettkasten wurde somit auf einen Schlag unbrauchbar, und es entstand dafür aktueller Bedarf an einem Kasten von ganz anderer, nämlich *dreieckiger* Form.

»*Ecksitzgarnituren* kenne ich«, sagte Quidos Vater, als er mit Großmutters Forderung zum ersten Mal konfrontiert wurde, aber einen Eckbettkasten wird es wahrscheinlich nur ein einziges Mal in der ganzen Republik geben. Wir werden noch den Tag erleben, da ich ihr ein Fakirlager zimmern muß«, prophezeite er seiner Frau düster, aber insgeheim war er froh, daß er nun einen triftigen Grund hatte, bis tief in die Nacht hinein in der Werkstatt zu bleiben.

Vielleicht noch stärker als der Glaube an elektromagnetische Ströme, war aber Großmutters plötzliche Wahnvorstellung, daß sie, wenn sie sich bei einem Ausflug mit ihren Freundinnen Richtung Osten, also gegen die Erdrotation bewegte, physisch jünger würde. Quidos Vater hatte ihr unzählige Male zu beweisen versucht, zuletzt sogar mit Hilfe der runden Küchenlampe, bunter Textmarker und einer Handleuchte, daß diese Theorie, gelinde gesagt, äußerst irrational sei, aber nicht ein einziges Mal hatte er damit Erfolg gehabt, und noch dazu hatte er die Küchenlampe vom Deckenhaken gerissen. Großmutter hielt mit einer wahrhaft galileischen Unnachgiebigkeit an ihrer Überzeugung fest und behauptete, daß sie immer dann, wenn sich die Straße oder der Waldweg direkt nach Osten wende, *eindeutig* spüre, wie sie die Erde mit ihren Füßen förmlich in Rotation versetze, ebenso wie zum Beispiel ein Bär im Zirkus eine große Walze oder Kugel ins Rollen bringen könne.

»Ich gehe dann eigentlich gegen die Zeit«, erklärte sie.

Quidos Mutter glaubte der Großmutter nicht. Sie dachte, daß sie ein albernes Spiel mit ihnen spielte, vermutlich mit dem Ziel, die Familie zu mehr Mitleid wegen ihres Alters zu bewegen. Zita bestätigte ihr jedoch leider eines Tages, daß Großmutter ihre Worte ernst meinte.

»Sie geht ein paar Schritte vor uns her, den Kompaß in der Hand, und auf einmal rennt sie mir nichts dir nichts wie besessen los«, schilderte sie traurig. »Wohin rennst du, Libuška?« rufen Großmutters Freundinnen, aber sie hört sie nicht. Sie versetzt den Planeten mit ihren eigenen Beinen in Rotation und fliegt durch die Zeit. Aus ihren Waden schwinden die Krampfadern, die schlaffen Muskeln erstarken, jeder Schritt ist leichter und elastischer als der vorangegangene. Die gebeugten Schultern werden gerade, und der Stoff des karierten Hemdes spannt sich über der vollen, festen Brust. In die grauen Haare kehrt die Farbe und der Glanz zurück, sie werden dicht, rutschen aus dem Knoten und umspielen bei jedem Schritt das glatte, junge Gesicht. Die Luft ist rein und frisch, sie zu atmen ist die reinste Wonne. Die Bäume fliegen nur so vorbei, und da vorne, am Ende des Waldes, wartet vielleicht ein hübscher und kluger Bursche, der mit Sicherheit sympathischer ist als die unbekannten Greise, die ihr irgend etwas hinterherrufen. Sie spürt den ruhigen, regelmäßigen Schlag ihres Herzens und lächelt die Welt mit ihren weißen Zähnen an. Man schreibt das Jahr neunzehnhundertdreißig, und Großmutter ist achtzehn Jahre alt.«

»Hinter der nächsten Biegung holen wir sie sowieso wieder ein«, tröstet Zita die schnaufenden Freundinnen.

Und tatsächlich: Als der Weg zurück nach Norden abbiegt, wartet Großmutter Líba schon auf sie. Sie lehnt erschöpft an einem Baum, ringt nach Atem, und in ihren Augen zeichnet sich eine überirdische Müdigkeit ab.

»Ist schon wieder gut, Mädelchen«, sagt Zita nicht ohne Rührung zu ihr und gibt ihr etwas zu Trinken und die notwendige Tablette. »Wir sind ja schon wieder da.«

5. Es ist Weihnachten. Großvater Jiří mußte sich irgendeiner Operation unterziehen und konnte deshalb nicht kommen. Quido, seine Mutter und Großmutter Líba brachten ihm die Geschenke deshalb schon einen Tag früher ins Krankenhaus. Großvater war etwas blaß, aber er lächelte. Quido sah auf dem Tischchen neben dem Bett ein kleines, relativ dickes Buch. Es hatte keinen Schutzumschlag, so daß man weder Autor noch Titel erkennen konnte.

»Was liest du da?« fragte Quido den Großvater, denn Bücher riefen bei ihm stets großes Interesse hervor.

»Frag mich nicht! Sonette von Shakespeare!« lachte Großvater. »Langsam werde ich blöd. Weißt du, was das heißt, wenn ein Jurist anfängt, Shakespeare zu lesen?« wandte er sich fröhlich Quidos Mutter zu.

»Weiß ich nicht«, antwortete sie.

»Tut so, als wüßte sie's nicht!« sagte Großvater. »Und was macht Pazo?«

Heiligabend verlief seit dem Morgen in geruhsamer Atmosphäre: Sie wurde weder von Zärte gestört, die schon am Vormittag die Hälfte der für das Abendbrot vorgesehenen Pute fraß, noch von Quidos Mutter, die aus dem Rest Schnitzel machte und sie in der karzinogenen Teflonpfanne briet, und auch nicht von Großmutter Líba, die die Schnitzel dann mit Abscheu ins

104

Klo schüttete und runterspülte; Großvaters ungewohnte Abwesenheit machte nämlich alle außerordentlich tolerant. Die Ruhe wurde erst von Quido ein wenig gestört. »Was ist denn das für ein Blödsinn?« fragte er ohne Umschweife, als er in dem letzten Paket seiner Geschenke nicht den erwarteten schwarzen Hut mit breiter Krempe entdeckte, sondern einen schwarzweißen Lederfußball. Er bemühte sich in keiner Weise, seine Enttäuschung zu verbergen, geschweige denn, irgendeine Form von Freude zu heucheln.

Seine Eltern lächelten geheimnisvoll. Der kleine Pazo beschäftigte sich friedlich mit seinen Geschenken.

»Das habt ihr wirklich für *mich* gekauft?« fragte Quido, in dessen Stimme sich schon der Stimmbruch andeutete. »Soll das ein Witz sein? Wenn ja, dann ist es ein schlechter.«

»Warte –«, seine Mutter räusperte sich, aber Quido ließ sie nicht zu Wort kommen:

»Wenn ich schon meine Teilnahme an dieser öden Aktion des Briefeschreibens ans Christkind nicht verweigert und absolut *unzweideutig* ausgedrückt habe, daß ich dringend einen schwarzen Hut mit breiter Krempe brauche, dann hätte ich auch erwartet, daß ihr meinen Wunsch respektiert!« fuhr er gereizt fort.

»Quido«, sagte sein Vater vorwurfsvoll.

»Ich hätte verstanden«, Quido erhöhte seine Stimme, »wenn ich nichts bekommen hätte – Gott ist mein Zeuge, daß ich immer versuche, eure wirtschaftliche Situation maximal zu berücksichtigen –, und ich hätte es euch natürlich verziehen, wenn ich einen dunkelblauen oder gar braunen Hut bekommen hätte, obwohl ich mich mit diesen Farben niemals im nüchternen Zustand auf der Straße gezeigt hätte, weil dann wenigstens das Bemühen erkennbar gewesen wäre, meinen Wunsch zu erfüllen, aber diesen *Fußball*, den verzeih' ich euch nicht!«

Pazo schaute erschrocken zu seinem Bruder auf.

»In der Celetná-Straße habe ich schwarze Hüte *en masse* gesehen«, sagte Großmutter Líba. »Und billig.«

»Um Gottes willen, Mama!« rief Quidos Mutter.

»Warte, Quido«, sagte Vater.

»Ich warte nicht!« Quidos Stimme überschlug sich. »Ich *weiß*, versteht ihr, ich *weiß*, daß ich unsportlich, schwerfällig, dick, ferner introvertiert und ein Brillenträger bin, und deshalb ist es absolut, aber auch wirklich absolut überflüssig, daß ihr so kostspielige Anspielungen darauf macht!«

Es trat Stille ein, die nur durch Quidos lautes Keuchen unterbrochen wurde. Quidos Vater hob den Blick zu der hölzernen Decke empor und zog aus der Schachtel hinter seinem Rücken einen schwarzen Hut mit breiter Krempe. Verlegen warf er die Hände in die Höhe: »Es sollte wirklich nur ein Witz sein«, sagte er.

»Hast du keinen Sinn für Humor?« fragte die Mutter Quido.

»Großmutter hat auch gelacht, als sie die Bussole geschenkt bekommen hat.«

»So eine blöde Bussole«, sagte Großmutter Líba.

»Sie hat dir gefallen!« protestierte Mutter.

»Jetzt gefällt sie mir nicht mehr«, verkündete Großmutter resolut.

Mutter zuckte die Achseln.

»Und für wen ist dann der Ball?« fragte Quido mißtrauisch.

Quidos Vater bückte sich und nahm den Ball in beide Hände.

»Für mich«, sagte er.

Er streckte die Arme aus und guckte den Ball mit einem sehr seltsamen Blick an.

»Was?« sagte Quido.

»Wirklich«, pflichtete seine Mutter dem Vater bei, »er lügt nicht. Er hat wahrscheinlich schon vergessen, daß er

106

beim Militär in Opatovice nachts im Pyjama über die Idiotenbahn rennen mußte!«

Daß Quidos Vater den Fußball tatsächlich für sich selbst gekauft hatte, hatte sie zwar schon einen Tag zuvor erfahren, konnte es aber immer noch nicht ganz verstehen.

»*Ohne* Pyjama«, berichtete Quidos Vater, und seine Augen blickten irgendwo in die dunkle Vergangenheit.

»Ohne? Ach, du Armer«, Quidos Mutter lachte. »Das hast du mir gar nicht erzählt!«

»Warum?« fragte Quido schüchtern. Er schämte sich nun für seinen unbeherrschten Auftritt.

»Handspiel«, sagte Vater ungewöhnlich knapp. Quidos Mutter amüsierte sich:

»Und erzähl doch noch, wie dir die Soldaten aus deiner Truppe die Brille weggenommen und sie nach den Schießübungen auf dem Schießstand an einer der Blechfiguren mit Draht befestigt haben ...«

Quidos Vater schluckte mühsam.

»*Vor* den Schießübungen«, sagte er nicht sehr bereitwillig. »Aber zum Glück hat keiner getroffen. Sie mußten sie dann mit der Feldküche überfahren.«

»Das hast du mir auch nicht erzählt!« sagte Mutter lachend. »Viele Dinge hast du offensichtlich vor mir verheimlicht!«

»Handspiel?« fragte Quido teilnahmsvoll.

»Auch. Und ein Eigentor.«

»Das heißt also«, Mutter lachte Tränen, »das heißt also, daß du dir jetzt den Ball gekauft hast, um sozusagen ein paar Erinnerungen aufzufrischen! Ich fürchte nur, daß es nach der Art der Erlebnisse eher eine Psychoanalyse wird.«

»Ein Kompaß ist bestimmt besser«, sagte Großmutter Líba, die für einen Augenblick aus ihrem Halbschlaf erwacht war.

Quidos Vater hob den Ball vors Gesicht:

107

»Das ist vielleicht gar kein Ball«, sagte er etwas rätselhaft.

»Na klar!« rief Mutter. »Das ist doch der Schlüssel zu deiner Persönlichkeit!«

»Irrtum. Weißt du, was das ist? Das ist mein letztes Opfer für die Götter der Karriere.«

»Was?«

»Die Wirklichkeit ist verschlüsselt. Der Schein trügt. Du darfst dich auch nicht von den Abmessungen täuschen lassen«, sagte Quidos Vater, ohne zu lächeln. »Vielleicht ist das die passende Zauberkugel für den Golem.«

»Vielleicht!« lachte Mutter. »Falls es nicht der Geist des Truppenkommandanten ist.«

Quidos Vater hob den Ball noch höher. Die Kerzenflammen des Weihnachtsbaums flackerten in der aufgewirbelten Luft.

»Nehmt meine Opfergabe an, ihr Götter«, sprach er.

Quido und seine Mutter schauten sich an. Großmutter schlief.

»Bitte«, sagte Vater flehentlich.

»Jetzt reicht's«, sagte Quidos Mutter. »Daß Großmutter das Übernatürliche in die Familie eingeschleppt hat, das wissen wir. Ich habe aber nicht erwartet, daß sich der größte Rationalist der Familie als erster davon anstecken läßt.«

»Es bleibt ihm nichts anderes übrig«, sagte Quidos Vater. »Er ist schon seit fünf Jahren hier, macht die Arbeit eines Mittelschülers und verdient neunzehnhundert.«

Pazo erhob sich von seinen neuen Spielsachen:

»Ball haben!« verlangte er.

Sein Vater warf ihm den Ball zu.

»Ich habe das Diplom mit Auszeichnung, Staatsprüfung in Englisch und Deutsch, eine Empfehlung der Akademie, fünfjährige Berufserfahrung, AUML, einen Hund und einen rezitierenden Sohn«, sagte er. »Ich lerne jetzt noch dieses kollektive Ballspiel, und dann ist Schluß.«

»Er hat sich wohl tatsächlich LSD besorgt!« rief Quidos Mutter.

Quidos Vater schenkte dieser Bemerkung keine Beachtung. »Kennst du nicht wenigstens die Spielregeln?« wandte er sich an seinen älteren Sohn. »Ich muß mir einiges wieder in Erinnerung rufen – Handspiel, Abseits und so.«

»Die Regeln kenne ich im großen und ganzen«, sagte Quido. Er war etwas überrascht, begriff aber, daß sein Vater es, weiß Gott warum, ernst meinte, und er wollte ihm helfen:

»Ich hab' die Jungs in der Schule beobachtet.«

»Wunderbar. Meinst du, daß du morgen einen Augenblick Zeit für mich hast?«

Quido nickte eifrig.

»Na klar«, sagte er.

»Am Nachmittag des ersten Weihnachtsfeiertages haben wir zum ersten Mal trainiert«, erzählte Quido. »Das Problem war nur, daß Vater wohl noch nie – abgesehen von der Zeit des Schulbesuchs und des Militärdienstes – eine Trainingshose oder Turnschuhe besessen hatte, so daß er einen Pullover, eine Kordhose und ältere Halbschuhe anziehen mußte, deren Absätze ständig im weichen Rasen steckenblieben.«

Eine weitere Schwierigkeit trat bei der Suche nach einem geeigneten Übungsplatz auf: Quidos Vater wollte aus verständlichen Gründen an einem möglichst abgelegenen Ort trainieren. Das war aber gleichzeitig der Platz, an dem er früher vergeblich versucht hatte, Zärte abzurichten, und aus einem gewissen Aberglauben heraus wollte er nicht mehr dorthin zurückkehren. Schließlich fanden sie jedoch ein kleines Stück oberhalb des Gartens ein ähnliches Eckchen, direkt am Fuße des Skřivánek.

Quidos Vater wollte zunächst die kurzen Pässe üben, aber obwohl Vater und Sohn immer näher zusammenrückten, verbrachten sie die meiste Zeit mit der Suche nach dem Ball in den angrenzenden Haselsträuchern.

»Hier sind zu viele Maulwurfshügel«, verkündete Quidos Vater, als würde er sich vor jemand Drittem entschuldigen. »Die gibt's auf dem Sportplatz natürlich nicht.« Er kam mit dem Ball und legte ihn lange auf einer fiktiven Marke zurecht.

»Fang!« rief er endlich.

Er hatte versucht, scharf zu schießen, aber der Ball blieb im niedergetrampelten Gras liegen, noch bevor er Quido überhaupt erreicht hatte.

»Das Gras ist zu hoch!« rief er zur Erklärung.

»Das gibt es auf dem Sportplatz auch nicht!« rief Quido, um den Vater ein bißchen aufzumuntern.

Beide ahnten aber, daß es auch auf einem absolut ebenen, gemähten Rasenplatz nicht viel besser gegangen wäre.

Während dieser und aller weiteren Trainingsstunden bestätigte sich für Quidos Vater die allgemein bekannte Tatsache, daß die Bewegungen, die bei den Spielern auf dem Fernsehbildschirm so leicht, geschmeidig und selbstverständlich wirken, in Wirklichkeit gar nicht so einfach sind, stets aufs neue. Seine eigenen Bewegungen waren krampfhaft, ruckartig und nur minimal koordiniert. Sein Laufen wirkte unnatürlich, schwerfällig und nach mehr als zweihundert Metern leider auch sehr mühsam. Beim Dribbeln stieß er den Ball entweder zu weit vor sich her oder stolperte über ihn. Das Umspielen des Gegners, den sein Sohn aufopfernd darstellte, gelang ihm nur dann, wenn sich Quido überhaupt nicht rührte. Sobald er sich jedoch in die gleiche Richtung bewegte, die sein Vater für seinen Angriff gewählt hatte, endete das mit einem ziemlich gefährlichen Zusammenstoß. Flache Bälle nahm

Vater in einer Weise an, die für das Austreten eines brennenden Streichholzes oder das Zertreten einer Wespe erfolgreich gewesen wäre, nicht aber für das Stoppen eines Balles. Meistens rutschte er ihm unter dem hingehaltenen Fuß durch, oder er traf den Ball zwar, aber so heftig, daß er darauf jämmerlich ausrutschte. Die Annahme von Bällen aus der Luft ließ Vater schließlich überhaupt bleiben (ähnlich, wie er bei Zärtes Dressur mit der Zeit auf das Apportieren verzichtet hatte): Der Kopf war nämlich wegen der Brille ungeeignet, die Hände wegen der Regeln, und den Ball mit der Brust zu stoppen, hieß zu riskieren, daß ihm die Luft wegblieb. Seinen Schüssen wiederum fehlte sowohl die Kraft als leider auch die Genauigkeit, und so sahen sie eher nach mißlungenen Pässen aus. Das Schlimmste war aber vielleicht, daß Quidos Vater jedesmal, wenn sich ihm der Ball auch nur näherte, vor lauter Anstrengung unbewußt die Zunge herausstreckte und dadurch wie ein schwachsinniger Idiot aussah.

»Ein toller Schuß!« lobte Quido dennoch.

»Der Mensch ist in seinen Bewegungen nicht a priori elegant«, behauptete Quido. »Damit diese oder jene Bewegung wirklich gut zu ihm paßt, muß er sie zuerst gründlich durchleben, verinnerlichen. Mein Vater, der Zehntausende von Stunden an seinem Schreibtisch verbrachte, sah zum Beispiel außerordentlich gut aus, wenn er mit der Linken nach einem plötzlich benötigten Titel in den Bücherschrank griff, während seine Rechte mit imponierender Selbständigkeit weiter Notizen schrieb oder auf der Rechenmaschine tippte. Außerdem vollzog er natürlich, wie jeder von uns, eine Million anderer mehr oder weniger ansehnlicher, alltäglicher Bewegungen, aber auch ausgesprochen peinliche: wenn er zum Beispiel auf einer nassen Treppe ausrutschte, wenn er bei einem

Gewerkschaftsurlaub im Riesengebirge einen Eisbären imitieren sollte oder wenn er in Sázava Fußball spielte.«

Obwohl seine vereinzelten Fortschritte lediglich in einer unvollständigen Beseitigung der eklatantesten Mängel bestanden, trainierte Quidos Vater einige Male in der Woche, den gesamten Winter über. Er kaufte sich einen unauffälligen schwarzen Trainingsanzug und schwarzgelbe Fußballschuhe aus Stoff, was es ihm ermöglichte, das Versteck zwischen den Haselsträuchern zugunsten eines kleinen Konditionslaufs durch die nähere Umgebung zu verlassen, ohne daß sich jemand über seine Aufmachung gewundert hätte. Er suchte seine Kellerwerkstatt praktisch nicht mehr auf, duschte morgens mit kaltem Wasser und las die Sportseite in der Zeitung. Er las auch Bicans Erinnerungen ›Fünftausend Tore‹ sowie das Buch ›Dukla unter den Wolkenkratzern‹ von Ota Pavel. All das hatte allerdings wenig Einfluß auf seine Leistungen, und Quido, der den Vater meist treu begleitete, stellte sich vor allem die bange Frage, ob sie wirklich nicht von den Nachbarn gesehen würden.

»Es war schrecklich, aber es hatte auch etwas Gutes für mich«, erzählte er später. »Erstens habe ich ein paar Kilo abgenommen, und zweitens ist mir definitiv klar geworden, daß, wenn ich Jeruška in Zukunft mit etwas imponieren wollte, dann sicher nicht mit dem aufopfernden Einsatz bei schnellen Gegenangriffen.«

Anfang März erschien Vater wie zufällig beim ersten Training der B-Mannschaft von Sázava. Genosse Šperk, der traditionsgemäß an der Eröffnung der Frühjahrssaison teilnahm, begrüßte ihn mit echter Freude, ganz im Gegensatz zu den Spielern, die dem Neuling, der ständig von Josef Bican sprach, mit einem gewissen Mißtrauen begegneten.

Die folgenden zwei Stunden bestätigten leider die Berechtigung dieser Einstellung: Quidos Vater konnte weder technisch noch physisch mit ihnen mithalten. Kaum war er an den Ball gekommen, hatte er ihn auch schon wieder verloren, und auch sonst wiederholte er die meisten seiner früheren Fehler. Auch diesmal fiel er etwa zweimal hin, wobei der nächste Gegenspieler zu weit weg war, als daß über ein Fremdverschulden hätte diskutiert werden können. Zwei seiner Schüsse, die, selten genug, zwischen die Stangen flogen, wehrte der Torhüter mit deutlicher Verachtung ab.

»Lauter Ingenieure – und alles Scheiße!« kommentierte er ziemlich laut.

»Jetzt haben Sie es gesehen«, sagte Quidos Vater nach dem Training.

»Nur keine Panik!« lachte Šperk. »Man hat dich aber gesehen!«

Am zwanzigsten Mai, kurz nach Mittag, hatte Quidos Vater in der Betriebskantine gerade sein Rindfleisch mit Reis aufgegessen und wollte schon gehen, als Šperk mit seinem Aluminiumteller an seinen Tisch kam.

»Ehre der Arbeit«, grüßte er lachend. »Hast du keine Knödel genommen?«

»Ich mag lieber Reis«, sagte Quidos Vater. »Guten Tag.« Šperk wandte sich seinen Knödeln zu.

»Was macht Tera?« fragte er mit vollem Mund.

»Tera?« Vater begriff nicht sofort. »Ach so ... Gut geht's ihr.«

Šperk sah aber sowieso nicht so aus, als hätte ihn die Antwort besonders interessiert.

»Es gibt eine Reise nach England – weißt du schon davon?« fragte er.

Einiges, dachte Quidos Vater im stillen.

»Ja, ja«, sagte er.

»Ich denke darüber nach, ob mit unseren Leuten nicht von Zeit zu Zeit jemand mitfahren sollte, der von der Sache etwas versteht und die Sprache beherrscht«, sagte Šperk lachend über seinen Teller.

Quidos Vater freute sich im ersten Moment auf eine etwas perverse Art und Weise über den Zynismus dieses offenen Geständnisses und wollte schon loslachen, als ihm plötzlich Zweifel kamen, ob Šperk es auch wirklich ernst meinte.

»Ich denke auch, daß jemand mitfahren sollte«, sagte er vorsichtig.

»Klar«, Šperk grinste. »Ich habe auch schon über die geeigneten Kandidaten nachgedacht.«

Quidos Vater spürte einen Stich unter dem Brustbein.

»Wirklich?« sagte er scheinbar belustigt.

»Wahrscheinlich wirst du fahren«, verkündete Šperk fröhlich.

»Jugend voran, nicht wahr? Allerdings mußte ich mich für dich verbürgen.«

V.

1. Quidos Vater sollte Anfang Juli nach England fliegen. Großmutter Líba, die durch den konsequenten Wechsel von Semmelauflauf, Kürbisplätzchen, Wirsingbuletten, Möhrenbratlingen, Kartoffelnocken, Bohnen mit Reis und überbackenen Schwarzwurzeln im wöchentlichen Speiseplan der Familie endlich die Summe für ihre ersehnte Italienrundreise angespart hatte, flog schon Ende Mai ab.

Die Tatsache, daß sie früher als Quidos Vater verreiste, war für Großmutter ein Grund geradezu kindischer Freude. Nicht weniger Vergnügen bereitete es ihr, die beiden Länder scherzhaft zu vergleichen. Selbstverständlich ging das Land auf der Apenninenhalbinsel eindeutig siegreich daraus hervor. Großmutter sprach mit Begeisterung von dem feuchten Londoner Nebel, dem kalten Meer und der britischen Überheblichkeit, und ihre Augen funkelten fröhlich. Vater, auf den sich Großmutters Reisefieber wohl oder übel übertrug, obwohl er zunächst versucht hatte, sich dagegen zu wehren, sprach wiederum von drückender Hitze, Taschendieben sowie der italienischen Küche, wo die meisten Speisen bekanntlich in Aluminium- und Teflontöpfen zubereitet würden. Großmutter, die bisher fast ununterbrochen mit ihm gestritten hatte, nahm Vaters Provokationen nun sehr großzügig auf und verzieh ihm sogar die gänzlich unpassende Bemerkung zum Thema, wie man wohl

›bösartige Geschwulst‹ auf italienisch sagt. Quidos Mutter, die ebenso wie Quido nie weiter als in die Hohe Tatra gereist war, hörte ihrem gutmütigen Rededuell mit wachsendem Unmut zu, obwohl sie beiden die Reise aufrichtig gönnte. Oft konnte sie nicht einmal den Abendbrotstisch abdecken, weil die beiden Reiselustigen ungeduldig ihre Karten und Prospekte direkt über den schmutzigen Tellern ausbreiteten.

»Schert euch zum Kuckuck damit!« rief Mutter aufgebracht. »Wer soll sich das denn permanent anhören.«

Am zwanzigsten Mai fuhr Großmutter nach Prag, und Großvater Jiří begleitete sie zum Flughafen. Neun Tage später kam in Sázava eine schwarzweiße Postkarte mit dem Interieur der Kirche S. MARIA GLORIOSA DEI FRARI in Venedig an.

Wir werden mit einem Bus gefahren,
lauter Frauen, fast ein Harem;
dann laufen wir auf den Beinen,
und die Sonn' tut uns bescheinen.
Doch werden wir müde, ist es gescheiter,
wir fahren mit einer Gondel weiter!

stand darauf, und auch diesmal folgte ein prosaischer Nachsatz: ›Ich habe mein Italienisch und Englisch kolossal verbessert! In Liebe, Eure Líba‹, schrieb Großmutter.

»Das ist möglich«, kommentierte Quidos Vater. »Dafür klappt es mit dem Reimen nicht mehr so gut. ›Laufen wir auf den Beinen!‹ Anscheinend läuft sie ab und zu auch mal auf den Händen!«

»Auf der Post haben sie wieder die Briefmarke abgemacht!« sagte Quido verärgert.

»Das halt' ich im Kopf nicht aus«, rief Quidos Mutter. »Ich habe mein Italienisch und Englisch kolossal verbessert. Es würde mich interessieren, was uns der Dichter damit sagen will.«

Als Großmutters Rückkehr nahte, wurde die Familie etwas nervös: Großmutter war nämlich mit den Jahren immer sparsamer geworden, selbst die billigsten Andenken schienen ihr übertrieben teuer zu sein, und so besorgte sie sich die unerläßlichen kleinen Aufmerksamkeiten für ihre Lieben oft auf eine sehr eigene, etwas befremdliche Art und Weise. Ihre Ankünfte wurden dadurch immer peinlicher. Quidos Eltern hatten mittlerweile gelernt, all diese wunderhübschen Vasen und Tischdecken mit den Namen der Hotels, in denen Großmutter untergebracht war, mit mitleidigem Humor anzunehmen, Quido litt jedoch in solchen Situationen. Normalerweise – wie im Falle von Großmutters Rückkehr aus der DDR, als er ein Jagdmesser mit einer schlecht abgekratzten Widmung von Helga P. an Günter K. bekommen hatte – vermochte er nur ein einziges Dankeschön zu stammeln, errötete und verschwand für einige Stunden in seinem Zimmer.

»Was sie uns wohl diesmal mitbringt?« bemerkte Quidos Vater während des letzten Abendbrots in Großmutters Abwesenheit hämisch. »Da bin ich aber neugierig.«

Quido lachte kurz auf.

Mutter ermahnte beide eher aus Gewohnheit, denn in Wirklichkeit war sie froh, weil sie in Quidos sarkastischem Lachen eine Garantie dafür sah, daß er Großmutters Ankunft diesmal viel besser meistern würde.

Sie hatte recht: Als die Großmutter am nächsten Tag ihren berühmt-berüchtigten grauen Koffer öffnete und mit der schuldbewußten Miene einer unverbesserlich verschwenderischen Frau den kleinen Pazo mit einer geschmolzenen Schokolade und seinen Bruder mit einer toten Krabbe beschenkte, zuckte dieser nicht einmal mit der Wimper.

»Grazie«, sagte er ernst. »Genau so eine fehlte mir noch.«

»Das hätten wir geschafft«, dachte seine Mutter erleichtert.

Aber diesmal hatte sie sich zur Abwechslung getäuscht. Das Schlimmste stand noch bevor.

»Aufgepaßt«, sagte Quido zum Lektor, »das ist ein Schlüsselmoment: Ich schließe mit den Erwachsenen die ersten Kompromisse – anstatt es ihnen gehörig zu *zeigen*.«

»Die ersten, aber nicht die letzten«, sagte der Lektor bedeutungsvoll.

»Also, lesen Sie weiter.«

Ja, Großmutters übliche Schwierigkeiten mit der Rückkehr in den Alltag waren diesmal besonders gravierend. Sie begann, Quidos Vater um seine Reise zu beneiden – wie ein Kind, das seine Süßigkeiten schon aufgegessen hat und nun ein anderes Kind eifersüchtig beobachtet, das sie noch hat. In den ersten Tagen versuchte sie noch ein paarmal Scherze zum Thema ›Londoner Nebel‹ zu machen, aber niemand lachte, und sie spürte selber, daß es nicht mehr zog. Schließlich war eventueller Nebel in London immer noch besser als Sonne in irgendeinem Sázava. Als sie auch mit den angeblichen Schaben in allen Hotels links der Themse scheiterte, war sie endgültig beleidigt, schloß sich in ihrem Dachstübchen ein und kam nur noch nachts heraus, um sich aus dem Kühlschrank etwas zu Essen zu stibitzen. Wenn sie nämlich von Quidos Mutter zum Mittag- oder Abendessen gerufen wurde, weigerte sie sich beharrlich, herunterzukommen.

»Er kann fahren und ich nicht!« jammerte sie weinerlich.

»Mama!« rief Quidos Mutter vorwurfsvoll. »Du benimmst dich wie ein kleines Mädchen!«

Und so war es: Großmutter Líba kehrte in ihre Kindheit zurück. Alles deutete darauf hin, daß sie gerade einen Rückfall in die *erste Trotzphase* durchmachte.

»Das ist nicht gerecht!« ertönte es von Zeit zu Zeit aus ihrem Zimmer.

»Nein, nein und nochmals nein!«

Egal, womit die übrigen Familienmitglieder gerade beschäftigt waren, sie erstarrten in solchen Augenblicken und schauten gebannt zur Decke. So, wie die Decke manchmal bebte, hätte Quido gewettet, daß Großmutter gleichzeitig zornig mit dem Fuß aufstampfte.

»Um Gottes willen«, flüsterte Quidos Vater, »vielleicht sollte ich lieber hierbleiben.«

Als Großmutter schon den dritten Tag in ihrem Zimmer ausharrte, nahm Quidos Mutter ihren ganzen Mut zusammen und unternahm den letzten, verzweifelten Versuch, »alles vernünftig zu klären«. Vor dem Mittagessen zündete sie sich eine Zigarette an, kochte Kaffee und brachte ihn zur Mutter ins Dachgeschoß. Quidos Vater wollte den Kindern die erwartete Auseinandersetzung ersparen und nahm sie unter dem Vorwand eines kurzen Fußballtrainings mit in den Garten. Seine Mühe war aber vergebens, weil man durch das offene Fenster jedes Wort aus Großmutters Zimmer hörte, ob man wollte oder nicht:

»Es ist nicht gerecht, nein!«

»Mama! Du *warst* doch schon!«

»Das ist mir egal! Egal, egal, egal!«

»Spiel den Ball ab!« rief Quidos Vater seinem älteren Sohn zu.

»Dann sperr erst den Hund ein!« schrie Quido. »Ich lasse mir nicht wegen deines Fußballs die Wade durchbeißen!«

»Was weißt du schon von Vertragsverhandlungen?! Mama, sei vernünftig!«

»Spiel den Ball ab!«

»Erst, wenn du den Hund eingesperrt hast, verdammt noch mal!«

»Aber ich weiß doch, daß du die germanischen Sprachen beherrschst, zum Donnerwetter!«

»Ball, Ball!« weinte Pazo.

»Ich fahre mit!« schrie Großmutter.

»Spiel endlich den Ball ab!!!« brüllte Quidos Vater wie ein Irrer.

»Komm mal her, bitte!« Quidos Mutter beugte sich resigniert aus dem Fenster. »Versuch ihr bitte zu erklären, daß du sie nicht mitnehmen kannst!«

»Mitnehmen?« sagte Vater, als er wutentbrannt in die Mansarde kam. »Ich habe schon gehört, daß Präsidentengattinnen ihre Ehemänner tatsächlich manchmal auf ihren Reisen begleiten. Aber —«, und er hob die Stimme, »Ich habe noch nie gehört, daß ein Präsident, geschweige denn ein unbedeutender tschechischer Angestellter, seine alte Schwiegermutter mit ins Ausland nehmen konnte!«

»Hört auf zu streiten!« rief Quido vom Garten aus. »Ich weigere mich, in einer solchen Atmosphäre aufzuwachsen!«

»Hast du das gehört?« kreischte Großmutter. »Also gut, diese *alte Schwiegermutter* bleibt keine Minute länger hier!«

Quidos Vater konnte sich nicht mehr beherrschen:

»Sie sollten keine falschen Hoffnungen bei den Leuten wecken!«

»Ich fahre ab! Ich werde mit so einem Egoisten nicht länger unter einem Dach leben!«

»So, Sie fahren also seelenruhig ab?« schrie Vater. »Zuerst gewöhnen Sie uns systematisch an Kürbisplätzchen, und dann fahren Sie seelenruhig ab? Das ist hinterhältig! Ich nehme an, daß Sie uns nicht einmal das Rezept hierlassen?«

120

»Mami!« schrie Pazo weinend, den Zärte draußen über
den Haufen gerannt hatte.

»Ich fahre ab! Ich fahre jetzt sofort ab!«

»Ich brauche Ihnen bestimmt nicht zu sagen, wie Sie uns
fehlen werden«, sagte Vater und blickte auf die Ansamm-
lung von Großmutters Heizgeräten, zu denen neben der
Zentralheizung, dem Elektroofen und dem Heizstrahler
in diesem Winter noch eine elektrische Heizdecke und
ein Fußwärmer hinzugekommen waren. »Ganz zu
schweigen davon, wie Sie unser Elektrizitätswerk ver-
missen wird. Ist Ihnen klar, daß die Leute Ihretwegen
vermutlich ihre Arbeit verlieren?«

»So ein Pack!« rief Großmutter haßerfüllt. »So ein elen-
des Pack!«

Vater unterdrückte die Versuchung, ihr für ein paar
Minuten den gebräunten Hals zuzudrücken.

»Mamiii!« Pazo schluchzte hysterisch.

»Kommt zum Essen!« sagte Quidos Mutter flehentlich.

»Ich komme schon, mein Spatz!« rief sie.

»Ich gehe schon zu ihm«, sagte Quidos Vater, schüttelte
den Kopf, atmete tief durch und lächelte.

Quidos Mutter holte ihn auf der Treppe ein.

»Sie ist nicht böse«, sagte sie. »Sie ist einfach schon alt.«
Der Klang ihrer Stimme zwang Quidos Vater, hochzu-
schauen: Seine Frau hatte Tränen in den Augen.

»Wenn ich könnte, würde ich ihr sogar eine Weltreise
kaufen!« sagte sie.

2.   Wie so viele andere vor ihm und auch nach ihm
war Quidos Vater vom Westen überwältigt.

»Er erinnerte ein bißchen an die vom Gold geblendete
Mutter aus Karel Jaromír Erbens Ballade ›Der Schatz‹«,
schilderte Quido später Pavel Kohout.

Obwohl sein scherzhafter Vergleich gut ankam, war er nicht ganz treffend: Sein Vater wurde von den farbenfrohen und sauberen Straßen, der Pracht der alten und modernen Architektur, dem Reichtum der vollen Schaufenster und vielen anderen Dingen natürlich auch in Erstaunen versetzt, aber er ließ sich davon nicht einmal zeitweise blenden, wie es bei der erwähnten Unglückseligen in der Ballade von Erben der Fall war. Außerdem wurde mit diesem Vergleich das, was Quidos Vater im Westen am meisten fasziniert hatte, nicht getroffen: dieser nicht übertriebene, aber allgegenwärtige und irgendwie selbstverständliche Respekt gegenüber seiner Bildung, seiner Arbeit und seinem Wissen.

Er spürte ihn bei allen Verhandlungen, die er führte, aber er wurde ihm noch stärker bewußt, als man ihn mit dem Firmenwagen abholte, in sein Hotelzimmer ein Telefon legen ließ und ihn zu einer Stadtrundfahrt durch London und zum Abendessen einlud, obwohl der Vertrag schon ausgehandelt war. Am Ende fragte man ihn, ob er noch einen speziellen Wunsch hätte.

»Ja«, sagte Quidos Vater auf englisch, »fragen Sie mich das gleiche bitte noch einmal.«

Die Türen öffneten sich oft automatisch vor ihm. Wenn sie nicht mit einer Automatik versehen waren, übernahm das Öffnen ab und zu ein anderer: der Hotelportier, der Liftboy, das dafür vorgesehene Personal. Das öffentliche Telefon funktionierte. Als sein englischer Kollege eines Nachmittags an der Kensington Road die Hand hob, blieb das Taxi sofort stehen. Die Polizisten lächelten. Die Fahrer von Luxuslimousinen gewährten ihm am Fußgängerüberweg den Vortritt. Die Toiletten dufteten. Der Kugelschreiber auf dem Postamt, der bisher von niemandem gestohlen wurde, lief nicht aus. Die Menschen boten ihm fröhlich Zeitungen an, Karten fürs Pferderennen, die

Aufnahme in die Kirche oder in die Armee, fünffarbiges Eis, Häuser zum Kauf, Massagen, Schuhe, Reisen auf die Philippinen. Die Frauen in Soho boten ihm freundlich ihre Liebe an. Die Dinge, auf denen er stand, saß, schrieb und lag, strahlten vor Sauberkeit und waren nicht wacklig (geschweige denn, von Wellensittichen besudelt). Das Shampoo, das er sich gekauft hatte, lief ihm nicht in der Aktentasche aus. Als er sich zweimal damit die Haare gewaschen hatte, war er die Schuppen los, die dreißig Jahre lang von seinem Kopf gerieselt waren. Deshalb konnte er zum ersten Mal im Leben ohne Scheu zum Friseur gehen, der ihm zum ersten Mal im Leben die Haare so schnitt, daß die Frisur seiner Gesichtsform entsprach. Er kam sich mit einem Male hübscher vor.

Er kam sich erfolgreicher vor.

Der Verkäufer in dem Geschäft mit Hundeartikeln, den er nach einem Floh- und Zeckenhalsband fragte, lachte ihn nicht aus; er bot ihm vier verschiedene Sorten an. Das Essen in den Restaurants war weder kalt noch trocken. Die Kellner waren ungeheuer zuvorkommend.

»Ohne Gemüse!« verlangte Vater.

Seine demütige Servilität gegenüber den heimatlichen Kellnern, dank derer er einen Nachtisch mit verdorbener Schlagsahne hinunterschlucken und noch eine dankbare Miene dazu aufsetzen konnte, war wie weggeblasen. Er trat energischer und selbstbewußter auf. Wenn er dem Bettler auf der Park Lane fünf Penny zuwarf, vergaß er, daß er in dem Spiel gegen TJ Bělokozly schon nach acht Minuten ausgewechselt worden war.

Diese besondere Befriedigung, die er empfand, wenn ihm der Hotelboy das Gepäck trug oder als er das erste Mal vor dem Parlamentsgebäude stand, war aber keine Eitelkeit: Es war die Freude eines Patienten über eine erfolgreich heilende Wunde.

123

»So wie die Großmutter gen Osten wanderte, wenn sie sich jünger fühlen wollte, mußte unser Vater in den Westen fahren, um sich als Mensch zu fühlen«, sagte Quido zum Lektor. »Das hatten sie sich gut aufgeteilt.«

In Anbetracht der späten Ankunftszeit war vereinbart worden, daß die Familie den Vater lieber zu Hause in Sázava erwarten sollte, und so wartete am Flughafen Ruzyně nur der Fahrer des betriebseigenen Wagens auf die Landung der British-Airways-Maschine.

Als er Quidos Vater etwa eine Stunde später unweit des Gartentors aus rotem Sandstein absetzte, war es schon fast dunkel. Ganz leise öffnete der Vater die Pforte, um nicht vorzeitig auf sich aufmerksam zu machen, durchquerte den dämmrigen Garten, stellte sich auf das robuste Gitter des Kellerfensters und zog sich am Sims des Küchenfensters hoch. Er stieß dabei mit der Stirn leicht an eine morsche, schwarzgewordene Schnur, an die seine Frau im Winter Talg für die Meisen band. Das erste, was er sah, war irgendein altes arabisches Weib, das bis zu den Augen mit einem schwarzen Tuch verschleiert war. Es löste ein Kreuzworträtsel. Im nächsten Augenblick erkannte er, daß es sich um seine Schwiegermutter handelte. Ansonsten befand sich niemand in der Küche.

»Well«, Quidos Vater lachte leise. »Let's go.«

In dem Moment, als er die Flurtür öffnete, stürmte Zärte vom Treppenabsatz herunter, um ihn zu begrüßen: Sie sprang in die Höhe, winselte und leckte ihm das Gesicht ab. Quidos Vater war angenehm überrascht. Er klopfte ihr ein paarmal freundlich auf den Rücken und streichelte sie. Dann schaute er ihr streng in die Augen:

»Down!« befahl er versuchsweise.

Zärte duckte sich folgsam zu Boden, legte den Kopf auf die Vorderpfoten und fegte mit dem Schwanz vergnügt die Fliesen.

Na also, dachte Quidos Vater und ließ sie großmütig in den Garten hinaus. Die Wohnzimmerklinke bewegte sich, die Tür ging zögernd einen Spalt auf. Quidos Vater blickte lächelnd in die entstandene Öffnung, in deren unterer Hälfte nach einer Weile der kleine Pazo erschien.

»Kuckuck!« sagte er.

»Papa!« rief Pazo.

Sein Vater bückte sich und breitete die Arme aus. Der Junge lief ihm entgegen.

Aus dem Wohnzimmer näherten sich schnelle Schritte.

»Hallo, Vater«, sagte Quido krächzend. Überrascht fixierte er den Vater: »Du siehst ja aus wie Josef Abrhám.«

»Ja, grüß dich«, sagte Quidos Mutter etwas verwundert. »Wo ist der Hund?«

»Hallo boys. Hallo everybody.« Quidos Vater strahlte. »Der Hund ist im Garten. Ich habe euch Jungs leider gar nichts mitgebracht, I'm sorry. Ich habe es einfach nicht übers Herz gebracht, die Krabbe zu töten – ihr könnt euch einfach nicht vorstellen, wie vorwurfsvoll sie mich angesehen hat. Guten Abend!« rief er der Großmutter in der Küche laut zu. »Ich grüße Sie.«

Er bekam keine Antwort. Er stellte Pazo zurück auf den Fußboden und zog seine Frau an sich. Sie küßte ihn.

»Hallo«, sagte sie. »Du siehst gut aus.«

»Die islamische Separatistin schmollt immer noch?« fragte Vater flüsternd.

»Kümmere dich nicht um sie.« Mutter schloß die Küchentür. »Sie möchte die gefährlichen Ausdünstungen des farblosen Lackes, mit dem du die Holzpaneele gestrichen hast, nicht einatmen«, erklärte sie mit gespieltem Ernst.

125

Sie schaute sich ihren Mann noch einmal an: Die neuen hellen Slipper, die er noch vor dem Abflug in Prag gekauft hatte, bewirkten mit ihren noch nicht abgetretenen Absätzen, daß er sich ungewöhnlich gerade hielt. Sein Sakko kannte sie, aber trotzdem schien es ihr, daß es ihm heute irgendwie besser stand.

»Das ist zwei Jahre her! Was soll der Blödsinn?« fragte Vater erstaunt.

Sie zuckte mit den Achseln. Ihre Augen sprühten fröhliche Funken, und trotz der ersten Fältchen, die jetzt mit Dreißig um ihre Augen und an der Stirn auftraten, hatte sie immer noch etwas Mädchenhaftes an sich.

»Na ja«, sagte sie. »Sie kennt jemanden, der *auch* die Paneele mit farblosem Lack gestrichen hatte. Als man ihn dann öffnete, hatte er eine Geschwulst wie eine Kokosnuß im Bauch.«

»Wenn man mich einmal öffnet, werde ich eine Geschwulst von der Größe eines Kürbispuffers haben!«

»Na, sieh mal an!« Mutter tat empört. »Du hast ja eine neue Uhr!«

»Zeig! Zeig!« rief Pazo.

»Ein Geschenk der Firma«, sagte Vater zu seiner Frau. »Ich zeige dir nachher, wie sie leuchtet.«

Er ließ die Hand sinken, damit seine Söhne sie betrachten konnten. Pazo verdeckte sie mit seiner kleinen Hand.

»Sie leuchtet nicht!« rief er enttäuscht.

Quidos Vater schaute seine Frau an und grinste:

»Sie leuchtet nur unter der Bettdecke.«

»Ach, du meine Güte!« rief Mutter. »Seit wann machst du denn erotische Anspielungen? Hast du eine Stewardeß verführt?«

»Könnt ihr euch das nicht für ein andermal aufheben?« bemerkte Quido genervt. »Es ist ein Kind hier, falls ihr das noch nicht bemerkt haben solltet.«

»Never mind, boy! Über diese Dinge muß man ganz offen reden!«

»Aber nicht in meiner Anwesenheit!« forderte Quidos Mutter.

»Warst du zufällig in Soho? Irgendwie ist dein Selbstbewußtsein gestiegen. Denk daran, daß das der erste Schritt zu einem Autounfall ist!«

»Take it easy!« lachte Vater. »Wollen wir nicht essen? Ich habe Hunger wie ein Löwe. Das letzte Mal habe ich irgendwo über dem Kanal gegessen. Natürlich meine ich den Kanal La Manche«, kam er Pazos Frage zuvor: »Quido zeigt es dir auf der Karte. Was gibt's denn?«

»Schwarzwurzelsuppe und Omelett mit Kapuzinerkresse«, sagte Mutter ängstlich.

»Soll das ein Witz sein?«

»Leider nicht.«

»Wollt ihr mich in die Emigration treiben?«

»Nein«, sagte Mutter lachend. »Es war natürlich nur ein Witz. Ich habe Schnitzel und Salat für dich gemacht.«

»Ich habe keine Sekunde an dir gezweifelt«, sagte Quidos Vater zufrieden. »Aber was machen wir mit dem Trockenfleisch, das ich mir vorsichtshalber im Flugzeug bei den Lappländern gekauft habe?«

»Das geben wir dem Hund«, sagte sie fröhlich. »Kommt zum Abendessen.«

Sie hängte sich bei ihrem Mann mit nie dagewesener Anschmiegsamkeit ein.

»Ich bin sehr froh, daß du wieder zu Hause bist«, fügte sie hinzu. »Ich hatte fürchterliche Angst vor dieser Töle.«

3.   Quidos Vater hatte sich seit seiner Rückkehr aus London tatsächlich ein wenig verändert. Quido und seine Mutter waren nicht die einzigen, die das bemerkten. Auch einigen Kollegen, die ihn näher kennengelernt hatten, kam er jetzt irgendwie energischer und entschlossener vor. Er schien wortgewandter zu sein, und mit vielen von ihnen scherzte er sogar. Auch seine gewohnt häufigen Auftritte in Beratungen waren nun kritischer, ironischer, aber auch durchdachter. In den meisten Fällen hatte er damit dennoch keinen Erfolg und hüllte sich nach solchen Niederlagen weiterhin in ein trotziges Schweigen, das jedoch nicht mehr so niedergeschlagen wirkte. Ein- oder zweimal hatte man überrascht festgestellt, daß er auch schreien konnte. Seine Stimme, sein Gang und seine Gestik hatten eine schwer beschreibbare Sicherheit gewonnen.

»Take it easy!« wiederholte er oft mit einem Lächeln.

Zu kleinen Veränderungen kam es natürlich auch zu Hause. Die Exportabteilung, in der er durch Tausende von Vorschriften eingeengt war, bot für seinen neuen Elan nicht genügend Möglichkeiten, und so versuchte er einige Ideen, beziehungsweise einen geeigneten Bruchteil davon, in der eigenen Familie zu verwirklichen.

»Gelten hier etwa *andere* Gesetze?« fragte er. »Was ist denn eine gute Familie anderes als ein gut funktionierendes Arbeitsteam? Ist denn eine gute Familie nicht vor allem eine Gruppe gut aufeinander eingespielter Fachleute?« verkündete er.

»Er hörte auf, Vater zu sein«, erzählte Quido. »Er wurde Familienmanager.«

Eines Tages brachte Vater einen großen Tischkalender der Firma IBM mit nach Hause; auf jedem Blatt gab es sieben Spalten für die jeweiligen Wochentage; in jeder Spalte dann vier rechteckige grüne Felder, die sich durch Farbschattierungen voneinander unterschieden – und gerade die Anzahl dieser Felder brachte Vater auf seine Idee. Am Sonntag abend schrieb er in die Montagsfelder die Namen der Familienmitglieder (mit Ausnahme von

Großmutter Líba natürlich) und trug folgende aktuellen Aufgaben ein: Spielsachen aufräumen und Blumen gießen (Pazo), Geschirr spülen, Mülleimer leeren und einige Übungen aus der mathematischen Aufgaben- sammlung rechnen (Quido), Unkraut im Steingarten unter der Terrasse jäten (Mutter). Für sich selbst notierte er die Aufgabe, mit einer Gruppe von belgischen Geschäftsleuten, die das Glaswerk besuchten, zu Abend zu essen, und er gab auch die Telefonnummer an, unter der man ihn in *dringenden* Fällen erreichen konnte.

»Es sieht im Augenblick etwas pedantisch aus, aber mit der Zeit werdet ihr feststellen, daß es ein ausgesprochen nütz- liches Hilfsmittel ist«, versuchte er dann Dienstag morgen seine Frau zu überzeugen, während er mühsam ihre zusätz- liche Eintragung ›Zärte einschläfern lassen (Vater)‹ ausra- dierte, »macht euch also gefälligst nicht darüber lustig.«

»Du riechst nach irgendeinem belgischen Schnaps«, ant- wortete seine Frau. »Wenn es nicht sogar ein belgisches Parfüm ist.«

»Nein«, sagte Vater. »Es ist gewöhnlicher russischer Wodka.«

»Aha«, sagte Quidos Mutter. »Also deshalb. Das erklärt alles. Die ganze Nacht habe ich nach der Ursache gesucht.«

»Nach was für einer Ursache?«

»Warum du dich mir gegenüber in der Nacht wie Alex- ander Wasiljewitsch Suworow benommen hast.«

»Nein!« sagte Vater verwundert. »Ehrlich? In diesem Fall bitte ich um Entschuldigung. Verzeih. Ich weiß nicht, was da in mich gefahren ist. Die Belgier trinken aber auch wie die Schweden!«

»Das ist ein hübscher Vergleich«, erwiderte Quidos Mutter. Eine andere Innovation war Vaters Pinnwand im Flur. Er hatte dort allmählich alle Informationen konzentriert,

129

die er für die Familie als unentbehrlich erachtete: Die Telefonnummern der Ersten Hilfe, Feuerwehr und Polizei, die Nummern der Schule und des Kindergartens, die Sprechstunden im Gesundheitszentrum, eine Übersicht der Öffnungszeiten von Geschäften und Dienstleistungsbetrieben, Quidos Stundenplan sowie den Zug- und Busfahrplan für die Strecke Prag – Sázava und zurück. Ferner gab es auf der Anschlagtafel die wichtige Rubrik Finanzen, wo er gleich mit mehreren Stecknadeln unbezahlte Rechnungen und Zahlungsanweisungen befestigte, die Rubrik Fundsachen, die Rubrik Verschiedenes, in der vorläufig nur die Übersicht der Familiengeburtstage und Feiertage hing, und schließlich die Rubrik ›Langfristige Aufgaben‹, in die er im Gegensatz zum IBM-Kalender Aufgaben eintrug, die mehr Zeit erforderten: Durcharbeiten des Lehrbuchs Englischsprachkurs I (Quido), Vorbereitung zur Assessorprüfung (Mutter) oder Holzverkleidung an der Küchendecke anbringen (Vater).

Auch diese Neuheit provozierte Mutter und Quido natürlich zu verschiedensten Parodien: Sie erweiterten die angegebenen Daten um die Trainingszeiten beim Hundesportverein, zu den Fahrplänen fügten sie den Flugplan der ČSA hinzu und zu den langfristigen Aufgaben schrieben sie Dinge, wie zum Beispiel: Sich das Handspiel beim Fußball abgewöhnen (Vater).

Ein andermal schrieb Mutter nach der Lektüre eines Leitartikels in der Zeitung in die gleiche Spalte die Aufgabe: Sich weiterhin an einer erfolgreichen Normalisierung beteiligen (alle).

»Soll das eine Anspielung auf mich sein?« fragte Quidos Vater.

Als Autor der Wandzeitung nahm er die ständigen kleinen Sabotageakte inzwischen sehr persönlich.

»Auf uns alle«, sagte Quidos Mutter. »Kannst du nicht lesen? Da steht ›alle‹.«

»Ich beteilige mich nämlich an keiner Normalisierung«, fuhr Vater etwas angriffslustig fort.

Quidos Mutter seufzte:

»Nein?«

»Nein. Ich habe reinen Tisch. Noch nie habe ich gemeine Tricks angewendet!«

Quidos Mutter machte ein unglückliches Gesicht. Sie bedauerte bereits, der impulsiven Versuchung, diese Worte aufzuschreiben, erlegen zu sein. Es war ein Ausdruck ihrer momentanen Depression aufgrund der Lebensbedingungen in ihrem Land, die sie jedoch nicht durch ein längeres Gespräch vertiefen wollte, denn sie kannte die Gefühle nur allzugut, die sie am Ende derartiger Debatten erwarteten.

Aber die vermeintliche Sicherheit ihres Mannes reizte sie allzu sehr.

»Und auch nie solche Tricks verhindert. Nicht einmal den Versuch unternommen«, sagte sie.

»Ich kenne auch keinen solchen Fall!«

»Das heißt also, daß sie sich eigentlich nicht ereignen«, sagte Quidos Mutter langsam. »Wenn du keinen kennst ... Alles in Ordnung. Niemandem passiert was. Vater ist nicht gefeuert worden. Juristen arbeiten nicht als Gärtner. Chefärztinnen sind nicht Platzanweiserinnen im Kino. Die Geschichte geht ganz normal weiter. Die Bauern bringen ganz normal die Ernte ein, die Räder in den Fabriken drehen sich, und über den sogenannten Eisernen Vorhang fliegen unsere hoffnungsvollen Ingenieure, um uns mit Hilfe hervorragender Verträge eine hervorragende Zukunft zu sichern.«

»Bring mich nicht auf die Palme! Ich habe natürlich gemeint, daß mir nichts bekannt ist, was ich hätte verhindern können und nicht verhindert habe. Und sofern es um Überlegungen darüber geht, ob unsere Geschichte stehengeblieben ist oder nicht, überlasse ich dieses Thema deinen Prager Intellektuellen. Ich fürchte nämlich, daß meine etwaige Meinung durch die Tatsache verzerrt sein könnte, daß ich mich bei der Arbeit nach der Stechuhr richten muß – und die bleibt, leider, nicht stehen!«

»Lassen wir das«, forderte Mutter den Vater auf.

»Was willst du denn eigentlich von mir? Sag mir, was ich *konkret* hätte tun können oder tun kann?! Soll ich die Wände besprühen? Das Innenministerium fotografieren? An die UNO schreiben? Oder nach Milovice fahren und einen ihrer Offiziere mit Pfeil und Bogen erschießen? Wenn ich was nicht ausstehen kann, sind es weltfremde Moralisten!«

»Lassen wir das!« schrie Quidos Mutter. »Du belügst dich doch selber!«

»Verdammte Scheiße!« brüllte Quidos Vater. »Ihretwegen streiten wir uns auch noch!«

Der langjährige Leiter der Exportabteilung ging aus gesundheitlichen Gründen Ende des Jahres in Rente. Seine Stelle erhielt zum ersten Januar Ingenieur Zvára, und Quidos Vater wurde sein Stellvertreter.

»Wir beide werden es diesen Provinzlern schon zeigen!« rief Zvára, als sie ihre Beförderung zusammen feierten.

Im April desselben Jahres wurden sie gemeinsam zu den Glaswerken im jugoslawischen Pula entsandt. Als Quidos Vater klar wurde, daß sie nach Pula nicht fliegen, sondern mit dem betriebseigenen Wagen fahren würden, hinter dessen Lenkrad sie sich abwechseln sollten, geriet er in Verlegenheit.

»Fahren wir über die Autobahn?« wollte er wissen.

»Wie denn sonst?« fragte Zvára. »Blöde Frage!«

»Über die Dörfer wäre romantischer«, versuchte es Quidos Vater.

»Jetzt reiß dich aber mal zusammen!« forderte ihn Zvára auf.

Zu guter Letzt meisterte Quidos Vater aber sowohl die Fahrt auf der Autobahn als auch die über bergigen Landstraßen in den Alpen, wo an einigen Stellen schon ein Meter hinter der Leitplanke der felsige Abgrund klaffte. Zweimal wurden sie jedoch unvorhergesehen aufgehalten, und als die Dämmerung hereinbrach, erinnerte er sich nicht ganz ohne Furcht an seine vermeintliche Nachtblindheit.

»Ich mache dich darauf aufmerksam, daß ich im Dunkeln nichts sehe!« warnte er Zvára, als er sich für die letzten hundert Kilometer wieder ans Steuer setzte.

»Ich auch nicht, das ist normal«, sagte Zvára. »Du mußt Licht anmachen.«

Er stellte das Autoradio leiser und schlief gleich darauf ein. Als Quidos Vater ihn knapp zwei Stunden später weckte, standen sie am Anfang einer breiten Betonmole. Um die Pfeiler unter ihnen rauschte das Meer.

»Wir sind in Pula!« schrie Quidos Vater, während er den Kollegen wachrüttelte. »Wir sind in Pula!«

»Und wo sollten wir sonst sein?« fragte Zvára verschlafen und blinzelte nach rechts, wo einige Dutzend Boote und Segelschiffe im Laternenschein der Küstenautobahn auf dem Meer schaukelten. »Wo hast du uns hier hingebracht? Darf man hier überhaupt stehen, du Held?«

»Weißt du, wieviel ich in dieser Woche gefahren bin? Elfhundert!« brüstete sich Vater vor Quido. »Ist schon mal nicht schlecht, oder?«

»Ist schon mal nicht schlecht, oder?« sagte er auch, als man ihm das Gehalt erhöhte.

»Ist schon mal nicht schlecht, oder?« sagte er, als er zu Hause die Hotelzimmereinrichtung beschrieb.

»Wissen Sie«, sagte Quido später zum Lektor, »er mußte sich immer wieder die Gewißheit verschaffen, daß er aus der von Wellensittichen besudelten Welt *tatsächlich* in eine Welt übergetreten war, in der es schon mal nicht so schlecht war. In der man mit einem Wagen abgeholt wurde und in Flugzeugen Beefsteak essen konnte. Er vergewisserte sich immer wieder der Unumkehrbarkeit dieser Transzendenz.«

Nun war es praktisch ausgeschlossen, daß irgendeine von Quidos oder Mutters ironischen Anmerkungen zu den ›Langfristigen Aufgaben‹ Quidos Vater auch nur im geringsten hätte berühren können. Er überging sie großzügig mit einem Lächeln.

Der Erfolg seiner zweiten Geschäftsreise bedeutete für ihn dasselbe wie für einen angehenden Schriftsteller der Erfolg seines zweiten Buches – nämlich Selbstbestätigung. Er sprühte vor Witz und schäumte über vor Elan. Das Leben war eine lange, aber einfache mathematische Aufgabe, die, so stellte Vater fest, sich sehr elegant lösen ließ. Was er auch anfaßte, es gelang ihm. Er las nicht einmal die Gebrauchsanweisungen, geschweige denn irgendwelche Handbücher. Er glaubte an sich selbst und seine Intuition.

»Der Mensch riskiert nicht mehr, als daß er sich mal die Zähne mit Rasiercreme putzt«, verkündete er.

Er dachte nicht mehr daran, bei der Einfahrt in die Garage auszusteigen, um mit dem Metermaß zu prüfen, wieviele Zentimeter noch an den Seiten verblieben. Die meisten Probleme löste er telefonisch. Er bat weniger und forderte mehr. Und es klappte.

134

»Take it easy!« wiederholte er ständig.

Er konnte hart und unbarmherzig sein. Er hörte auf, sich zu beobachten, sich den Puls zu messen und die Vorhaut mit Framykoin einzureiben. Quidos Mutter erlebte ihren ersten Orgasmus. Vater entdeckte, daß die Bücher, die sie las, nicht selten auf Betrug basierten und überführte deren Autoren der Verschleierung, Sentimentalität und absoluter Losgelöstheit vom wirklichen Leben.

»Das ist reiner Blödsinn«, sagte er jetzt ohne überflüssigen Respekt.

Einige Erfolge verzeichnete er auch auf dem Fußballplatz. Kondition und Technik fehlten ihm zwar immer noch, aber dafür hatte er etwas nicht minder Wichtiges gewonnen: den nötigen Abstand. Auf seinem Gesicht setzte sich ein sympathisches ironisches Grinsen fest, mit dem er jede seiner spielerischen Unzulänglichkeiten sowie das Fußballspiel überhaupt von vornherein in seine Schranken wies.

»Wer sich die Hände im Brunnen vom Piccadilly Circus gewaschen und sich mit dem eigenen Rücken an die Wand der Westminster Abbey gelehnt hat, wird sich über das Spiel gegen die B-Mannschaft von Slavoj Čerčany nicht den Kopf zerbrechen«, erzählte Quido.

4.   Die brillanten Entladungen von Quidos Vater verlangten nach ständigen Bewunderern. Das aber war schwierig: Quido und seine Mutter wollten nichts mehr hören, Pazo war noch zu klein, Großmutter Líba kam aus den bekannten Gründen überhaupt nicht in Frage, und Großvater Jiří schließlich, der die Familie ab und zu besuchte und dessen Anerkennung Quidos Vater außerordentlich gerne erlangt hätte, war vom Leben mittlerweile zu müde geworden, als daß er der richtige Zuhörer für die Geschichten aus dem Westen gewesen wäre. Es blieben nur Großvater Josef, dessen uneingeschränkte Bewunderung für diesen Teil der Welt allgemein bekannt war, und Großmutter Věra.

Sie kamen gewöhnlich einmal im Monat nach Sázava, samstags, mit dem Direktzug vom Bahnhof Vršovice. Großvater durfte im Zug nicht Zeitung lesen, damit er sich nicht unnötig aufregte, aber da er auch nicht rauchen durfte, war er ohnehin nervös und reagierte auf alles, was Großmutter sagte, sehr ungehalten.

»Habt ihr gehört? Habt ihr sie gehört?!« rief er den erschrockenen Mitreisenden zu, während er das kalte Pfeifenrohr zwischen den Zähnen zermalmte wie ein Epileptiker seinen Holzkeil.

»Laß das!« rief die Großmutter unglücklich.

Früher oder später entglitt ihr aber doch die ein oder andere schicksalhafte Bemerkung, die den Großvater dann definitiv und unwiderruflich vom grünen Kunstledersitz emporriß und durch die Waggonverbindungen so weit wie möglich von ihr forttrieb wie einen Gejagten. Sein hastiges Stolpern über die Rucksäcke der erbosten Reisenden wurde erst vom äußersten Zugende gestoppt, wo er – mit einem zwischen den Puffern der Lokomotive oder, im entgegengesetzten Fall, zwischen den davoneilenden Schwellen wild herumirrenden Blick – heftig atmend »die Berührung der Schwingen des Wahnsinns« wie eine lästige Fliege von sich scheuchte.

So kam es zuweilen vor, daß die Großeltern bei ihrer Ankunft in Sázava aus unterschiedlichen Wagen ausstiegen. Das verwirrte natürlich Zärte, die in Begleitung von Quidos Vater mit zur Begrüßung kam und dann mit ihrem Stachelhalsband bald zu der einen, bald zur anderen Seite zerrte und unschlüssig jaulte.

136

»Papa«, sagte Quidos Vater manchmal vorwurfsvoll, »was macht ihr denn hier wieder für ein Theater?«

Quido, der ihre Ankunft, beziehungsweise einen Teil davon, lieber hinter dem Vorhang seines Fensters beobachtete, sah an der Wegbiegung zunächst den Großvater, der in einem rasenden Tempo wütend voranmarschierte und unverständliche Flüche ausstieß. Erst dreißig, vierzig Meter hinter ihm folgten Großmutter, Vater und Zärte. Vater trug Großmutters Tasche und lächelte wie ein aufmerksamer, erfolgreicher Sohn.

»Sie kommen«, sagte Quido, was für seine Mutter das indirekte Kommando war, ihre Zigarette auszudrücken.

»Also los!« sagte sie entschlossen.

Zu jener Zeit war Großvater bereits in Rente und arbeitete als Pförtner in einem der großen Prager Außenhandelsbetriebe. Einen nicht geringen Teil seiner Arbeitszeit verbrachte er damit, die Positionen und Gehälter der dort angestellten Kommunisten mit den Positionen und Gehältern der Parteilosen zu vergleichen.

»Das Ergebnis dieses Vergleichs, so schien es, überraschte Großvater stets aufs neue unangenehm, obwohl der Schluß, der daraus folgte, in der Mitte der siebziger Jahre schon keine große Erkenntnis mehr war«, erzählte Quido.

Das hinderte den Großvater jedoch nicht daran, das den parteilosen Mitarbeitern zugefügte Unrecht mit angemessener Empörung und sooft er wollte aufzuzeigen.

»Wenn sich die Zeiten ändern, werden wir sie alle aufhängen!« verkündete er während des Mittagessens halsstarrig.

»Wen denn?« wollte Pazo wissen, der als einziger die Antwort darauf noch nicht kannte.

»Iß«, sagte Quidos Mutter. »Großvater macht Spaß.«

»Habt ihr gehört?« rief Großmutter. »Habt ihr ihn gehört?«

137

»Reg dich nicht auf, Papa«, beschwichtigte ihn Quidos Vater lächelnd und fügte etwas geheimnisvoll hinzu: »Ich zeig dir was!«, denn er war gewohnt, seine Kinder dadurch zu beruhigen, daß er ihre Aufmerksamkeit auf etwas anderes lenkte. Er zog aus der Brusttasche seines Hemdes einen silberglänzenden Kugelschreiber mit digitaler Zeitanzeige heraus.

Der Trick hatte geklappt: Großvater, den kurz zuvor ein Plastikbesteck mit der blauroten Aufschrift ›British Airways‹ in einen Zustand nahezu religiöser Verzückung versetzt hatte, riß die Pfeife aus dem Mund:

»Englisch?«

»Italienisch«, sagte Vater lässig.

»Also«, sagte Großvater anerkennend. »Das ist schon was.«

Er legte die Pfeife auf den Tisch, und sehr vorsichtig, um ihn nicht etwa mit einer unvorsichtigen Bewegung zu beschädigen, nahm er den Kugelschreiber zwischen die vergilbten Finger und betrachtete ihn ausgiebig.

Quidos Vater suchte die Blicke der übrigen Tischgesellschaft. Es hatte jedoch den Anschein, daß sie vollauf mit dem Umrühren ihres Kaffees beschäftigt waren und deshalb seinen pädagogischen Erfolg nicht bemerkt hatten.

»Das ist ein herrliches Stück!« sagte Großvater, keinen Widerspruch duldend. »Das ist wirklich ein herrliches Stück!«

»Es ist nur so eine Spielerei«, erwiderte Vater geschmeichelt.

»Nur eine Spielerei?« sagte Großvater und hob die Stimme: »Nur eine Spielerei? Dann sage mir bitte, warum diese Hurensöhne von Kommunisten so eine herrliche Spielerei nicht zu uns importieren können!«

138

5. Anfang September kam eine dreiköpfige Delegation aus dem Glaswerk von Pula nach Sázava, zwei Männer und eine junge Frau, um die Verhandlungen fortzusetzen, die man im Frühjahr in der ersten Runde erfolgreich begonnen hatte.

Quidos Vater kannte die drei Ökonomen natürlich gut, und wenn er schon nicht vergleichbare Bedingungen wie in Pula schaffen konnte, bemühte er sich zumindest nach Kräften, wenigstens gute Bedingungen zu gewährleisten. Er nahm persönlich eine Besichtigung der beiden Zimmer im Wohnheim des Betriebes vor, die man für die Gäste bereitgestellt hatte, und verzweifelte beim Anblick ihrer Trostlosigkeit.

»Vor allem das Einbettzimmer ist absolut grauenhaft«, schilderte er seiner Frau. »Der Schrank und der Teppich! Das hättest du sehen sollen – einfach schrecklich!«

»Und wie sieht's mit Schaben aus?« fragte Quidos Mutter lächelnd, da sie schon ahnte, worauf er hinauswollte.

»Schaben gibt's dort nicht?«

»Schaben?«

Quidos Vater zögerte eine Sekunde, ob er Schaben auch erwähnen sollte. »Wer weiß. Aber die eine Wand ist voller Schimmel.«

»Schimmel! Na klar. Und Wanzen? Wie sieht's in dem *Einbettzimmer* mit Wanzen aus?«

Quidos Vater begriff, daß er durchschaut war:

»Also, im Ernst«, sagte er. »Es gäbe eine internationale Blamage, wenn die arme Mirjana dort wohnen müßte.« Dann, sich auf die Tradition der slawischen Gastfreundschaft berufend, der er sich verpflichtet fühle, stellte er die schon erwartete Frage, ob sie der jungen Ingenieurin denn nicht für die paar Tage Großmutters gemütlich eingerichtete Mansarde zur Verfügung stellen sollten.

»Und die Großmutter?« wollte Mutter wissen. »Aber eigentlich weiß ich's schon, die geht zu den Kindern.«

»Sie hat ja selbst schon häufig privat gewohnt«, argumentierte Vater, »im Ausland ... Ich bin überzeugt davon, daß sie unsere Situation verstehen wird.«

»Heut ist es das Kinderzimmer«, sagte Großmutter, als sie von der geplanten Änderung erfuhr, »und morgen wird es schon ein Konzentrationslager für Greise sein!« Beleidigt fügte sie sich in den Zimmerwechsel, und Mirjana konnte einziehen.

Gleich am ersten Abend kochte sie für die ganze Familie (mit Ausnahme von Großmutter, die aus dem Kinderzimmer gar nicht herauskam) ein Nationalgericht. Es war vom Geschmack her etwas ungewöhnlich, und der kleine Pazo erbrach es sofort, aber Quidos Vater nahm trotz seiner kühlen Einstellung gegenüber Gemüse wiederholt Nachschlag und befragte Mirjana ausführlich zu dem Rezept. Sie sprachen englisch, was Quido und seine Mutter, die praktisch nichts verstanden, an die Zeiten erinnerte, als sich Vater mit der Großmutter über die Geographie der Britischen Inseln unterhielt.

Nach dem Abendessen sprach man zunächst über die Arbeit.

»Mirjana sagt, daß sie am Außenhandel vor allem die Möglichkeit reize, ständig interessante Menschen kennenzulernen«, übersetzte Vater seiner Frau.

»Ja«, sagte Quidos Mutter und lächelte Mirjana lieb an.

»Und weiter? Was sagst du dazu?« Vater lächelte nervös, »ich muß irgend etwas übersetzen.«

»Ich sage nichts dazu.«

»Wieso nichts?«

»Einfach nichts. Nothing.«

Mirjana entblößte ihre weißen Zähne und hob fragend die Augenbrauen.

Quidos Vater stieß einen stillen Fluch aus und sagte etwas auf englisch. Quido schien es, als hätte er das Wort ›interesting‹ gehört.

»Er schwafelt«, raunte er Mutter zu.

»Es hätte mich eher das Gegenteil überrascht«, sagte Mutter.

»Mirjana möchte, daß du ihr etwas von dir erzählst«, setzte Vater erneut an. »Sie hat den Eindruck, daß du eine unglaubliche Weisheit und Ausgeglichenheit in dir trägst.«

»Sag ihr, daß es Altersschwäche und Abgestumpftheit ist.« Vater durchbohrte sie mit Blicken.

»Und weiter? Was du tust, was du gemacht hast ... Sprich einfach!« drängte er.

»Ich kann mich nicht genug wundern, das tu' ich«, sagte Mutter mit einem breiten Lächeln. »Und was ich gemacht habe? Alles, was ich konnte. Hauptsächlich etwas, um nicht zu erfrieren. Und Kinder habe ich gemacht. Sprachen habe ich nicht gemacht. Mein Vater hat gesagt, ich solle Sprachen machen, aber ich habe nicht auf ihn gehört. Zum Ballett bin ich gegangen und ins Theater und zum Boot-Fahren und ins Kino, aber Sprachen lernen, das nicht! Hätte ich auf ihn gehört —«

»Kannst du das nicht lassen?« unterbrach sie Vater und übersetzte Mirjana irgend etwas.

»Dann würde ich mir jetzt nicht wie eine Kuh vorkommen«, beendete die Mutter.

»Sie soll Tschechisch lernen«, sagte Quido zu seiner Mutter. »Wenn sie uns verstehen will.«

»Was hast du gerne?« fragte Vater anstelle von Mirjana weiter.

»Rutsch mir den Buckel runter«, sagte Mutter.

»Kannst du Mirjana nicht sagen, welche Dinge in deinem Leben du gern hast?«

»Du meine Güte. Sauerkirschmarmelade. Theater. Warmen Wind. Privatleben. Die Karlsbrücke. Blaudruck-Bettbezüge. Die Familie. Jakub Schikaneder. Geschmack, Intelligenz und Toleranz. Amerikanische Zahnpasta für Raucher. Und dich. Manchmal. Übersetz es ihr, du Feigling!«

»Quido soll auch was sagen!« Vater lächelte Mirjana an. »Er lernt ja schon zwei Jahre.«

»Nichts werde ich sagen«, entgegnete Quido.

»Wenn du keine Sprachen beherrschst, wird sich dir Europa«, und Vater deutete auf Mirjana, »in keinem Falle öffnen!«

»Das ist eine hübsche Metapher«, sagte Quidos Mutter und gähnte lächelnd. »Ich geh' schlafen«, wandte sie sich an Quidos Vater. »Ich wäre sehr froh, wenn sich Europa diese Woche auch denen *nicht öffnet*, die Sprachen beherrschen. Good night, everybody!«

Eine halbe Stunde später kam Quido zu ihr ins Schlafzimmer. Sie las.

»Du läßt sie dort seelenruhig allein?« fragte Quido erstaunt. »Macht es dir etwa nichts aus?«

Mutter strich ihm die Haare aus der Stirn.

»Liebhaben«, sagte sie, »heißt doch nicht besitzen. Sei nicht so altmodisch, Quido! Du bist doch schon vierzehn!«

Aber für beide klang es nicht sehr überzeugend.

»Nimm dir nichts raus, mit einem Gast im Haus ...«, warnte Ingenieur Zvára Quidos Vater mit unüberhörbarem Neid in der Stimme. »Das ist eine jahrhundertealte Weisheit, mein Freund.«

»Mach dir nur keine Sorgen um mich!« sagte Vater lachend. »Ich werde mir schon zu helfen wissen!«

»Aber Herr Ingenieur ...«, sagte seine Sekretärin verwundert. »Sie überraschen mich aber wirklich!«

142

Die Tatsache, daß Mirjana und er *gute Freunde* waren, versuchte Quidos Vater keineswegs zu vertuschen. Manchmal schien es geradezu, als wäre er froh, wenn er auf diese Freundschaft aufmerksam machen konnte. Ebenso wie im April in Pula, erlaubte er sich nicht mehr, als Mirjana einige Male wie berauscht zu küssen, aber mehr als sie selbst erregte ihn dabei wohl die Vorstellung, daß die Kollegen im Betrieb diese wunderhübsche, ledige Jugoslawin für seine heimliche Geliebte hielten. Auf sämtliche Fragen reagierte er mit übertrieben pikiertem Lächeln, und die Bemerkungen hinter vorgehaltener Hand, die er hier und da aufschnappte, freuten ihn. Sein Prestige stieg, und die Sekretärinnen drehten sich nach ihm um.

»Take it easy!« lachte Quidos Vater.

Nach zwei verhältnismäßig warmen, aber regnerischen Tagen begann ein herrlicher Altweibersommer. Vater, der sichtbar unter der Vorstellung litt, daß die Gegend von Sázava Mirjana nicht so viel bieten könne wie Pula ihm, schaute erfreut zum wolkenlosen Himmel empor und schlug ihr einen Ausflug mit dem Familienkanu vor.

»Ich nehme Pazo mit«, sagte er zu seiner Frau.

»Den nimmst du nicht mit«, sagte Quidos Mutter resolut. »Er kann nicht schwimmen. Er könnte herausfallen, und ich glaube nicht, daß du es bemerken würdest.«

Ihre Blicke trafen sich. Vater wich als erster aus.

»Dann kommt eben Quido mit!« sagte er.

»Bist du jetzt total übergeschnappt?« empörte sich Quido. »Bin ich vielleicht Jack London? Das Fußballspielen mit dir reicht mir vollkommen.«

»Das hier würde dir auch gefallen ... Du hast außerdem gesagt, daß du es mal versuchen willst.«

»Ja, aber nicht mit der Enkelin von Josip Tito!«

»Quatsch keinen Unsinn! Kommst du nun mit oder nicht?«

143

Im Flur entstand eine gewisse Spannung.

»Geh nur mit, Quido«, sagte Mutter.

Quido begriff in diesem Augenblick, daß sie ihre Unge-
zwungenheit eine gewisse Mühe kostete.

»Oder soll ich doch mitgehen?«

Mutter lächelte ihn an.

»Eigentlich liebe ich Wassersport«, sagte Quido. »Let's
go.«

»Bevor es dunkel wird, seid ihr aber zu Hause«, sagte
Mutter noch zu Vater. »Vergiß nicht, daß du nachtblind
bist!«

»Falls Mutter angenommen hatte, daß meine Anwesenheit
eine hinreichende Garantie für die Ehrbarkeit der Aktion
war, hatte sie sich getäuscht«, erzählte Quido später.

Kaum waren sie aus Mutters Blickfeld verschwunden,
begann Quidos Vater, Mirjana immer öfter um die Schultern zu fassen, wobei er seinem Sohn verschwörerisch
zuzwinkerte. Quido errötete.

»Aber hör mal!« lachte sein Vater. »Wir sind doch Männer, oder?«

Mirjana schaute sie belustigt an und lief dann auf die
Wiese, um ein paar Feldblumen zu pflücken.

Als sie beim hölzernen Bootshaus angekommen waren,
trug Quidos Vater, die Adern am Hals bis zum Platzen
gespannt, das Boot allein zum Wasser. Quido überlegte,
ob er außer der Schwimmweste nicht noch einen der
gelben Helme ausleihen sollte, die auf dem Regal lagen,
aber am Ende sah er ein, daß das an einer Stelle ohne
Wellen oder Steine übertrieben ausgesehen hätte. Mirjana zog ihren Leinenrock aus, schlüpfte aus den Schüh-
chen und begab sich auf Zehenspitzen, nur mit gestreif-
tem Höschen und Unterhemd bekleidet, hinter Vater
ans Ufer. Vater, dessen Bewegungen bei ihrer Ankunft
den Charme eines Ballettmeisters annahmen, half ihr,

144

sich ins Boot zu setzen, wobei er zweimal unbeabsichtigt ihren Busen berührte. Dann sprang er selbst ins Boot, womit er es bedenklich zum Schwanken brachte.

»Oh, my God!« rief Mirjana lachend.

Quido beobachtete sie mürrisch und verfluchte den schwachen Moment, in dem er in die Teilnahme an diesem Ausflug eingewilligt hatte.

Vater beugte sich unwahrscheinlich weit nach vorn und nahm das Paddel so in die Hand, als wollte er damit das Flußbett ausbaggern.

»Come on, boy!« befahl er Quido. »Einsteigen!«

»Zieh die Zunge ein, du siehst wie ein Idiot aus«, sagte Quido, und bevor er sich setzte, überlegte er, ob ihm der Anblick des balzenden Vaters oder der seiner potentiellen jugoslawischen Geliebten erträglicher wäre. Er entschied sich dann für Mirjana, auch wenn er sich am liebsten mit dem Rücken zu beiden gesetzt hätte.

»Haltet die Hüte fest, wir legen ab!« rief Vater.

Bevor er aber wirklich zu paddeln begann, zeigte er seiner Kollegin die Technik der drei Grundschläge, das richtige Halten des Griffes sowie ein Entenpaar auf dem umgestürzten Stamm einer Erle.

»What a nice day!« rief er fröhlich und tat ein paar kräftige Schläge.

»Was für ein schöner Tag«, sagte Quido gereizt, nicht zuletzt, um seinen Vater darauf aufmerksam zu machen, daß er doch einige Worte verstand.

Das Wetter war wirklich herrlich geworden: Es wehte ein frisches Lüftchen, das Schilf raschelte leise, und die Sonne brannte mit all der ihr noch verbliebenen Kraft. Als sie die erste Flußbiegung passiert hatten, zog sich Mirjana, offensichtlich, um sich zu gönnen, was in Pula nur ausländischen Touristinnen vorbehalten war, ihr Hemdchen über den Kopf. Sie legte das Paddel hin,

145

drehte sich vorsichtig um und setzte sich auf den Bug, mit dem Gesicht zur Sonne und zu den beiden Besatzungsmitgliedern. Sie legte den Kopf in den Nacken, der Sonne entgegen, kniff die Augen zusammen und begann, ein Liedchen zu summen, dessen Worte Quido, in Anbetracht der Umstände, für immer in Erinnerung blie-ben:

> »Procvale su rože i vijole
> procvala je trava i murava,
> procvala je lika i zelenika,
> procvale su višnje i čerišnje ...«,

sang Mirjana leise.
Während Quido beim Anblick ihrer großen, entblößten Brüste lediglich eine heftige Verwirrung ergriff, die bald in den unüberwindlichen Wunsch umschlug, das Gesicht fest auf den Holzboden des Bootes zu pressen, stürzte derselbe Anblick seinen Vater bis in den Abgrund der Hysterie:
»Ist schon mal nicht schlecht, oder?!« schrie er Quido wie von Sinnen zu, stieß ihn permanent bedeutungsvoll an und zeigte auf Mirjana, lachte wild, redete zweisprachig und drehte das Boot im Kreis herum.
»Are you crazy?« lachte Mirjana und jauchzte begeistert.
»Yes, I'm!« wieherte Vater, dem zu seinem vollkommenen Glück nur noch ein Ausflugsdampfer fehlte, der – voll besetzt mit sämtlichen Beschäftigten des volkseigenen Betriebes Kavalier Sázava – langsam vorüberführe.
»Du kippst uns um!« kreischte Quido. »Reiß dich zusammen!«
»Take it easy!« schrie Quidos Vater.
Im nächsten Augenblick geriet sein Paddel zu tief unter das Boot, das dadurch mit einer einzigen fließenden

146

Bewegung kenterte. Kurz bevor Quido mit seinem Körper in die aufgewühlte Wasseroberfläche tauchte, blitzte in ihm noch der Gedanke auf, daß Vater es wahrscheinlich mit Absicht getan hatte.

»Help me!« prustete Mirjana vor Lachen und Wasser, nachdem sie sich vergewissert hatte, daß sie mit den Füßen ziemlich leicht den steinigen Boden erreichen konnte. Vater, der dabei war, das Boot wieder aufzurichten, damit aber lediglich bewirkte, daß sofort Wasser einströmte, stürzte sofort zu ihr.

Quido, den die Schwimmweste zuverlässig an der Oberfläche hielt, schaute resigniert auf das Familienkanu, das sich schnell mit Wasser füllte. Völlig unbeachtet schwammen die Paddel vorbei.

Vaters Hilfe kitzelte Mirjana.

Das Boot ging endgültig unter.

Quido konnte noch sehen, wie es die Strömung des grüngelben Wassers etwas drehte, dann entschwand es seinen Blicken.

Er legte den Kopf nach hinten in den hohen Kragen der Weste, kniff die Augen zusammen und ließ sich von dem Strom langsam treiben.

Vater schrie ihm etwas zu, aber er verstand ihn nicht.

»Procvale su rože i vijole«, wiederholte er. »Procvala je trava i murava ...«

›Sofort die Neigung zur Polygamie unterdrücken (Vater)‹ stand am nächsten Tag im entsprechenden grünen Feld des IBM-Kalenders.

»Und ein Boot kaufen«, erinnerte Quido die Mutter.

6.   Quido kam in die achte Klasse, und es standen ihm nicht gerade leichte Zeiten bevor. Jaruška überragte ihn um gute drei Zentimeter, und in den Pausen unterhielt sie sich, wie es Quido schien, nur mit einigen frühreifen Mitschülern, die alle einen Kopf größer waren als er. Die ehemalige Dickleibigkeit hatte er zwar praktisch vollständig überwunden (etwas überflüssiges Fett auf den Hüften ist ihm allerdings für immer geblieben), und anstelle der Hornbrille hatte ihm seine Mutter ein gutaussehendes Gestell aus dünnem Goldmetall besorgt, aber er kam sich trotzdem klein und häßlich vor. Lange Minuten verbrachte er vor dem Spiegel, und Vaters ›Take it easy!‹ half ihm auch nicht weiter. Mit Jaruška ins Gespräch zu kommen, bereitete ihm ungeahnte Schwierigkeiten.

»Wollen wir mal wieder Schlitten fahren?« rang er sich eines Tages zu einer heiseren Frage durch.

»Spinnst du?« Jaruška schüttelte den Kopf, »fragst du nicht ein bißchen früh? Wir haben September!«

»Ich meine, wenn er wieder da ist —«

»Wer?« fragte Jaruška.

Quido hatte den Eindruck, daß sie sich über ihn lustig machte. Das war niederschmetternd.

Der Schnee, wollte er sagen, aber seine Stimme erstarb.

Außerdem wünschten Quidos Eltern, daß er schon im nächsten Jahr auf das Gymnasium in Benešov überwechselte.

»Du wirst doch nicht ein Jahr verlieren wollen!« versuchte ihn der Vater zu überzeugen, der die gesamte Grundschulausbildung seines Sohnes im stillen nur als ein absurdes Hindernis auf dessen Karriereleiter betrachtete.

»Mit zweiundzwanzig kannst du promovieren, und mit dreiundzwanzig bist du den anderen um ein Jahr voraus!«

Quido selbst bedrückte bisher lediglich der Gedanke, daß nach den Ferien neben Jaruška, die erst nach der neunten Klasse wechseln wollte, einer ihrer großen, muskulösen Mitschüler sitzen könnte. Diese Vorstellung malte er sich auf mannigfaltige Art und Weise aus, so daß sie für ihn bald zu einer Quelle schier unerträglicher Pein wurde. All die kräftigen, angeberischen, pickeligen Jungen mit sprießendem Bart haßte er schon von vornherein. Gleichzeitig dachte er, wenn er ungewollt seine seltenen und auf dem gemusterten Pyjama leicht übersehbaren Pollutionen mit den angeblich täglichen lawinenartigen Ereignissen der anderen verglich, mit großem Zorn an Großmutters fleischlose und deshalb, wie er argwöhnte, *nicht vollwertige* Küche.

»In Liebe, eure Líba Not!« tobte er insgeheim.

»Sei froh, daß Jaruška überhaupt aufs Gymnasium geht«, tröstete ihn die Mutter. »In einem Jahr werdet ihr euch da wieder treffen ... Was würdest du tun, wenn sie zum Beispiel auf die mittlere Krankenschwesternschule gehen würde?«

»Ich weiß nicht«, bekannte Quido niedergeschlagen.

Mit dem Näherrücken des Anmeldetermins für das Gymnasium versuchte Vater, seinen erzieherischen Einfluß zu steigern. Er glaubte, daß ihm seine unbestreitbaren und von vielen bewunderten Berufserfolge, die durch eine kürzliche Dienstreise in das exotische Japan gekrönt wurden, alle Voraussetzungen für die *Nachahmungsmethode* bieten würden. Quido weigerte sich jedoch in seiner pubertären Starrköpfigkeit, auch so offensichtliche und am Leben geprüfte Wahrheiten anzuerkennen wie diejenige, daß das Glück des Menschen direkt proportional zur Länge seiner Dienstreisen, gemessen in Kilometern ist, so daß er, wenn auch ungern, von Zeit zu Zeit zu der unpopulären *Dressurmethode* greifen mußte.

»Wau wau!« bellte Quido provozierend, wenn der Vater kam, um mit ihm zu üben – und als dieser eines Tages die ausgefüllte Anmeldung mitbrachte, streifte er

sich zum Zeichen des Protestes das Stachelhalsband
über.

Quidos Vater meinte es zweifellos gut mit seinem Sohn,
ja mehr noch, er tat sein Bestes. Es ging ihm letztendlich
nicht darum, daß Quido ein Jahr früher aufs Gymnasium
kam und noch weniger um die Nachhilfestunden in
Mathematik und Chemie. Es ging hier um viel mehr: Er
wollte ihm wenigstens einen Teil der zermürbenden
Umwege zur Lebenserkenntnis ersparen, indem er sie
ihm mit einer Genauigkeit, die für Quido vorläufig nicht
nachvollziehbar war, von einem schwer zu erringenden
Platz irgendwo weit vorne beschrieb, wo sie bereits gut
zu sehen war, und den er, der Vater, nach Jahren endlich
erreicht hatte. Angesichts der Tatsache, daß er ihm diese
Erkenntnis absolut kostenlos vermitteln wollte, nur aus
dem guten väterlichen Willen heraus, konnte er später
nicht begreifen, warum sich Quido gegen eine solche
Wohltat sträubte.

»Er lehnte sich noch oft gegen meine Ignoranz auf«,
erzählte Quido. »Als er *an Land* keinen Erfolg hatte,
flog er mit uns im Sommer nach Bulgarien und lag mir
in der Luft, im Flugzeug, und *im Wasser*, im Meer in den
Ohren, als suche er die idealen physikalischen Bedingungen, unter denen es doch noch möglich wäre, seine
Erfahrungen weiterzugeben«, erzählte Quido Jahre später.

Irgendwann in dieser Zeit schrieb Quido seine erste
Erzählung. Er nannte sie ›Selbstbedienung Grausamkeit‹.
Sie spielte in einem fiktiven Geschäft, in dem auf sehr
niedrigen, aber geräumigen Regalen nur eine einzige
Ware angeboten wurde: echte, lebendige Jungen, ver-
packt in durchsichtigen, teilweise offenen Schachteln. An
der rechten Hand hatten sie ein Etikett mit Namen, Preis
und Maßen. Sprechen konnten sie nicht.

150

Die Kundinnen waren demgegenüber nur Mädchen; auch Jaruška war darunter. Sie schoben riesige Einkaufswagen, die sie mühsam an den Regalen vorbeibugsierten, und wählten sorgfältig aus: Sie sahen sich nicht nur die Kleidung der Jungen an, sondern auch ihre Augen, den Mund und die Zähne, sie prüften die Haarfarbe und die Reinheit der Haut, die Dicke der Unterhautfettschicht und die Stärke der Muskeln, die Körpergröße und die Form der Füße, und schließlich schauten sie sich auch das Geschlecht der Jungen an und untersuchten, ob es schon mit Härchen bewachsen war oder nicht. Natürlich verglichen sie die Qualität der ausgestellten Jungen und beurteilten sie laut. Bei der Auswahl waren ihnen manchmal Verkäuferinnen behilflich, ältere, stark geschminkte Frauen mit riesigen Brüsten.

»Schwarzhaarige, große, braungebrannte gibt es nicht mehr?« fragte Jaruška eine von ihnen.

»Nur ungebräunte. Braungebrannte gab es am Vormittag«, antwortete die Verkäuferin recht freundlich. »Sie waren gleich weg.«

In einer der Schachteln stand natürlich auch Quido. Die Mädchen, inklusive Jaruška, gingen mehr oder weniger gleichgültig an ihm vorbei. Manchmal ließen sie diese oder jene Bemerkung fallen.

»Kauf dir doch diese kleine Brillenschlange!« neckten sie sich gegenseitig.

»Nein danke! Kauf sie dir selber!«

Quido schrieb die Erzählung in Schönschrift ab und zeigte sie eines Tages Jaruška.

»Die ist aber eigenartig«, sagte sie, als sie sie durchgelesen hatte. »Eigenartig und anstößig.«

Quido errötete, und ein schiefes Lächeln trat in sein Gesicht.

»So sucht ihr sie aber aus«, sagte er trotzig.

»Ich nicht!« sagte Jaruška. »Und ich will nicht, daß du über mich schreibst!«

VI.

1. Die Karriere von Quidos Vater endete im Spätsommer des Jahres neunzehnhundertsiebenundsiebzig genauso plötzlich, wie sie begonnen hatte.

Schon im Herbst des vorangegangenen Jahres war es zu einem scheinbar unwichtigen Ereignis gekommen, in dem jemand, der ein Gespür für solche Dinge hat, gewissermaßen das Vorspiel hätte sehen können, ein erstes Symptom der künftigen Krise: Der kleine Pazo stieß, ganz genauso wie seinerzeit sein Bruder, beim Kegeln im Kindergarten das verglaste Bild des Präsidenten herunter, diesmal allerdings nicht mehr das von Ludvík Svoboda, sondern Gustáv Husáks.

Der herunterfallende Rahmen mit den langen scharfen Glassplittern hatte zum Glück auch diesmal niemanden verletzt, dennoch ließ sich aber leider nicht behaupten, daß das heruntergestoßene Bild niemandem geschadet hätte. Eine der älteren Lehrerinnen erinnerte sich nämlich sofort an den gleichen Vorfall mit Quido und präsentierte es jedem, der ihr begegnete, als einen *unglaublichen Zufall.* Die Episode war somit bald allgemein bekannt, und nicht jeder fand sie nur amüsant.

»Achte auf solche Dinge«, sagte Šperk zu Quidos Vater. »Die Leute könnten darin einen Zusammenhang sehen!«

»Er ist doch ein Kind ...«, entschuldigte der Vater verlegen seinen Sohn.

»Und zu Recht!« sagte Šperk. »Unterschätz das nicht.«

»Ich wette einen Dollar gegen ein Streichholz, daß der Dummkopf es mit Absicht getan hat, um es Quido gleich zu tun!« schrie Quidos Vater zu Hause, in dessen Ausdrucksweise sich zu dieser Zeit der unbewußte Wunsch spiegelte, auch noch die Vereinigten Staaten per Dienstreise zu besuchen.

»Und warum schreist du mich an?« fragte Quidos Mutter nicht ganz unberechtigt.

»Normale Kinder stoßen doch *beim Rollen* der Kugel kein Bild herunter, das zweieinhalb Meter über dem Fußboden hängt!« schrie Vater unbeirrt weiter. »Normale Kinder jedenfalls nicht!«

»Anscheinend beschuldigst du mich, daß ich dir zwei unglaublich miserable Kegelspieler geboren habe?« sagte Mutter ruhig.

»Ich beschuldige dich nicht!« brüllte Vater, und in einem Anfall blinder Wut versetzte er Pazo eine Ohrfeige. »Dieser Fratz ist schuld!«

Pazo fing an zu weinen.

Quido stellte sich vor seinen Bruder, um ihn mit seinem Körper zu schützen.

»Bist du verrückt geworden?« rief Mutter empört. »Warum schlägst du ihn? Du benimmst dich wie ein Narr.«

Mit Mühe nahm sie Pazo auf den Arm.

Der Vater spürte selbst, daß er zumindest versuchen sollte, seinen Jähzorn irgendwie zu begründen.

»Das hat er dafür gekriegt, daß Mama und Papa jetzt seinetwegen streiten«, sagte er unsicher.

Quidos Mutter trocknete Pazo die Tränen ab und schickte ihn fort.

»Du solltest ihm noch eine geben«, sagte sie spöttisch. »Für Husák.«

»Das war die erste *politische* Ohrfeige, die Pazo bekommen hat«, erzählte Quido.

2. Quidos Vater versuchte also *achtzugeben*. Das war gar nicht so einfach, unter anderem deshalb, weil Pavel Kohout, seit Januar Unterzeichner der Charta 77, nach seiner Ausweisung aus Prag auf Dauer in sein Häuschen in Sázava zog: Wenn man ihn schon früher zusammen mit Quidos Mutter gesehen hatte, als er nur ab und zu nach Sázava kam, war es höchst wahrscheinlich, daß man ihn jetzt wiedertreffen würde.

Dazu kam es an einem Samstag vormittag während ihres Einkaufs im örtlichen Kaufhaus. Später, als sie sich diese Begegnung noch einmal in Erinnerung riefen, konnten sie sich nicht mehr einig werden, wer den politisch verfolgten Dramatiker zuerst gesehen hatte und somit Zeit gehabt hätte, das Signal zum Rückzug zu geben: Quidos Mutter behauptete, daß sie ihn erst in dem Moment erblickt hätte, als er sich, *mit dem Gesicht zu ihr*, nach den blauen Milchtransportkästen gebückt hatte; da sie gerade auf dem Weg zur Tiefkühltruhe gewesen sei, wie sich Vater bestimmt erinnere, um Pommes frites und Butter zu holen, hätte sie, ohne ein peinliches Wendemanöver mit dem Einkaufswagen, die Begegnung nicht mehr verhindern können. Vater räumte zwar ein, daß sie ihn vielleicht erst bei den Milchkästen gesehen hätte, bestand aber darauf, daß Pavel Kohout *mit dem Gesicht zu den Kästen* gestanden habe, was nur logisch sei, und dementsprechend *mit dem Rücken zu ihr*, so daß sie genügend Zeit gehabt hätte, ganz ruhig den Wagen umzudrehen, einfach so wie jemand, der sich plötzlich erinnerte, daß er im Regal zuvor vergessen hatte, etwas mitzunehmen – sagen wir zum Beispiel Haferflocken.

»Somit ist deine Behauptung, daß du die Begegnung nicht hättest verhindern können, etwas problematisch«, konstatierte Vater.

»Zumindest genauso problematisch wie deine Behauptung, daß du während der gesamten fraglichen Zeit das

Datum auf der Dose mit Frühstücksfleisch geprüft hättest, obwohl du das sonst nie tust, weil du deine verblüffende Fähigkeit, auch völlig verdorbenes Fleisch ohne jegliche Folgen zu essen, wie du mir schon des öfteren bewiesen hast, das letzte Mal vor zwei Jahren auf der Lužnice, ja sehr gut kennst!«

»Das ist pure Demagogie!« verteidigte sich Vater. »Wenn ich auf der Lužnice Wurst gegessen habe, die euch im trüben Morgenlicht aus irgendeinem Grunde grünlich erschien, dann nicht etwa deshalb, weil ich mir meiner angeblichen Immunität gegenüber Botulinustoxinen sicher gewesen wäre, was übrigens absoluter Blödsinn ist, sondern einfach deshalb, weil ich aus *bestimmten Gründen* auch älterem Fleisch gegenüber frischem Gemüse den Vorzug gebe!«

»Mit Ausnahme des jugoslawischen Letschos«, bemerkte Quidos Mutter.

»Wenn du schon unsere früheren Wassersportzeiten erwähnst«, fuhr Vater fort, ohne ihrer Bemerkung Beachtung zu schenken, »muß ich dich daran erinnern, auch wenn es mir peinlich ist, in derart lächerliche Details zu gehen, daß jeder auch nur ein bißchen erfahrene Hintermann die Richtung der nächsten Schiffsbewegung nach der Bewegung des *Bugs* beurteilt – und der, übertragen auf deinen Einkaufswagen, zeigte nicht zur Tiefkühltruhe, sondern *direkt* zu den Milchkästen!«

»Kann mir hier vielleicht jemand sagen, worum es überhaupt geht?« verlangte Quido.

»Ach«, winkte Mutter ab, »um nichts.«

»Im Gegenteil«, sagte Quidos Vater prophetisch, »um alles.«

»In einem gewissen Sinne sollte er recht behalten«, erzählte Quido später.

»Grüß dich, Pavel«, hatte Quidos Mutter damals mit einem strahlenden Lächeln zu Pavel Kohout gesagt, und damit den Verkäufern, den Kunden und nicht zuletzt sich selbst gezeigt, daß sie keine Angst hatte, diesen Dissidenten, über den in jenem Jahr schon so viel diskutiert worden war, an einem so frequentierten Ort anzusprechen.
Quidos Vater, der etwas blaß wurde, beschloß im letzten Augenblick, eine heitere Miene aufzusetzen.
Pavel Kohout erkannte die einstige Jana aus seinem Stück ›Ein gutes Lied‹ und die spätere Freundin aus dem Theater natürlich sofort, es waren ja außerdem keine zwei Jahre vergangen, da sie sich das letzte Mal in Sázava gesehen hatten, und seine Augen strahlten vor aufrichtiger Freude:
»Hallo.«
Unvermittelt hielt er jedoch inne und kehrte zu dem zurückhaltend freundlichen Ton zurück, den er sich für ähnliche Begegnungen schon lange zurechtgelegt hatte und der keinem anderen Zweck diente, als eine besondere Rücksicht auf diejenigen zu nehmen, mit denen er sprach. Das strahlende Lächeln von Quidos Mutter wich aber auch nach einigen Minuten der Unterhaltung nicht aus ihrem Gesicht, und so entschloß er sich, einen ganz alltäglichen Satz auszusprechen, den er jedoch in letzter Zeit sehr selten gebraucht hatte, weil ihm bewußt war, daß er sich in seinem Munde sofort zu einem brutalen psychologischen Druck auswirkte.
»Kommt doch auf einen Sprung vorbei, wenn es euch mal paßt«, sagte er etwas vorsichtig.
Er wollte nicht unhöflich sein und die Freunde ohne eine Einladung stehenlassen, gleichzeitig bemühte er sich aber ganz offensichtlich, ihnen ausreichend Raum für ein Ausweichmanöver zu lassen (für das er auch Verständnis gehabt hätte).

»Und da war sie. Die Schicksalsstunde«, sagte Quido
zum Lektor.

Keiner ahnte natürlich etwas davon. Weder Quidos Vater
noch Quidos Mutter noch die vorbeiströmenden Mitbür-
ger, ja nicht einmal die Fliegen, die über dem stinkenden
Käse herumschwirrten. Quidos Eltern hatten, wie die
meisten Ehepaare, die sich oft in Gesellschaft bewegen,
im Laufe der Jahre unbewußt ein ganzes System außer-
sprachlicher Kommunikation ausgearbeitet, angefangen
bei den bekannten zufälligen Gesten, Blicken oder Kopf-
bewegungen, bis zu so feinen Ausdrucksmitteln wie die
Geschwindigkeit beim Einatmen, kaum hörbares Schnal-
zen oder ein praktisch nicht wahrnehmbarer Schritt auf
der Stelle, aber dieses stets so gut funktionierende System
ließ sie nun im Stich, und zwar völlig unerwartet, denn in
der Vergangenheit hatten sie auch ausgesprochen aggres-
sive Einladungen (und dazu mit einer gewissen Eleganz)
erfolgreich abzuwehren vermocht.
»Hätte es sich um eine schriftliche Einladung gehandelt,
bin ich hundertprozentig sicher, daß sie sie abgelehnt
hätten«, behauptete Quido. »Sie hätten dafür eine
Menge sehr vernünftiger Argumente gehabt. Aber so,
von Angesicht zu Angesicht ... Das war dann doch etwas
zu viel verlangt. Dazu waren sie zu anständig.«
»Wie wär's mit heute abend?« hatte Quidos Mutter
begeistert vorgeschlagen und sich mit einem nichts
sehenden Blick an ihren Mann gewandt.
»Ich wäre dafür!« jubelte Quidos Vater und verspürte
einen heftigen Stich unter dem Brustbein.
»Heute?« Pavel Kohout war von einer so spontanen Antwort angenehm überrascht. »Also gut, prima!«
»Wollen wir uns nicht Hähnchen braten?« fragte Quidos
Vater tapfer, den Schmerz bekämpfend, und wies mit

158

dem Kopf zur Tiefkühltruhe. »Ich würde dann nämlich gleich zwei kaufen.«

Quidos Mutter bedachte ihn mit einem bewundernden Blick.

»Eins«, sagte Pavel Kohout fröhlich. »Das zweite kaufe ich.«

3.   »Um Gewitter, Elend und Drangsal zu besiegen,
damit das Leben kann wie ein Vogel fliegen,
und die Liebe wird zu einer Melodie so schön,
auf der du fliegst bis in des Himmels Höhn!«

deklamierte Quidos Mutter mit einer Mischung aus Ironie und Sentiment, als sie sich an jenem Nachmittag für das verabredete Lagerfeuer anzog.

»Wenn ich mich mit Regimegegnern hätte anfreunden wollen, hätte ich gleich in Prag bleiben können«, verkündete Quidos Vater, zum Schein jammernd, in Wirklichkeit aber leicht bezaubert von seiner eigenen Zivilcourage. »Ich bin doch nicht aufs Land geflüchtet, um mit ihnen Hähnchen zu braten!«

»Das mit den Hähnchen war deine Idee«, bemerkte Quidos Mutter lächelnd, ohne den Blick vom Spiegel zu wenden.

»Die Hähnchen kann ich mühelos begründen, aber ich bin neugierig, wie du die Regimegegner erklären wirst!«

»Hähnchen wie Hahn[*], ist ja egal«, scherzte Quidos Mutter kindisch. »Wir müssen ja nicht hingehen, wenn wir nicht wollen ...«

»Natürlich müssen wir«, lamentierte Vater. »Wegen deiner Pommes frites und deiner Butter müssen wir hingehen!«

[*] Kohout = Hahn (Anm. d.Ü.)

159

»Wegen deines Frühstücksfleisches!« Quidos Mutter warf einen letzten Blick in den Spiegel: »Wie sehe ich aus?«

»Gott im Himmel! Sie bringt es fertig, seelenruhig zu fragen, wie sie aussieht!«

»Sollten wir die Kinder nicht vielleicht doch mitnehmen?« fragte Quidos Mutter plötzlich. »Quido könnte Pavel seine Erzählung vorlesen?«

In ihrem Vorschlag mischte sich, wie es Quidos Vater zu Recht auffiel, ein gesunder mütterlicher Stolz mit einer weniger gesunden Suche nach einem Alibi: Wenn neben den Hähnchen auch Kinder dabei wären, kann das Treffen nicht als eine Verschwörung angesehen werden, überlegte sie.

»Na ja, warum nicht?« sagte Quidos Vater.

Erst als Pavel Kohout und seine Frau Jelena ihre Gäste in das jüngste innerpolitische Geschehen eingeweiht und sie unter anderem mit der Tatsache konfrontiert hatten, daß sie sehr oft von der Staatssicherheit beobachtet würden, war Quidos Vater bewußt geworden, in was für ein ernstes Spiel er, wenn auch nur als Zuschauer, geraten war. Um seine Hände irgendwie zu beschäftigen, übernahm er das Drehen des Bratspießes, aber die begeisterte Vorfreude auf das Mahl, die er dabei vortäuschte, vermochte seine Nervosität nicht vollständig zu verbergen. Seine vollmundigen Äußerungen über die goldbraune knusprige Kruste konnten niemandem etwas vormachen, um so weniger, als er permanent auf die Uhr und zum Himmel schaute, als könne er den Einbruch der Dunkelheit gar nicht erwarten, und obendrein das winzige Stückchen Hühnerbrust, das er im krassen Gegensatz zu seinen Reden gegessen hatte, kurze Zeit später mit einer nicht sehr überzeugenden Erklärung in die Hecke erbrach.

Auch Quidos Mutter begriff, daß die mit diesem Besuch verbundenen Risiken größer waren, als sie noch vor einer

160

Stunde zuzugeben bereit gewesen wäre. Am Ende war jedoch ihre Furcht vor Kohouts Dackel größer als die Besorgnis über mögliche Folgen. Jedesmal, wenn er in der Dunkelheit um ihre Beine strich, schrie sie zum Schrecken ihrer Gastgeber gellend auf.

»Es macht mir nichts aus, wenn eine Frau Angst vor Hunden, Spinnen oder Mäusen hat«, sagte Pavel Kohout, dem das langsam auf die Nerven ging, weil er keine Ahnung vom Ausmaß ihrer Phobie hatte, halb scherzhaft und halb ernst, »aber ich kann es nicht ertragen, wenn sie vorgibt, das sei ein Vorzug ...«

Die Situation wurde von Pazo und Quido gerettet: Sie hatten keine Angst vor dem kleinen Dackel, und sie hatten auch keine Angst vor der Geheimpolizei, so daß sie sich völlig natürlich benahmen. Pavel Kohout hatte zwar anfangs Zweifel, ob Quido nicht zufällig zu den Jungs gehörte, die nach zwei Gläsern von seinem Wein seine frühen Werke aus der Jugendverbandszeit scharf attackierten, aber Quidos mehrjährige, aufsehenerregende Rezitationsperiode, für die er sich schon jetzt ziemlich schämte und die dem Kohoutschen »intellektuellen Versagen« nicht ganz unähnlich war, bot eine ausreichende Garantie dafür, daß es diesmal nicht zu einem spöttischen Vortrag der Verse über Stalin kommen würde. Beide Jungen gefielen ihm, und es machte ihm Spaß, mit ihnen herumzualbern.

Als Quidos Geschichte vorgelesen werden sollte, erschrak der Dramatiker etwas und begann schnell, eine schonende Ablehnung, verbunden mit einer entsprechenden Ermutigung, zu überlegen. Die Erzählung überraschte ihn jedoch – wenn sie auch anfängerhaft war – recht angenehm, obwohl er mit ihrem pessimistischen Ende nicht einverstanden war, dessen künstliche Ursache er zu Recht darin sah, daß die verkauften Jungen nicht sprechen konnten.

»Wir können doch sprechen, und das ist auch unser einziges Glück!« sagte er zu Quido und zeigte ihm lachend seine *eigene* Fettschicht. »Du wirst schon sehen, zum Glück läßt sich jede Frau beschwatzen.«

»Meinen Sie?« erwiderte Quido interessiert.

Kurz nach zehn hörte man auf dem Zufahrtsweg ein Auto halten. »Aha«, sagte Pavel Kohout leise. »Unsere Bewachung!«

Er ging an der Garage vorbei und schaute über die Gartenpforte.

Quidos Vater spürte einen heftigen Stich unter dem Brustbein.

»Einheimische«, sagte Pavel Kohout. »Ihr müßt hinten herum über die Gleise gehen. Sie würden euch erkennen.«

Der Besuch war zu Ende.

Quido und Pazo erhielten den Befehl zu schweigen.

Die Familie verabschiedete sich schnell.

Sie gingen gemeinsam durch den Garten bis zum entgegengesetzten Ende. Vorsichtig wichen sie den Zweigen der Apfelbäume aus. Das Gras war naß. Sie schlüpften durch das Loch im Maschendraht.

»Haltet durch!« flüsterte Quidos Mutter.

»Auf Wiedersehen«, flüsterte Quidos Vater.

Die Dunkelheit verdeckte gnädig seine Blässe.

Sie stiegen den schmalen Pfad oberhalb der Eisenbahngleise hinunter. Nach einigen Metern leuchteten in der Dunkelheit Hundeaugen auf.

Quidos Mutter schrie zum letzten Mal durchdringend auf.

»Guten Abend!« sagte jemand. »Die Personalausweise bitte!«

»Was ist passiert?« rief Pavel Kohout erschrocken, der zurück zum Zaun gelaufen kam.

Niemand antwortete ihm.

»Zu Besuch?« fragte Šperk mit einem unangenehmen Lächeln. »Ist schon in Ordnung«, sagte er zu den beiden Männern, die neben ihm standen.

Quidos Vater vermochte nicht zu antworten.

Quidos Mutter nahm ihre Söhne an die Hand.

»Na, geht schon«, sagte Šperk. »Geht, geht.«

VII.

1.   Wenn Quido darüber spekulierte, was seinen Vater so hatte zerbrechen können, daß er bei seiner Versetzung von den fünf angebotenen Stellen, unter denen auch drei Büroarbeitsplätze waren, ausgerechnet den Posten beim Wachpersonal wählte, dachte er nicht so sehr an das geheimnisvolle Verhör bei der Staatssicherheit, über das ihm der Vater nie etwas Näheres hatte sagen wollen, und auch nicht an die Radiosendung mit dem Titel ›Der Fall Kohout‹, in der unter anderem auch Genosse Šperk über die organisierte Zusammenrottung der Feinde des sozialistischen Systems am derzeitigen Wohnort des Dramatikers gesprochen hatte. Er dachte an Ingenieur Zvára.
»Jetzt sitz ich ganz schön in der Scheiße, Mensch!« hatte Quidos Vater gleich am Tag nach dem Vorfall mit Šperk zu Zvára gesagt.
»Jetzt sitz ich ganz schön in der Scheiße, Mensch, ganz schön tief!« hatte er auch zu ihm gesagt, als er vom Verhör in der Bartolomějská-Straße zurückgekommen war.
Er sagte dies mit einem unüberhörbaren Fragezeichen in der Stimme, in der Hoffnung, daß ihn der Kollege zurechtweisen würde, er solle nicht übertreiben, nichts aufbauschen, das sei doch keine echte Scheiße, er hätte ja nichts Schlechtes getan, es könne ihm nichts passieren. Zvára wies ihn aber nicht zurecht.
Und er wies ihn auch nicht zurecht, als Quidos Vater eines Tages ins Büro kam, die Liste mit den fünf Stellen

in der Hand, und mit einer etwas belegten Stimme, mit dem wiederum unüberhörbaren Fragezeichen sagte: »Mensch, ich werde wohl zu guter Letzt noch als Pförtner arbeiten!?«

»Als Pförtner?« fragte Zvára mit echtem Entsetzen.

»Ja, hier bietet man es mir an, schwarz auf weiß ...«, sagte Quidos Vater lachend, aber seine Blässe stand in krassem Widerspruch zu der vorgespielten Laune. Er war froh, daß dies seinen Freund ebenso überraschte und hoffte deshalb vielleicht, daß Zvára jetzt auf den Tisch hauen, aufstehen und zum stellvertretenden Personalleiter rennen würde, um ihn zu fragen, was das für ein Blödsinn sei, seit wann Ingenieure, die zwei Weltsprachen fließend beherrschen und wertvolle Geschäftskontakte in London, Pula, Düsseldorf und Tokio pflegen – seit wann diese in den Betrieben als Pförtner arbeiten?! Aber Zvára haute nicht auf den Tisch, er stand nicht auf und sagte nur, daß so etwas wirklich nur bei ihnen passieren könne.

»Und das hat den Ausschlag gegeben«, behauptete Quido.

Doktor Liehr widersprach Quidos Hypothese später nicht, war aber gleichzeitig überzeugt davon, daß sein Vater durch die freiwillige Wahl der *untersten* Stufe in der Hierarchie der fünf versucht hatte, sei es bewußt oder unbewußt, die strafende Macht zu besänftigen, beziehungsweise befürchtet hatte, diese Macht dadurch zu reizen, daß er, sagen wir, nur um zwei Sprossen heruntergestiegen wäre, zum Beispiel auf die Stelle eines Preiskalkulators. Er verwies in diesem Zusammenhang auf die signifikante vertikale Symbolik der ganzen Angelegenheit: In Anbetracht der Tatsache, daß Quidos Vater früher in einem Büro im *neunten* Stock residiert hatte und sich die Pförtnerloge natürlich im Erdgeschoß befand, habe es sich hier um einen *gesellschaftlichen* Absturz mit

165

allem Drum und Dran gehandelt, wie es seiner Meinung nach Vaters Neigung zum Märtyrertum entsprach.

Quidos Mutter hatte, trotz ähnlicher Erklärungstheorien, die Entscheidung ihres Mannes nie begreifen können oder genauer gesagt, sie weigerte sich, sie zu begreifen.

»Aber warum, um Himmels willen, gerade Pförtner!?« schrie sie den Vater an jenem historischen Montag morgen an. »Warum hast du nicht den Kalkulator genommen? Willst du behaupten, daß du ab heute acht Stunden in dieser verwanzten Bude verbringen willst?!«

»Pförtner«, sagte Quidos Vater mit einem Seufzer, »verbringen ihre Arbeitszeit in einem Pförtnerhäuschen. Ob es verwanzt ist, weiß ich nicht, würde es aber bezweifeln.«

»Du ziehst dir also schlicht und einfach dieses Tweedsakko und dieses cremefarbene Hemd aus und ziehst dir den Anzug eines Schmierenkomödianten mit Silberknöpfen in der Größe einer mittleren Puderdose an und stellst dich dort irgendwo am Eingang auf!«

»Vermutlich ja.«

Mutters Erregung wuchs in dem Maße, in dem sie sich der verschiedensten Folgen dieser großen Veränderung bewußt wurde.

»Und auf den Kopf setzt du dir die Mütze mit dem Abzeichen?!«

»Ja.«

»Und über den Ärmel streifst du dir die scheußliche rote Binde?!«

»Ja«, sagte Vater etwas zerstreut, weil er kein einziges Vorhängeschloß fand und krampfhaft überlegte, womit er seinen Spind im Umkleideraum verschließen könnte.

»Himmel«, hauchte Quidos Mutter. »Du bist wohl wirklich verrückt geworden.«

Und so wurde Quidos Vater Pförtner. In der Lederaktentasche, die noch vor ein paar Tagen mit dicht beschriebenen Terminkalendern, Notizen aus Besprechungen, verschiedensten Mitteilungen, Ergebnissen von Expertisen, ausländischen Fachzeitschriften, Adreßbüchern und Dutzenden von Visitenkarten vollgestopft war, hatte er nunmehr nur noch ein Döschen mit Kaffeepulver, ein Stück Kuchen, seinen Füller und zwei, drei ausgeschnittene Kreuzworträtsel.

Wenn er Frühschicht hatte, pflegte er schon gegen fünf im Pförtnerhäuschen zu sein, um die Kollegen von der Nachtschicht beizeiten abzulösen. Er zog sich um, unterschrieb die Übernahme der Pistole, zog sorgfältig vier Spalten im Heft »Tagesmeldungen« und stellte sich an einen bestimmten Platz am Haupteingang. In seinen Bewegungen und seinem Ausdruck war nichts anderes als die normale Konzentration eines Anfängers – und vielleicht noch eine Art Entschuldigung dafür, daß er die kaum erwachten Leute so früh am Morgen dadurch schockierte, daß er sich ihnen in dieser unerwarteten Rolle zeigte, in einem unauffälligen graublauen Anzug und mit einer Mütze, die ihm ständig bis an den Brillenrand rutschte. Von Zeit zu Zeit ließ er den Blick zu seinem Vorgesetzten schweifen, um sich davon zu überzeugen, daß er keinerlei Einwände gegen die Art und Weise hatte, mit der er die Ankommenden begrüßte und kontrollierte, und der Vorgesetzte, dem das offensichtlich etwas peinlich war, nickte mit übertrieben lobendem Einverständnis.

Am Montag morgen kamen Quidos Eltern gemeinsam zur Arbeit. Am Pförtnerhäuschen verließ die Mutter den Vater eilig, ohne sich von ihm zu verabschieden. Sobald sie jedoch ihr Büro erreicht und sich eine Zigarette angezündet hatte, wurde ihr bewußt, daß sie sich schon am nächsten Tag, wie alle anderen, ihrem Mann gegenüber mit dem Dienstausweis legitimieren müsse. Sie mußte den ganzen Tag daran denken, und als sie sich gegen halb fünf zum Aufbruch vorbereitete, wußte sie bereits, daß diese fünfzehn bis zwanzig Schritte, verbunden mit dem Griff in die Handtasche, vielleicht der schwierigste Part ihrer Schauspielerkarriere werden würde.

Dienstag morgen zeigte sich dann, daß ihre Befürchtungen berechtigt waren. Die erste Prüfung endete mit einem absoluten Fiasko: Die Augen weit aufgerissen, die Hand mit dem Ausweis verkrampft vor sich ausgestreckt, als wäre ihr Mann in der Uniform irgendeine übernatürliche Erscheinung, die man nur dadurch vertreiben könnte, daß man sich ihr gegenüber legitimierte, ging Quidos Mutter durch das Vestibül der Pförtnerei und stieß dabei taumelnd an das rote Geländer.

»Sie wird sich dran gewöhnen«, sagte der Vorgesetzte aufmunternd zu Quidos Vater.

Quidos Vater versah zum Glück auch Nachtschichten, so daß seiner Frau die Hälfte dieser Begegnungen erspart blieben, und er selbst konnte wiederum den Begegnungen mit den ehemaligen Kollegen entgehen, deren morgendlichen flotten Sprüche – die sie allerdings ungewöhnlich schnell fallen ließen, so daß es des öfteren vorkam, daß sie sie nicht beendeten – ihn auf besondere Weise deprimierten. In der Nacht hatte er auch mehr Zeit zu lesen, wobei er sich jetzt allerdings manchmal nicht mehr konzentrieren konnte. Dann schlug er die Stunden und Minuten mit wiederholten und – was seine Pflicht betraf – eigentlich überflüssigen Rundgängen durch das ganze Verwaltungsgebäude tot: Langsam schleppte er sich durch die dunklen Korridore, las die Namensschilder an den Türen, warf einen Blick in die bekannten Büros und fuhr mit dem Kegel seiner Taschenlampe über die Familienfotos unter dem Glas auf den Schreibtischen. Von Zeit zu Zeit vergnügte er sich auch damit, daß er in sein ehemaliges Büro ging und die Anmerkungen in den Notizbüchern seiner beiden Nachfolger studierte – Zvára und dessen neuem Stellvertreter. »Diese Dummköpfe«, kicherte er leise. »Diese Blödmänner.«

2.   Während Quidos Vater im Betrieb nach außen hin vorgab, daß er sich mit seiner neuen Einstufung bereits abgefunden und dadurch wenigstens eine nie gekannte Ruhe gewonnen hätte, machte er sich und den anderen zu Hause nach einiger Zeit überhaupt nichts mehr vor und gab sich seiner Niederlage vollends hin. Er wurde schweigsam und reagierte entweder apathisch oder im Gegenteil sehr gereizt. Er schlich müde durchs Haus und gleichgültig vorbei an den veralteten Eintragungen im Tischkalender der Firma IBM und am Anschlagbrett im Flur.

»Nun wurde die Familie von der Mutter geleitet und organisiert«, erzählte Quido. »Das Patriarchat war zusammengebrochen.«

Die meiste Zeit verbrachte Quidos Vater nun in der Kellerwerkstatt. Er kehrte, wie immer in schweren Zeiten, zu seinen Holzarbeiten zurück. Beinahe mit Rührung betrachtete er das verstaubte, aber immer noch wohlriechende Schnittholz, berührte demütig die glatten Kiefernfurniere und nahm die hellen Lindenhölzer und die dunklen Pflaumenholzbretter in die Hand, als würde er sich entschuldigen, daß er sie wegen etwas so Törichtem wie Dienstreisen hatte vergessen können. Er räumte die Werkstatt sorgfältig auf, fegte aus, schliff alle schwedischen Schnitzeisen auf der Schleifscheibe und zog sie dann sanft am Arkansas-Stein mit Petroleum ab. Und all-

169

mählich machte er sich an die Arbeit: Er schnitt, drechselte, schliff, leimte und lackierte. Nicht selten vergaß er dabei die Zeit, und so kam es vor, daß Quido, wenn er gegen Morgen im Halbschlaf zum Klo wankte, durch die Schlitze der geschwollenen Lider seinen Vater sah, wie er sich erst jetzt im Bad zum Schlafengehen vorbereitete und sich die feinen Sägemehlreste von den Härchen am Handgelenk wusch. Ein andermal schauten Quido und seine Mutter nachts Fernsehen, als der hohe Ton von Vaters Drechselmaschine aus den Tiefen des Hauses ertönte; beide zuckten erschrocken zusammen. Nach einer Weile stellte Quido fest, daß Mutter Tränen in den Augen hatte.

»Mama?« sagte er fragend.

Sie schüttelte mit einem hilflosen Lächeln den Kopf. Auch in dem schwachen Schein des Bildschirms sah man ihre Fältchen.

»Vater *quälte* Mutter wie das Holz, an dem er durch Beizen die Maserung und damit die Alterszeichnungen zum Vorschein brachte«, erzählte Quido.

Kein Wunder: Entweder war er im Pförtnerhäuschen oder im Keller, aus dem er nur hervorkroch, um schlafen zu gehen, eine Kleinigkeit zu essen oder um von Zeit zu Zeit die Fernsehnachrichten zu sehen, die ihn jedoch immer mehr aufregten, so daß er oft noch vor dem Ende der Sendung wegging, um sich mit Hilfe einiger präziser Kerbschnitte ins Nußbaumholz wieder zu beruhigen.

Für Quidos Mutter wurde allmählich alles zuviel. Die Bearbeitung der Rechtsangelegenheiten des Betriebes, für die sie praktisch allein zuständig war, nahm sie so stark in Anspruch, daß sie oft erst am Abend nach Hause kam. Zu Hause herrschte Unordnung, und es fand sich niemand zum Aufräumen. Quido verbrachte seine Zeit ausschließlich mit dem Schreiben von Erzählungen und dem Stu-

dium von sexualkundlichen Nachschlagewerken, und
Pazo, dessen natürliches jungenhaftes Interesse an India-
ner- und Cowboyspielen zu einem merkwürdigen Desinteresse gegenüber allem anderen ausuferte, vagabundierte
den ganzen Tag an der Seite eines älteren Freundes,
genannt Bärenfell, durch die Wälder. Großmutter Líba,
die auch weiterhin durch nasse Tücher atmete und so in
allen Räumen Wasser verteilte, störte diese Unordnung
nur insofern, als daß sie sich weigerte, darin zu leben, und
sich deshalb, ähnlich wie Quido, in ihrem Zimmer ein-
schloß. Und das Haus verfiel.
Es verfiel, weil es statt gedrechselter Stäbe am Treppen-
geländer eher einer regelmäßigen Reinigung und In-
standhaltung bedurft hätte. Der Garten wurde von Gras
und Unkraut überwuchert. Das Gartentor, der Zaun und
die Fensterrahmen verlangten dringend nach einem
neuen Anstrich. Durch das Küchenfenster, das Pazo mit
einem Lederlasso zerschlagen hatte, zog es kalt. Ein Teil
der Kohle wurde vom Regen aufgeweicht, weil sie niemand wegräumte. Die Blumen im Haus, an die Mutter
nicht herankam, vertrockneten, und im Mixer, den es ihr
nicht auseinanderzuschrauben gelang, faulte schon seit
einigen Monaten der Rest irgendeines Milchshakes. Die
Flurtür war von beiden Seiten vom Hund zerkratzt, den
Vater immer wieder vergaß. Aus den Wasserhähnen
tropfte es, und die Eisschicht im Kühlschrank war so
dick geworden, daß man die Tür nicht mehr schließen
konnte. Der Badezimmerspiegel war nahezu blind von
Zahnpastaspritzern, und das Klobecken, ehemals so
strahlend weiß, war nun von den gelben Flecken einge-
trockneten Urins übersät.
»Das Schreiben fiel mir sehr schwer«, erzählte Quido.
»So ein Chaos! Ich liebe Ordnung und Symmetrie.«

171

3. (Freitag abend. Küche. Im Raum befindet sich lediglich Quidos Mutter. Unter größten Schwierigkeiten stellt sie leere Teller auf die Arbeitsplatte, die über die ganze Länge mit schmutzigem Geschirr, Essensresten, alten Zeitungen und Zeitschriften, Fußballschonern, Blechdosen mit Luxol-Lasur, Spanplattenresten und Kiefernrinde übersät ist. Sie schaltet die Kochplatte aus, auf der Wasser mit Würstchen dampft. Sie geht aus der Küche und stellt sich in die Mitte des Flurs. Lange Pause.)

MUTTER (laut, müde): Abendbrot.
(Stille)
MUTTER (lauter): Abendbrot!
(Stille)
MUTTER (schreit verzweifelt): Abendbrooot!!
QUIDO (aus seinem Zimmer): Komme schon!
VATER (aus der Werkstatt): Komme schon!
GROSSMUTTER (aus ihrem Zimmer, gedämpft durch das nasse Tuch): Brennt's oder was?
(Alle kommen nach und nach herein.)
VATER (zur Großmutter): Haben Sie nicht irgendwo eins meiner Schnitzeisen gesehen?
GROSSMUTTER (entblößt ihr Gesicht unter dem Tuch): Ich?! (verhüllt das Gesicht mit dem Tuch.)
VATER: Ein halbrundes Formeisen?
GROSSMUTTER (entblößt ihr Gesicht unter dem Tuch): Was würde ich wohl damit machen wollen? (verhüllt das Gesicht mit dem Tuch.)
QUIDO: Halbrunde Mehlspeisen, höchstwahrscheinlich.
MUTTER (zu Quido): Wo ist denn Pazo schon wieder?
QUIDO: Bei mir im Zimmer war er nicht.
MUTTER (zum Vater): Wo ist Pazo?

VATER: Bei mir in der Werkstatt war er nicht.

MUTTER (ärgerlich): Aha ... Kannst du dich überhaupt erinnern, wann du ihn das letzte Mal gesehen hast?

GROSSMUTTER (entblößt ihr Gesicht unter dem Tuch): Das wird schon ganz schön lange her sein! (Nimmt das Tuch vom Gesicht.)

VATER (aufgebracht zur Großmutter): Ich habe keine Zeit, nach meinem Sohn zu sehen, wenn ich Ihretwegen jede Stunde auf den Stromzähler gucken muß!

MUTTER (mit einem Seufzer): Laßt das. Wie viele Würstchen wollt ihr denn?

QUIDO (blättert in einer Zeitung): Vier.

VATER: Ich nur eins. Ich habe heute irgendwie keinen Appetit. Ich habe schon bei der Arbeit etwas gegessen.

MUTTER (spöttisch): Werfen dir die Leute schon Karamelbonbons zu?

VATER (gekränkt): Mein Schichtleiter hat mir eine ganze Paprikawurst gegeben!

GROSSMUTTER: Hast du sie abgezogen? Die sind doch aus der Dose!

MUTTER: Sie sind aus der Dose, aber nicht zum Abziehen. (ungeduldig) Wie viele willst du also?

GROSSMUTTER (mißtrauisch): Wirklich? Glaubt mir, dieser Kunstdarm ist der reinste Killer für den Magen ...

MUTTER (beherrscht sich nur mit Mühe): Ganz bestimmt.

GROSSMUTTER (schaut in den Topf): Die sehen nicht gerade abgezogen aus ...

MUTTER (schreit): Sie sehen nicht abgezogen aus, weil sie *überhaupt nicht* zum Abziehen sind!

GROSSMUTTER: Schrei mich bitte nicht so an! Ich bin immer noch deine Mutter.

MUTTER: Entschuldigung! Ich dachte, du wärst der Bezirkshygieniker.

QUIDO (zeigt seinem Vater die Zeitung mit dem Bild von Vladimír Remek auf den Stufen eines Raumschiffes): Das nenne ich Dienstreise! Das muß ein *glücklicher* Mensch sein!

MUTTER: Provozier nicht. Eßt jetzt. Guten Appetit.

QUIDO: Guten Appetit.

VATER: Danke, gleichfalls. Das Brot –?

MUTTER: Ist fünf Tage alt. Keiner ist einkaufen gegangen.

QUIDO: Ich kann unmöglich gehen. Seit ich die Erzählung geschrieben habe, kann ich keinen Fuß mehr in einen Selbstbedienungsladen setzen. Ich will nicht riskieren, dort einen Nervenzusammenbruch zu erleiden ...

MUTTER (nachdrücklich): Morgen früh gehst du einkaufen, auch wenn du vorher Valium nehmen mußt!

QUIDO: Warum ich? Soll doch Vater gehen – er hat frei ...

MUTTER (mit einem ironischen Blick zum Vater): Bist du verrückt geworden? Vater will doch das Intarsienschachbrett zu Ende bringen! Dabei können wir ihn doch nicht unterbrechen!

QUIDO (geringschätzig): Auf einer Schranktür! Mein Gott! Zeig mir einen Schachspieler, der bereit wäre, einen Schrank mit Mänteln auf den Boden zu kippen, um spielen zu können!

MUTTER (sichtlich zufrieden): Du siehst das zu utilitaristisch. Vor allem ist es ein *wunderschönes* Stück! So etwas wie ein Kugelschreiber mit Uhr. (Vater will etwas sagen, wird aber vom eintretenden Pazo unterbrochen. Pazo trägt eine Kalbfellweste und um den Hals ein Lederbändchen mit dem Stoßzahn eines Keilers, in der Hand hält er ein Schnitzeisen. Er ist sehr schmutzig.)

QUIDO: Ich kann verstehen, daß sich jemand nicht gerne wäscht – aber ich kann nicht verstehen, daß man deswegen wie ein Landstreicher aussehen muß.

MUTTER: Wo warst du?!

PAZO: Das Totem zu Ende schnitzen ...

VATER (bemerkt das Schnitzeisen): Mit meinem Schnitzeisen! Ich bring dich um!

MUTTER: Warum hast du niemandem gesagt, wo du hingehst? Oder wenigstens eine Nachricht hinterlassen?

PAZO: Ich *habe* eine Nachricht hinterlassen!

MUTTER (mißtrauisch): Ja? Und wo?

PAZO (findet in der Unordnung auf der Arbeitsplatte die Kiefernrinde): Hier!

MUTTER (betrachtet Pazos Einritzungen): Was ist das?

QUIDO: Bilderschrift.

(Kürzere Pause)

MUTTER (resigniert): Gut, Pazo, aber das nächste Mal schreib es für uns lieber normal auf. So wie du in der Schule schreibst, ja? Wir Bleichgesichter schreiben und lesen in lateinischer Schrift. Wie viele Würstchen willst du?

PAZO: Ich habe schon gegessen. Bärenfell hat mir einen Raben gebraten. (Mutter will etwas sagen, wird aber vom Klingeln des Telefons unterbrochen. Quidos Vater erstarrt. Quido läuft zum Telefon. Mutter folgt ihm.)

QUIDO: Ja? Hallo! (Er ruft in die Küche) Großvater! Schon wieder aus dem Krankenhaus! (Leiser) Was hattest du? ... Aha ... Und die Aussichten? ... (Lächelt) Du übertreibst! ... In Benešov? Frag lieber nicht, ich kann nicht begreifen, wie Vančura es mit diesen Spießern aushalten konnte ... Nein, in der Schule ganz gut – bis auf den Direktor und die Bilder in der Aula natürlich, hab' ich dir das schon erzählt?

VATER (unzufrieden): Denk daran, daß du ins Telefon sprichst!

QUIDO: Pazo? Gut, gerade hat er einen Raben zum Abendbrot gegessen ... Nein, das war ein Scherz! ... Kein

Gemüse, wir hatten ausgezeichnete Würstchen, wirklich! Das hängt wirklich nicht damit zusammen ... Ehrenwort!

MUTTER: Gib ihn mir, bitte!

QUIDO: Vater? Nein, ist nicht zusammengebrochen. Er sagt nur, daß ihn alle verraten haben. Sie haben seine Hähnchen gegessen und sind emigriert.

VATER: Bist du verrückt geworden?! Ich wiederhole, du sprichst ins Telefon!

MUTTER: Gib ihn mir!

QUIDO: Nein, nicht so sehr ... (lächelt). Jetzt beneidet er nur noch den Remek wahnsinnig ... Wer das ist? Das weißt du nicht? Liest du keine Zeitung? ... Aha. Ach so ... Und was liest du? ... Über das Leben von wem? ... Ach so, über das Leben! Und was macht Zita? ... Hm ... Sonst? Weiß ich nicht. Mutter zwingt mich, noch im letzten Schuljahr den Führerschein zu machen – normale Mütter wollen es ihren Söhnen ausreden. Es kommt mir so vor, als ob sie geschwindigkeitsbesessen ist oder so was!

MUTTER: Quatsch nicht und gib her!

QUIDO: ... Vater? Nein, fährt nicht mehr ... Nein ... Er hat gesagt, daß er sich keine fahrlässige Tötung anhängen läßt. Genau darauf wartet seiner Meinung nach die Staatssicherheit –

VATER (schreit): Nimm's ihm weg, oder ich reiße es aus der Wand!

QUIDO: ... Nein, das war Vater ... Ich muß dir Mutter geben ... Also, bis Sonntag, tschüs. Tschüs!

VIII.

1. Quidos Mutter hatte mit der Post in Sázava schon oft Probleme gehabt. Neben einigen abgelösten ausländischen Briefmarken, die sie leicht verschmerzen konnte, gingen hier ganze Briefe verloren und sogar ein oder zwei Bücher, die sie beim Lesering bestellt hatte. Einschreibesendungen, die mit ihrer Dienstadresse versehen waren, wurden auf der Post häufig unsinnig lange liegengelassen, so daß sie sie nach der Arbeit persönlich abholen mußte. Sie tat das jedoch meistens mit einer Handbewegung ab.

Als sie aber an jenem Sonntag nachmittag im Korridor des Krankenhauses Bulovka mit den jetzt so furchtbar überflüssigen Familienfotos, geschälten Pfirsichen in Sirup und einem neuen Buch über die Geschichte Prags stand, während das Telegramm mit der Nachricht von Großvaters Tod, das am Samstag um 11.35 Uhr von diesem Krankenhaus abgeschickt worden war, noch immer irgendwo am Postschalter lag, schwor sie, es diesmal nicht dabei bewenden zu lassen.

Nach zwei durchwachten Nächten stellte sie aber fest, daß sie keine Kraft dazu hatte, selbst zur Post zu gehen, um jemanden, wenn auch zu Recht, zu beschuldigen, und sie bat Quidos Vater, es an ihrer Stelle zu tun. Vater, der ansonsten alle Vorkehrungen für das Begräbnis rücksichtsvoll auf sich genommen hatte, wehrte sich gegen diese Bitte. Er war der Meinung, daß es überflüssig sei, sich *gerade jetzt* noch eine Sorge mehr aufzuladen und damit die sowieso schon angegriffenen Nerven noch mehr zu ruinieren.

»Lassen wir's«, bat er sie.

Quido erkannte richtig, daß hinter dieser Weigerung noch etwas anderes steckte, nämlich die bekannte Furcht vor jeglichem auch noch so kleinen Konflikt, die seit dem Vorfall mit Kohout beim Vater wahrhaft krankhafte Ausmaße angenommen hatte. Das regte Quido auf.

»Auf keinen Fall«, sagte er. »Wenn du Angst hast hinzugehen, dann gehe ich.«

Mutter strich ihm die Haare aus der Stirn. Sie mußte sich schon etwas in die Höhe recken.

»Das würdest du schaffen?«

Quido zögerte, aber das Bewußtsein, daß sie vollkommen im Recht waren, stärkte ihn.

»Ich glaube, ja«, sagte er.

Das Büro des Postvorstehers, zu dem er sich noch am selben Tag bringen ließ, wirkte wegen der dunklen Möbel und des weinroten Teppichs prunkvoller, als es Quido bei einem so kleinen Amt erwartet hätte.

»Setz dich«, forderte ihn der Vorsteher freundlich auf, aber Quido blieb stehen. Der Vorsteher lächelte.

»Ich ahne, was dich zu uns führt«, sagte er. »Aber erlaube mir, dir zuerst mein herzlichstes aufrichtiges Beileid auszusprechen.«

Quido verzog unmerklich das Gesicht, nahm die angebotene Hand aber an.

»Ich kann deine Bedenken verstehen«, sagte der Vorsteher. »Das, was passiert ist, tut uns allen aufrichtig leid. Gleichzeitig sollten wir aber nicht zulassen, daß die Emotionen über den Verstand siegen. Das dürfte nicht gut sein ...«

»Wie meinen Sie das?«

178

»Weißt du, ich rede mir nicht ein, daß auf unserer Post alles in bester Ordnung ist. Wir haben vielleicht ab und zu auch mal einen Fehler gemacht, und die Beschwerde, die du führst, ist in gewissem Maße auch berechtigt –«

»In gewissem Maße?!« Quido konnte sich nicht mehr zurückhalten. »Wovon sprechen Sie? Wir sind ins Krankenhaus gekommen, um meinen Großvater zu besuchen, und er war tot. Ich hatte mich darauf gefreut, ein bißchen mit ihm zu plaudern, und er war tot! Können Sie sich das überhaupt vorstellen?!«

»Natürlich«, sagte der Vorsteher. »Glaub mir aber, daß wir alles getan haben, damit sich etwas Ähnliches nicht wiederholen kann.«

»Das höre ich gern«, sagte Quido sarkastisch. »Ich habe nämlich noch einen!«

Er überflog mit einem Blick die Ehrenurkunden an der gegenüberliegenden Wand. Der Vorsteher reizte ihn irgendwie, aber er konnte bis jetzt nicht genau definieren, warum.

»Ich sage dir eins«, fuhr der Vorsteher fort. »Kritisieren kann nämlich jeder. Sei nicht böse, daß ich es dir so offen sage. Es ist einfach zu zerstören, etwas zu bespucken, aber einen konkreten, realistischen Vorschlag, wie man die Dinge besser machen könnte, haben die wenigsten! Auch du hast keinen.«

»Ich?!« Quido traute seinen Ohren nicht. »Bin ich vielleicht Postvorsteher? Was weiß ich denn von der Post? Was habe ich denn hier zu verbessern! Ist das nicht gerade *Ihre* Aufgabe?«

»Na, siehst du!« der Vorsteher lächelte. »Du gibst selber zu, daß du von der Postproblematik nichts verstehst, und dabei maßt du dir einfach das Recht an, über die Post zu urteilen!«

Quido verschlug es die Sprache. Seine Wut steigerte sich.

179

»Wir müssen schlicht und einfach die Möglichkeiten berücksichtigen, die unserer Post zur Verfügung stehen«, setzte der Vorsteher fort. »Leute haben wir wenige, Aufgaben viele, es läßt sich nicht alles auf einmal erreichen. Auch Rom wurde nicht über Nacht erbaut!«

»Ich bitte Sie«, sagte Quido mit schwer erzwungener Beherrschung, »niemand verlangt doch von Ihnen, daß Sie Rom in einer Nacht erbauen! Es wäre aber wunderbar, wenn Ihnen das nächste Mal weniger als vierzig Stunden reichen würden, um ein Telegramm über eine Entfernung von knapp einem Kilometer zu befördern!«

»Du bist aus verständlichen Gründen sehr erregt und läßt mich nie das beenden, was ich sagen wollte«, sagte der Vorsteher mit einem unangenehmen Lächeln. »Ich wollte sagen, daß wir uns unserer Mängel bewußt sind, daß es aber naiv ist zu denken, daß wir sie alle auf einen Schlag beseitigen könnten. Nur die ungeduldige Jugend, so wie die deine, will alles sofort. Ich möchte wetten, daß das auch der Grund dafür ist, warum nicht dein Vater mit der Beschwerde gekommen ist.«

»Vielleicht. Allerdings muß ich dem widersprechen, daß ich alles gleich will. Das will ich nicht. Auch die Post muß ich nicht sofort bekommen – ich bin vollkommen zufrieden, wenn ich sie *rechtzeitig* bekomme. Vor allem die Telegramme und die Expreßsendungen. Was die Postkarten betrifft, bin ich ohne weiteres mit einer zwei- bis dreitägigen Verspätung einverstanden, damit sie auch wirklich alle Ihre Mitarbeiterinnen lesen können und nicht nur die, die gerade Dienst haben – das wäre den anderen gegenüber ja ungerecht.«

»Das sind –«

»Ich habe sogar nicht einmal etwas dagegen, wenn sie sich für ihren Gatten die eine oder andere Briefmarke ablösen, letztendlich sind, wie schon Goethe gesagt hat,

Sammler glückliche Menschen, aber achten Sie bitte darauf, daß sie dabei nur die weniger wichtigen Passagen des Textes beschädigen!«

»Das, was du hier sagst, sind Anschuldigungen, die du erst beweisen müßtest ...«

Quido wollte gehen.

»Ich glaube«, sagte der Vorsteher, »daß jeder Kritiker zuerst bei sich selbst beginnen sollte. Weil —«

»Mein Gott!« rief Quido. »Wovon reden wir hier denn eigentlich?!«

»Wovon?« fragte der Vorsteher. »Wovon? Davon, daß du demagogisch all das Gute übersiehst, was von dieser Post geleistet wurde. Davon, daß du dabei bist, alle anzuschwärzen, die hier jeden Tag ein Stück ehrlicher Arbeit abliefern. Davon ...«

»Keinesfalls«, sagte Quido etwas ermattet. »Alle diejenigen, die hier jeden Tag ein Stück ehrlicher Arbeit abliefern, achte ich natürlich sehr. Ich scheiße nur auf Ihre Genossin, die das Telegramm mit der Nachricht vom Tod meines Großvaters anscheinend als Lesezeichen für die Burda benutzt hat!«

»Je länger ich dir zuhöre«, sagte der Vorsteher mit einem kalten Lächeln, »desto mehr wird mir klar, wieviel du noch dazulernen mußt, um solche Diskussionen wie die unsere führen zu können. Insbesondere —«, er schaute Quido mißbilligend an, »was die Sprachkultur anbelangt. Aber ich werde versuchen, es dir noch auf eine andere Art zu verdeutlichen: Hast du von hier aus schon mal einen Eilbrief, ein Glückwunschtelegramm, ein Paket oder einen Geldbetrag abgeschickt?«

»Natürlich«, sagte Quido und überlegte angestrengt, was für einen Gedankensprung er jetzt wieder erleben durfte.

»Mit anderen Worten«, sagte der Vorsteher bedeutungsvoll, »nutzt du unsere verschiedensten Dienste ganz

181

regelmäßig. Regelmäßig kommen wir dir und deiner Familie in allen euren Forderungen entgegen – und euch scheint das selbstverständlich zu sein ...«

»Überhaupt nicht!« sagte Quido wutentbrannt. »Ich wiederhole, überhaupt nicht. Es scheint uns nicht selbstverständlich, es *ist* selbstverständlich. Keine der Dienstleistungen, die Sie genannt haben, überschreitet den Rahmen Ihrer alltäglichen Pflichten auch nur im geringsten. Die Postämter sind eben dazu da, daß Menschen dort Pakete, Telegramme und Geld abschicken können. Versuchen Sie mir also gefälligst nicht einzureden, daß ich jedesmal, wenn man mir einen Einschreibebrief bringt, vor lauter Dankbarkeit auf den Arsch fallen müßte!«

»Und daß unsere Genossin bereitwillig eurem Hund, mit dem ihr selber nicht fertig werdet, Gehorsam beibringt, das ist auch selbstverständlich?« schrie der Vorsteher ärgerlich.

Auf diese Frage war Quido nicht vorbereitet.

»Und daß sich heutzutage auch der allerletzte Pförtner das Recht herausnimmt, sich zu beschweren, das ist auch selbstverständlich?!«

Die Beleidigung traf Quido mit einer solchen Wucht, daß ihm für einen Augenblick der Atem stockte.

Der Vorsteher, rot vor Wut, blickte ihn mit unverhohlenem Haß und Verachtung an:

»Oder sein neunmalkluger Bengel?!«

Er stieß Quido mit dem Bauch an:

»Sieh zu, daß du hier rauskommst!« brüllte er.

Er schob Quido auf den Flur hinaus und schlug die Tür hinter ihm zu.

Quido trat ein paarmal rasend vor Wut dagegen.

Sie wurde heftig aufgerissen.

»Und du erlaube dir nicht, alle zu duzen!« kreischte Quido schon im Wegrennen.

2.   Quidos Mutter vermochte zwar nicht mit absoluter Sicherheit zu sagen, daß die herausgerissene Seite mit Shakespeares Sonett Nr. 66, die sie am Montag abend in dem Paket mit Großvaters persönlichen Sachen gefunden hatte, tatsächlich seinem eigenen Wunsch hinsichtlich des Mottos der Todesanzeige entsprach, aber weil sie ihren Vater gut kannte und wußte, daß er mit einem Buch niemals so etwas anstellen würde, ohne dazu einen ganz außergewöhnlichen Grund zu haben, glaubte sie sofort daran. Sie las das Sonett, innerlich bewegt, immer und immer wieder, und trotz des Schmerzes, der sie durchdrang, empfand sie eine leichte Freude darüber, daß sie, wenn sie dieses Gedicht im Kopf der Anzeige drucken ließe, ihrem Vater gewissermaßen eine nachträgliche Möglichkeit gab, seinen Nächsten sowie seinen langjährigen Freunden noch einmal etwas zu übermitteln, was er vor seinem Tode wirklich gefühlt hatte und was ihm offensichtlich wichtig gewesen war.

»Es war ihr nicht vergönnt«, erzählte Quido dem Lektor.

Quidos Mutter begriff es in dem Moment, als ihr Mann vom Bestattungsdienst in Uhlířské Janovice zurückkehrte. Als er noch nicht ganz eingetreten war und sie seinen Gesichtsausdruck gesehen hatte, war ihr sofort alles klar – innerlich wunderte sie sich sogar für den Bruchteil einer Sekunde, wieso sie eigentlich so naiv hatte sein können.
»Es geht nicht!« sagte sie.
Quido blickte den Vater fragend an.

183

»Ja, es geht nicht«, sagte Vater.

Quidos Mutter ging zum Tisch zurück, umklammerte die Teetasse mit beiden Händen, trank dann aber doch nicht.

»Es geht nicht«, wiederholte sie nachdenklich.

»Ich habe getan, was ich konnte, aber sie ließen überhaupt nicht mit sich reden. Dieses Zitat ist nicht in ihrer Liste und damit basta.«

»In ihrer *Liste?*«

»Ja, in der Liste der *genehmigten* Zitate«, ergänzte Vater.

»Der genehmigten Zitate?! Shakespeare ist nicht genehmigt?! Will ich denn etwa, daß man mir ein Zitat von Mussolini druckt?! Hast du ihnen überhaupt gesagt, daß es Shakespeare ist?!«

»Hab' ich.«

Die Mutter beugte sich über ihre Tasse.

»Mein Gott«, sagte sie.

Vater zog vorsichtig den Stuhl an sie heran.

»Ich kann nichts dafür, glaub mir«, sagte er. »Ich habe versucht, dem Kerl alle vier Hunderter zu geben, die ich bei mir hatte.«

»Und?«

»Er sagte, er habe noch niemanden gesehen, der sich für vier Hunderter einsperren ließe.«

»Er hat Shakespeare nicht genehmigt!« Quidos Mutter schüttelte heftig den Kopf. »Dann können sie uns ja aber auch wirklich alles verbieten.«

»Die Musik«, sagte Vater äußerst widerstrebend, »hat man auch nicht genommen. Zum Glück hatte er aber den Mahler da.«

»Wie widerlich«, sagte Quido. »Widerlich, widerlich, widerlich!«

»Sag' ich doch«, lachte Mutter bitter. »Morgen verbieten sie uns zu leben.«

Quidos Vater legte ihr seinen Arm um die Schulter.

184

»Nicht einmal sterben kann der Mensch in Freiheit?!« rief Quidos Mutter.

»Das habe ich ihm auch gesagt«, erwiderte Vater. »Daraufhin hat er gesagt: Mein lieber Herr, so wie wir leben, so werden wir auch sterben.«

»Das ist wiederum wahr«, sagte Mutter.

3.   Quido vergoß während der Trauerfeier keine einzige Träne. Er starrte auf den mit Blumen und Kränzen über und über bedeckten Sarg und kniff sich ins Knie, wie er es immer beim Zahnarzt machte. Zornig lauschte er der Ersatzmusik von Mahler und dankte seiner Mutter im stillen, daß sie jegliche Reden abgelehnt hatte. Er dachte nicht nur an den Großvater, sondern auch an dessen Freund František, an Zita, an seinen Vater, und mit leisem Trotz murmelte er Shakespeares Verse.

In der Schule war er nun schweigsam und reizbar. Er fuhr nicht nur seine Mitschüler an, sondern auch seinen Freund Špála und sogar seine Lehrer. Ständig entdeckte er in seiner Umgebung irgendwelche Lügen.

»Was ist denn los mit dir?« frage Špála beunruhigt.

»Es ist alles zum Kotzen«, antwortete Quido.

Zu Hause war es ihm nach dem Begräbnis unerträglich; lieber meldete er sich am Samstag für die freiwillige Kartoffelernte.

Man fuhr mit ihnen irgendwohin weit hinter Neveklov. Dafür, daß es Ende September war, war es noch relativ warm, und durch die aufgelockerte Wolkendecke drang von Zeit zu Zeit auch die Sonne, aber es wehte ein sehr starker Wind, der auf dem offenen Feld noch zunahm. Die meisten Mädchen hatten sich Kopftücher umgebunden. Das hatte etwas Weibliches und höchst Ursprüngliches an sich, genauso wie diese Arbeit selbst, an der sich, wie sich Quido sagte, im Laufe der Jahrhunderte in einem gewissen Sinne kaum etwas geändert hatte: Es gab immer noch die gleichen gebückten Rücken, die gleichen flinken Frauenhände. Quido kam plötzlich aus einem unerfindlichen Grund der Gedanke, daß alle diese verrückten Gymnasiastinnen in ein paar Jahren Mütter sein würden.

Die Mädchen waren hier in der Überzahl, und Quido und die anderen Jungen kamen mit dem Abtransport der vollen Körbe zum Anhänger kaum hinterher. Jaruška war mit ihrer Klasse auf der anderen Seite des Feldweges. Um ihre Körbe kümmerte sich diesmal ein anderer Junge, aber das war Quido gleichgültig. Flink schritt er über die Furchen und dachte über die Welt nach.

Während der Pause setzte er sich etwas abseits von den anderen, lehnte sich an den dünnen Stamm eines wilden Apfelbaumes und beobachtete müde die grauweißen Wolken, die sich langsam über den entfernten, bewaldeten Horizont wälzten. Er verspürte keinen Hunger, trank nur etwas von der ausgeschenkten Limonade.

»Was ist mit dir?« fragte auf einmal Jaruška.

Sie trug einen eigenhändig gestrickten schwarzen Pullover, der ihren Busen eng umspannte, und alte Jeans mit zu weiten Hosenbeinen, die in verstaubten roten Stiefeln steckten.

»Was sollte mit mir sein?« sagte Quido.

»Weiß ich nicht«, sagte Jaruška und hockte sich hin. »Irgendwas.«

Sie bemerkte das unausgepackte Frühstück.

»Hast du nichts gegessen?« fragte sie.

»Nein. Ich kann doch nicht essen, wenn du mich nicht liebst!« sagte Quido spöttisch.

Die Augen unter dem dunkelblauen Tuch schauten ihn forschend an.

»Was fehlt dir?«

»Nichts, zum Donnerwetter!« brauste Quido auf. »Meinst du, wenn ich dir die Körbe nicht apportiere, fehlt mir gleich was?!«

»Quido?« fragte Jaruška verwundert.

Sie berührte seine Schultern.

»Was ist mit dir los, Quido?«

Er schloß die Augen.

»Wir haben Opa begraben. Unter anderem.«

Nach einer kurzen Pause sagte sie:

»Warum hast du mir das nicht erzählt?«

Sie schaute ihn so treuherzig an, daß er lachen mußte:

»Und warum sollte ich es dir erzählen? Du hast ihn ja gar nicht gekannt!«

»Wem denn sonst?« fragte Jaruška ernst.

Schließlich erzählte er ihr alles: vom Telefongespräch mit dem Großvater, von dem furchtbaren Besuch im Krankenhaus, von seinem Streit auf der Post und von dem Sonett.

»Kannst du das Sonett auswendig?« fragte Jaruška.

Sie saß neben ihm auf einer wattierten Jacke und schaute in die sich lichtende Apfelbaumkrone. Quido zuckte zusammen: Er hatte jahrelang vor Jaruška rezitiert, aber das hier war etwas anderes.

»Kannst du es aufsagen?«

»Hier?«

Er blickte sich um: Der Wind jagte Staubwolken über das Feld. Durch die entfernte Allee fuhr ein Bus. Die gezackten Ränder des bewaldeten Horizonts fielen zum Dorf hin leicht ab.

Jaruška nahm seine Hand. Seine Spannung ließ nach. Er verlor seine Scheu. Er erinnerte sich an Großvater, wie mühsam er sich in das Kissen am Kopf des Krankenbettes gelehnt hatte. Er begann, leise und verlegen vorzutragen,

aber je weiter er kam, desto mehr nahm seine Stimme an
Sicherheit zu:

>>Den Tod mir wünsch ich, wenn ich ansehn muß,
Wie das Verdienst zum Bettler wird geboren
Und hohles Nichts zu Glück und Überfluß,
Und wie der treuste Glaube wird verschworen.
Und goldne Ehre schmückt manch schmachvoll Haupt,
Und jungfräuliche Treue wird geschändet
Und wahre Hoheit ihres Lohns beraubt
Und Kraft an lahmes Regiment verschwendet
Und Kunst im Zungenbande roher Macht
Und Wissenschaft durch Schulunsinn entgeistert
Und schlichte Wahrheit als Einfalt verlacht,
Und wie vom Bösen Gutes wird gemeistert –
Müd alles dessen möcht ich sterben – bliebe
Durch meinen Tod nicht einsam meine Liebe.<<

>>Das hast du sehr schön gemacht<<, sagte Jaruška.
>>Die Šperková hätte ihre Freude daran gehabt<<, sagte
Quido und schneuzte sich. >>Oder wohl eher doch nicht.
Aber vielleicht hat *er* mich gehört.<<
Jaruška strich ihm sanft über den Handrücken.
Quido merkte, daß die anderen sie beobachteten, aber
das war ihm egal.
In den Augen unter dem Tuch funkelte es plötzlich:
>>Gehen wir morgen Schlitten fahren?<< fragte Jaruška.
Der Kohout hatte also recht, dachte Quido. Ich habe sie
ganz einfach beschwatzt.

IX.

1. Im Frühjahr des nächsten Jahres, kurz bevor Quidos Vater definitiv zu flüstern anfing, stellte Quidos Mutter, als sie einmal das Frühstück zubereitete, fest, daß sämtliche Gläser und sämtliches Glasgeschirr, das der Vater einst aus der Fabrik mitgebracht hatte, verschwunden waren. Verwundert durchsuchte sie alle Regale und Schränkchen, aber alles, was sie entdeckte, waren zwei uralte Porzellantassen mit abgebrochenen Henkeln und ein leeres Glas Aprikosenmarmelade. Schließlich kam ihr die Idee, im Abfalleimer nachzusehen. Er ließ sich nur schwer öffnen, und da er voller Glasscherben war, schepperte es.

Sie rief Vater und blickte ihn fragend und vorwurfsvoll an.

»Was siehst du mich so an! Wirtschaftskriminalität lasse ich mir euretwegen nicht anhängen!« brauste er auf.

Quidos Mutter erwiderte nichts darauf. Traurig schüttelte sie den Kopf und goß ihm den Tee in die Gummischale zum Gipsanrühren.

Es war übrigens das letzte Mal, daß Vater zu Hause geschrien hatte, denn in den nächsten Tagen begann er immer öfter zu flüstern, und schließlich flüsterte er nur noch. Das erweckte den Eindruck, als würde den ganzen Tag lang jemand im Hause schlafen.

»Vater, warum flüsterst du?!« Quido hielt es eines Tages nicht mehr aus.

»Ich flüstere?« flüsterte Vater überrascht.

»Ja! Du flüsterst. Immerzu flüsterst du. Mama, sag ihm bitte, daß er flüstert!«

»Du flüsterst«, bestätigte Quidos Mutter. »Du flüsterst, zerschlägst Glas und versteckst irgendwo unsere Bücher und Fotos.«

»Warum machst du das?!« fragte Quido.

»Wenn du sie nicht sogar gleich verbrannt hast«, fügte Mutter hinzu. »Wie ein richtiger *Agent*.«

Vater sah beide forschend an und drehte den Wasserhahn voll auf.

Quido gab ein kurzes, spöttisches Zischen von sich.

»Ich flüstere, weil ich gewisse Befürchtungen habe«, sagte Vater heiser.

»Was für Befürchtungen denn?!« explodierte Quido. »Um deine Pförtnerstelle?!«

»Nein, unseretwegen«, sagte Vater. »Sie können sich alles erlauben, kapiert ihr das denn wirklich nicht?«

Am nächsten Tag nach dem Mittagessen führte er seine Frau und Quido schweigend zum Schlafzimmerfenster und schob den Vorhang vorsichtig zur Seite.

»Schaut, wenn ihr mir nicht glaubt ...«, flüsterte er.

Quido und seine Mutter blickten in die Richtung, in die Vater zeigte. In der Kurve der Eisenbahnstrecke unterhalb des Skřivánek stand ein weißer Baucontainer zwischen den Bäumen, den man vor zwei Tagen hierher gebracht hatte und der das vorübergehende Domizil für einige Streckenarbeiter war, die im Tunnel hinter der Kurve irgendwelche Betonsanierungsarbeiten durchführten. Vor dem Container saßen drei Männer.

»Und was soll das deiner Meinung nach sein?« fragte Quidos Mutter direkt. »Ein Bunker des KGB?«

Die ganze Komödie war ihr äußerst zuwider.

»Achtet auf die Antenne«, sagte Vater flüsternd.

»Vater«, sagte Quido fast ungläubig, »das ist eine *Fernsehantenne.*«

»Ich beobachte sie schon lange«, sagte Vater, ohne die Bemerkung seines Sohnes zur Kenntnis zu nehmen. »Es sind insgesamt sechs. Sie wechseln sich ziemlich regelmäßig ab, aber interessant ist, daß einer von ihnen *immer* drin bleibt.«

»Vater!« rief Quido. »Sie reparieren hier den *Tunnel!* Das wird dir jeder sagen können!«

Der Vater schaute ihn mitleidig an:

»Tunnel«, flüsterte er. »Du glaubst, daß gerade *die* irgendein blöder Tunnel interessiert?«

Er bereitete der Familie Sorgen. Er hörte praktisch ganz auf zu lesen, schlurfte von der Werkstatt ins Schlafzimmer und wieder zurück und spuckte ständig wie ein Säugling.

»Es war offensichtlich schon das Vorstadium seiner Psychose«, sagte Doktor Liehr später zu Mutter. »Seine Vorstellungen jedoch – das sind keine Wahnideen im eigentlichen Sinne des Wortes! Die Staatssicherheit ist ja kein Phantom.«

Die vorsichtige Art und Weise, mit der Quidos Vater die Gardine anhob, konnte seine Frau irgendwie nicht ertragen. Sie hatte sich angewöhnt, im Schlafzimmer zu lesen, aber sobald Vater hereinkam, konnte sie nicht einmal eine Minute mit ihm zusammen bleiben; sie verließ hastig den Raum und schloß laut die Tür hinter sich. Vaters ehemals berühmte Geschichte von seinem Onkel, der sein ganzes Leben lang in einem Eisenwarenladen als Verkäufer arbeitete und von Anfang an dabei gedacht hatte, die Hofdame Ludwigs XIV. zu sein, kam ihr überhaupt nicht mehr komisch vor. Das Gespenst des Wahnsinns begann über der Familie zu schweben.

Eines Tages, als Quidos Vater schon besonders lange am Schlafzimmerfenster ausgeharrt hatte, verlor sie die Nerven. Hastig entledigte sie sich der Küchenschürze und stürzte ins Schlafzimmer:

»Jetzt setz dich hin und guck dir das an!« befahl sie ihm. Sie zog sich rasch die Schuhe an, drückte die Zigarette aus und brachte ihre Haare vor dem Spiegel im Flur in fünf Sekunden in Ordnung. Ihre Hast wirkte irgendwie bedrohlich.

»Wenn die keinen Hund haben, dann kannst du was erleben!« rief sie ihrem Mann zu und knallte die Tür hinter sich ins Schloß.

Quidos Vater wandte sich zu seinem Sohn, als erwartete er eine Erklärung von ihm, aber Quido zuckte nur unwillig die Achseln. Sie schauten aus dem Fenster. Mutters zierliche Gestalt steuerte zielstrebig auf das weiße Häuschen zu. Von der Straße bog sie auf einen Weg ab, der zur Bahnstrecke führte. Als sie sich dort den Abständen zwischen den Schwellen anpassen mußte, änderte sich ihr Gang sichtbar. Quidos Vater stand auf und schluckte einige Male schwer.

»Wenn du dich wieder übergibst, machst du es selbst weg«, warnte ihn Quido trocken, ohne die Mutter aus den Augen zu lassen.

Von dem Baucontainer trennten sie kaum noch zwanzig Meter. Anscheinend hatte sie den beiden Männern, die draußen saßen, etwas zugerufen, weil beide gleichzeitig zu ihr schauten. Einer von ihnen, so schien es, ging ihr zwei, drei Schritte entgegen. Quido fiel auf, daß er einen freien Oberkörper hatte. Ein paar Minuten sprachen alle drei stehend miteinander, dann verschwanden sie im Container.

»Ich gehe jetzt hin!« sagte Quido, als sie nach vierzig Minuten immer noch nicht herausgekommen war. Ge-

192

gen seinen Willen übertrug sich die verrückte Angst seines Vaters auf ihn.

»Hiergeblieben!« schrie Vater, der während der vierzig Minuten etwa zwanzigmal die Treppe zur Werkstatt raufund runtergelaufen war, und nun vollkommen vergessen hatte zu flüstern: »Ich bin nicht bereit, auch noch meinen Sohn zu verlieren!«

»Vater, ich bitte dich!« sagte Quido. »Nimm Oxazepam, und beruhige dich.«

»Ich lasse dich nicht gehen!« rief Vater gequält. »Was weißt du schon von alledem?! Was weißt du von Hinrichtungen?! Von Massendeportationen?!«

»Armer Irrer!« kreischte Quido und rannte aus dem Haus.

Je mehr er sich um die Mutter ängstigte, desto größere Gereiztheit empfand er gegenüber seinem Vater. Schon auf der Straße begann er unbewußt zu laufen. Auf den schwarz gewordenen Steinen zwischen den Gleisen zog er sich beinahe eine Knöchelprellung zu. Als er aber ganz außer Atem vor dem verdächtigen weißen Häuschen stehenblieb, traf er dort nur auf zwei Soldaten, die kaum ein Jahr älter waren als er. Sie lagen auf offenen Schlafsäcken und reichten sich irgendeine halbleere Flasche. Sie musterten ihn mißtrauisch von Kopf bis Fuß.

»Wenn du deine Mutter suchst, die sind schon abgefahren«, sagte einer der beiden lachend.

»Wohin?!« rief Quido.

Der Soldat zuckte mit den Schultern.

»Warum?« schrie Quido schon etwas unbeherrscht.

»Brüll hier nicht rum, Mann«, sagte der andere Soldat auf slowakisch. »Und beruhige dich. Ich bin kein Polizist.«

»Ist in Ordnung«, sagte Quido und lief zurück.

Die Mutter sah er erst, als sie in Begleitung von drei anderen Soldaten durch den Garten Richtung Haus zurückkam. Sie lachte angetrunken, und ihre Aussprache war auf bekannte Weise weicher.

»Ich bin auf einer Draisine gefahren!« prahlte sie vor ihrem Sohn.

Quidos Vater trat mit einem unsicheren Lächeln auf die Terrasse hinaus.

»Feldwebel Miga, Bau- und Eisenbahnbautruppe Prag«, stellte sich ihm der Kommandierende etwas mühsam vor. »Sie können mir wirklich glauben, Herr Ingenieur, ansonsten unterschreibe ich Ihnen auch gerne, daß Gustáv Husák ein alter Hurenbock ist!«

»Ist in Ordnung«, sagte Quidos Vater.

2.   Aber auch dieser konkrete Beweis befreite ihn nicht von dem Gefühl einer unbekannten Bedrohung. Er war auch weiterhin sehr ängstlich, bezog alles auf sich und litt weiterhin unter einer ständigen irrationalen Selbstbeschuldigung. Wenn Quido oder seine Mutter im Haus an ihm vorbeigingen, wich er ihren Blicken aus. Quidos Mutter gab jedoch nicht auf. Ich werde ihn da herausholen, nahm sie sich vor. Ihr Instinkt sagte ihr, daß ihm ein Ortswechsel guttun würde. Sie rief einige betriebseigene Erholungseinrichtungen an, und schließlich gelang es ihr, für die ersten vierzehn Ferientage ein Vierbettzimmer in einer kleinen Hütte im Riesengebirge zu reservieren.

Anfangs hatte es tatsächlich den Anschein, daß der Aufenthalt in den Bergen einen günstigen Einfluß auf den Vater ausübte. Er verbrachte zwar viel Zeit mit der einsamen Suche nach geeignetem Schnitzmaterial und Wurzelholz, aber bei der Gelegenheit fand er nicht selten auch ein paar Rothäubchen mit herrlicher Färbung, und es sah so aus, als hätte er nach langer Zeit wieder an etwas

194

Spaß. Er begleitete die Familie bei kürzeren Ausflügen, abends lief er ein bißchen, und er las auch wieder mehr. Zu Mutters Freude aß er wieder besser, und in der Kolín-Hütte schaffte er sogar gut die Hälfte eines Eisbechers mit Schlagsahne. Als er dann einmal gemeinsam mit Pazo bis zum Hals in einen eiskalten Bach tauchte, hielt Quidos Mutter seine baldige Genesung für eine ausgemachte Sache, und Quido versuchte vergebens, ihre Euphorie zu bremsen.

Am besten bekam der Familienurlaub jedoch eindeutig Pazo. Er lehnte die kleinbürgerliche Übernachtung in einer Hütte ab und baute sich am Waldesrand in den verflochtenen Zweigen einer krummgewachsenen Birke ein improvisiertes Hochbett, auf dem er dann alle folgenden Nächte verbrachte. Tagsüber lernte er Knoten binden, erklomm Felsen und übte sich im Messerwerfen.

>Durch die Luft die Lassoschlinge schwirrte,
ein schlanker Rotfuchs leise wieherte;
ein junger Cowboy sein Kleid vom Staub befreit
und singt dabei ein Lied aus Heiterkeit!<

sang Quido parodierend, wenn sein jüngerer Bruder, schmutzig und braungebrannt, ausnahmsweise in der Zimmertür erschien, meistens nur deshalb, um sich von seiner Mutter die Zecken herausziehen zu lassen.

>Na und?< sagte Pazo dann trotzig.

Quido war auch zufrieden: Er schrieb einige Geschichten, die er sogar noch überarbeiten konnte, und aus Sätzen, die er dann nicht mehr verwendete, setzte er immer noch einen Brief für Jaruška zusammen.

Eines Nachmittags gingen Quidos Vater und Pazo in den Wald oberhalb der Hütte, um Wildfährten zu verfolgen.

Keine zwanzig Minuten später sah Quidos Mutter jedoch durch das Fenster, wie sie über die Wiese zurückkamen.

»Das ist kein Hirsch!« rief sie ihnen zu. »Ihr verfolgt meine Bergstiefel!«

Pazo winkte abfällig mit der Hand in die Richtung des Vaters.

»Mit ihm hat es keinen Zweck«, sagte er.

»Was ist?« fragte Mutter etwas beunruhigt.

»Ich muß etwas genauer wissen«, sagte Quidos Vater.

Als er nach oben kam, bat er seine Frau, ob sie ihm noch einmal alle Unterschiede zwischen der sogenannten *Zeugenerklärung* und einer *Zeugenaussage* aufzählen könne.

Mutters Hände hielten über der Platte, auf der sie gerade Pilze zum Trocknen ausbreitete, für einen Augenblick inne, aber sie besann sich sofort und speiste Vater mit einer scherzhaften Antwort ab. Dieser beharrte jedoch auf seiner Frage.

Sie zuckte die Achseln und erklärte ihm freundlich sowohl alle Unterschiede als auch die rechtlichen Folgen, die sich daraus ergaben. Sie sprach langsam, denn Vater machte sich, wie auch jedesmal zuvor, schriftliche Notizen. Als sie fertig war, schaute er noch eine Weile nachdenklich auf das beschriebene Blatt.

»Wenn ich es richtig verstehe, kann eine Falschaussage im Rahmen der sogenannten Zeugenerklärung mit einer Geldstrafe, nie aber durch ein Strafverfahren geahndet werden?« fragte er abschließend.

»Ja«, sagte Quidos Mutter. »Das hast du richtig verstanden. Du bist ja schließlich ein Mensch mit Hochschulbildung, und nicht zuletzt wird es dir beileibe nicht zum ersten Mal erklärt.«

Quido trat ein.

»Ach du meine Güte«, sagte er. »Schon wieder Schulung?«

196

»Ohne Ausnahme?« fragte Vater nach.

»Ohne Ausnahme«, seufzte Mutter.

Vater steckte die Notizen in die Brusttasche.

»Warte, warte«, sagte Quido. »Ißt du das Blatt denn nicht auf?! Oder steckst es dir wenigstens in den After?! Weißt du überhaupt, welchem Risiko du die ganze Familie aussetzt?! Hast du nichts von Massendeportationen auf Draisinen gehört?«

»Laß das Provozieren«, sagte Mutter. »Hast du nun endlich an Großmutter geschrieben?«

»Klar«, lachte Quido.

»Zeig mal!« sagte Mutter mißtrauisch.

Quido zog eine schwarzweiße Postkarte aus seinem Buch.

»Wo hast du die denn aufgetrieben?« fragte Mutter lächelnd. Sie drehte sie um und las:

»In der Hütte im bergigen Wald,
wird unser Semmelauflauf niemals kalt.
Wir wollen uns auch hier daran laben,
um keine Entzugserscheinungen zu haben!«

»Tadellos!« sagte Quidos Vater lachend.

Am nächsten Tag wurde die Familie von einem herrlichen Morgen geweckt.

»Ein herrlicher Morgen breitete sich über das tiefe Tal im Osten der Berge von Rübezahl. Die dunklen Kiefern und Tannen standen über und über mit Tautropfen behangen«, deklamierte Quidos Mutter.

Sie frühstückten ausgiebig, Vater packte noch für alle eine kleine Wegzehrung in den Rucksack, und dann begaben sie sich auf ihren nächsten Ausflug. Sie wanderten in die Ortschaft Pec hinunter, setzten dann ihren Weg zum Riesengrund fort, durch den sie bis zum Fuße

197

der Schneekoppe kletterten, wobei sie sich ab und zu an den dafür vorgesehenen Eisenketten festhielten. Von hier aus wollten sie den Weg der polnisch-tschechoslowakischen Freundschaft zur Spindlerhütte nehmen, um dann entlang des Elbe-Quellflusses Weißwasser zurückzukehren – aber Vater wollte nicht. Es schien ihn vor allem die Tatsache zu stören, daß der besagte Weg zum Teil über polnisches Gebiet führte.

»Na und?« fragte Quido verständnislos.

»Kein Na-und«, sagte Vater. »Ich will da nicht langgehen. Ich kann solche großspurigen Gesten nicht leiden.«

»Was für Gesten, um Himmels willen?«

»Ich muß meinen besonderen Mut nicht dadurch beweisen, daß ich dreißig Schritte über die Grenze gehe!«

»Du raubst mir noch den Verstand«, sagte Quido.

»Laßt das«, sagte Mutter schnell. »Kein Gerede und vorwärts!«

Sie nahm Vater bei der Hand, aber der zog sie mit unverständlichem Widerstand zurück.

»Ich hab' doch gesagt, daß ich da nicht langgehe!«

»Aber warum?« fragte Mutter unglücklich.

»Warum? Weil es mir überflüssig erscheint, sich da zu produzieren, weil wir die Grenzer damit nur unnötig provozieren und genausogut anderswo gehen können!«

»Von was für einer Provokation redest du denn da, verdammt noch mal?« Quido hob die Stimme. »Der Weg ist ganz normal offen. Es ist nichts Verbotenes!«

Die vorbeikommenden Touristen schauten sich überrascht um. Quidos Vater senkte den Blick.

»Alle gehen hier lang – sieh doch mal!« argumentierte Mutter.

Vater schüttelte unnachgiebig den Kopf.

Seine Lippen waren fest zusammengepreßt.

Er atmete schwer.

»Mit ihm hat es keinen Zweck«, sagte Pazo.

»Vater!« sagte Quido mit einer fast verzweifelten Betonung. »Sieh dich um: Alle zehn Minuten gehen auf diesem Weg *vor den Augen der Grenzer* mindestens hundert Menschen vorbei!«

Aus irgendeinem Grund schien es ihm sehr wichtig, seinen Vater zu überzeugen. Die Entschlossenheit wich zwar etwas aus Vaters Gesicht, so daß er jetzt eher niedergeschlagen aussah, aber trotzdem schüttelte er wieder ablehnend den Kopf.

»Ich kann die Feldstecher in meinem Rücken nicht ertragen«, flüsterte er. »Ich kann den Gedanken nicht ertragen, mich jemals wieder vor jemandem ausweisen zu müssen. Versteht ihr das nicht? Könnt ihr das wirklich nicht begreifen?«

Er schaute Mutter mit bittenden Augen an.

»Das kann doch nicht wahr sein«, sagte Quido. »Unser Vater ist verrückt.«

»Das können wir«, sagte Mutter auf einmal entschieden. »Wir nehmen einen anderen Weg.«

»Er spielt Theater«, flüsterte Pazo Quido zu. »Polen ist ihm nicht gut genug, dem Weltenbummler!«

3.   Anfang September beschloß Quidos Mutter endgültig, einen Psychiater für ihren Mann zu suchen, da sie sich eingestehen mußte, wenn auch ungern, daß sie bei seiner sonderbaren Neurose mit ihrer Intuition nicht weiterkam.

Es beunruhigte sie aber der offensichtlich politische Hintergrund von Vaters Manie, und sie war sich nicht sicher, wie irgendein fremder Arzt darauf reagieren würde. Im Radio Freies Europa hatte sie einmal eine Sendung über den Mißbrauch der Psychiatrie für politische Zwecke

gehört, und obwohl dieser Beitrag damals die Sowjetunion betraf, ging er ihr nicht aus dem Sinn.

Sie fuhr deshalb zu Zita nach Prag, um sich mit ihr darüber zu beraten. Das Kino war brechend voll, es gab den
amerikanischen Film ›Der weiße Hai‹. Draußen war es
aber immer noch warm, so daß Zita in der Garderobe
nicht viel zu tun hatte.

»Er ist wahnsinnig spannend, die Leute sind mucksmäus-
chenstill«, informierte sie Quidos Mutter. »Es ist ein
Thriller. Wir spielen ihn schon die fünfte Woche – willst
du ihn dir nicht ansehen?«

»Eigentlich nicht. Wovon handelt er überhaupt?«

»Das kann ich dir nicht sagen. Von Tauchern?« antwortete Zita unsicher. »Ich habe ihn noch nicht gesehen –
aber ich habe es vor!« beteuerte sie.

Quidos Mutter streichelte den Ärmel ihres dunkelblauen
Kittels.

»Das beste wird sein, wenn du zum jungen Liehr gehst«,
sagte Zita schließlich. »Sein Vater war ein ausgezeichne-
ter Psychiater.«

»Wie jung?« fragte Mutter etwas zweifelnd.

»Er ist älter als du«, beruhigte sie Zita. »Er soll gut sein.
In Amerika hat man ihm ein Stipendium gegeben.«

»Kennst du ihn?«

»Ich war der erste Mensch auf der Welt, der ihn gesehen
hat.«

»Ehrlich?« Quidos Mutter lächelte. »Und wo arbeitet er
jetzt?«

Zita stieß den Finger in die Luft:

»Im Blaník«, sagte sie. »Als Heizer.«

4.   Im Oktober begann Quidos Vater also, Doktor
Liehr im Kesselraum des Kinos Blaník zu besuchen. Qui-

dos Haltung seinem Vater gegenüber erfuhr dadurch eine gewisse Veränderung. Zum ersten Mal ließ er nämlich den Gedanken zu, daß Vaters merkwürdiges Benehmen und seine Minderwertigkeitskomplexe der Ausdruck einer echten Krankheit sein könnten; außerdem würde der Psychiater, angeblich ein sehr fähiger Mann, bestimmt merken, wenn sein Vater simulierte, sagte sich Quido. Er benahm sich ihm gegenüber von nun an rücksichtsvoller, und das tat ihrem Verhältnis sehr gut.

Als Quidos Abitur näherrückte, lernten sie oft zusammen. Sie saßen gewöhnlich am Küchentisch im angenehmen Licht der Korblampe – und rechneten. Quido war noch nie sehr gut in Mathematik gewesen, aber Vater ertrug jetzt, im Gegensatz zu früheren Zeiten, seine Unfähigkeit ganz gelassen und erklärte ihm geduldig immer wieder das Nötige.

»Gibt ihm der Arzt irgendwelche Tabletten?« fragte Quido einmal seine Mutter, weil er nach einer Erklärung suchte.

»Nein«, sagte Mutter. »Das war meine Bedingung.«

»Dann ist es mir schleierhaft«, sagte Quido und dachte daran, wie sein Vater früher während einer solchen Nachhilfe mit dem Taschenrechner so fest auf den Tisch geschlagen hatte, daß die roten Kunststofftassen durch die ganze Küche flogen.

Manchmal, wenn Quido von der Mathematik erschöpft war, unterhielten sie sich über Ökonomie. Vater sprach mit leiser Wehmut über verschiedene Theorien aus den sechziger Jahren, mit denen er damals sympathisiert hatte und die er, wie sich herausstellte, immer noch nicht aufgeben wollte. Mutters Blick ruhte zuweilen lange auf den beiden: Quido kratzte sich am Kopf, der Vater schrieb die Hefte mit Schemata der Warenbewegungen voll, und aus den Härchen an seinen Handgelenken rieselten mikroskopisch kleine Reste von Sägemehl auf die weißen Seiten.

Mit der Zeit erfuhr Quido einiges über Ökonomie, so daß er vor seinen Mitschülern verschiedene sarkastische Bemerkungen an die Adresse der nationalen Volkswirtschaft machen konnte.

»Er ist unser Ökonom«, pflegten sie zu sagen.

Quido hätte zwar lieber gehört, daß er Schriftsteller sei, aber es war besser als gar nichts. Mit dem überraschend schüchternen Vorschlag seines Vaters, ob er sich nicht für ein Studium an der Hochschule für Ökonomie einschreiben wolle, war er freiwillig einverstanden.

»In dieser Entscheidung spielten insgesamt drei Dinge eine Schlüsselrolle«, erzählte Quido später: »Die Dankbarkeit für die Fürsorge, die mir der kranke Vater zu jener Zeit angedeihen ließ, der kindische Wunsch, den Eltern von einer Dienstreise ins Ausland einen Mikrowellenherd mitzubringen und das jugoslawische Lied ›Procvale su rože i vijole‹.«

X.

1. An einem warmen Ferienabend, als die Flußbiegung im fahlen Licht des Mondes glitzerte, bat Quido Jaruška, ihm ihr Geschlecht zu zeigen. Jaruška aber weigerte sich. Sie schüttelte den Kopf, schaute unverwandt ins dunkle, nasse Gras, und immer, wenn Quido sprechen wollte, hielt sie ihm den Mund mit ihrer heißen Hand zu.

Am letzten Tag vor Quidos Abfahrt zum Studium nach Prag zogen sie sich im Wald oberhalb des Weißen Steins aus. Sie standen in Socken auf Tannennadeln, und es war ihnen peinlich. Quido, der fast nichts sah, dachte plötzlich an die Nachtblindheit seines Vaters. Jaruška konnte das Stehen nicht länger ertragen und kauerte sich auf ihrem Kleiderhäufchen zusammen. Quido kniete sich verlegen neben sie und beschwor vergeblich die Erinnerung an die heitere Selbstverständlichkeit, mit der sich Jaruška in der Kindheit vor ihm enthüllt hatte, sowie den ruhigen Blick des neugierigen, bebrillten Forschers, mit dem er sie damals betrachtet hatte. Keiner von beiden wußte, was tun.

»Ziehen wir uns an«, flüsterte Jaruška.

Quido streckte die Hände in der Dunkelheit aus und erschrak, als er gegen ihre Brust stieß. Jaruška schmiegte sich ratlos an ihn. Quido biß sich in die Lippe, stöhnte schmerzlich auf und benetzte ihren Bauch mit seiner klebrigen Wonne.

»Das macht nichts«, flüsterte Jaruška.
Sie hatte es so in einem Film gesehen.

Anderthalb Jahre später, am Ende des dritten Semesters, hatte Quido nicht weniger als etwa ein Dutzend ähnlich mißlungener Versuche hinter sich. Das quälte ihn. Nichts auf der Welt quälte ihn mehr.
»Meine Probleme waren nicht die Folge theoretischer Unkenntnis, im Gegenteil, sie rührten daher, daß ich zuviel über Sex wußte«, erzählte er später. »Über Defloration hatte ich absolut alles gelesen: Ich kannte die empfohlenen Stellungen, den optimalen Neigungswinkel, Druck und Temperatur, eine Menge psychologischer und technischer Finessen, ich wußte genau, was ich vermeiden sollte, und hätte sogar dem erblaßten, in Ohnmacht fallenden Mädchen, das gerade zur Frau wurde, erste Hilfe leisten können – nur habe ich bis heute eigentlich nicht begriffen, wie das alles zusammenzubringen war. Auch jetzt ist mit nicht restlos klar, wie man gleichzeitig ›selbstbewußt, zärtlich und natürlich‹ sein kann, während man das Präservativ mit Vaseline gleitfähig macht.«
Zu den Schwierigkeiten, die Quido hatte, kamen noch die von Jaruška: Neben ihrer Unerfahrenheit war es vor allem ihre Allergie gegen verschiedenste Blumen und Gräser, deren Pollen bei ihr ziemlich ausgedehnte Gesichtsschwellungen und manchmal sogar asthmatische Anfälle hervorriefen. Ein eigenes Zimmer, in dem sie sich ungestört hätten treffen können, hatten sie nicht, und deshalb trafen sie sich immer draußen. Jaruškas ›Hier nicht!‹ bedeutete deshalb normalerweise ›Im Heu nicht!‹, ›Im Feldthymian nicht!‹ oder ›Neben diesen Margeriten nicht!‹. Das erleichterte Quidos Aufgabe natürlich nicht gerade.

»Es ist nicht besonders schwer, in der Umgebung von Sázava eine natürliche Stufe im Terrain zu finden, auf deren Kante die Defloration, laut Ratgeber, angeblich am einfachsten gelingt. Eine solche Stufe zu finden, die gut zugänglich und gleichzeitig vor den Blicken der Vorübergehenden geschützt ist, ist schon ungleich schwieriger«, schilderte Quido später. »Aber eine geschützte und zugängliche Stufe mit der erforderlichen Neigung zu finden, auf der darüber hinaus keine einzige der ungefähr sechzig absolut gängigen Pflanzen wächst – das ist fast unmöglich. Mir könnt ihr's glauben! Die einzige derartige Stelle im Umkreis von drei Kilometern ist die schräge Betoneinfahrt zum Löschwasserreservoir – sofern man zuerst alle Stengel der wilden Kamille aus den Ritzen zwischen den Platten herausreißt ...«

Aus der Liebe, dem fröhlichen Spiel zweier Körper, wurde für Quido und Jaruška im Laufe der Zeit eine unangenehme Terminaufgabe. Wenn Quido Freitag abends aus Prag kam, nahmen sie sich bei der Hand und gingen daran, diese Aufgabe zu erfüllen, schweigsam, etwas mürrisch, wie zwei Menschen, die zur Nachtschicht gingen, und das Bewußtsein der erlittenen Niederlagen lähmte sie schon im voraus. Sie waren ungeschickt, verkrampft und verzweifelt. Die einzigen Zusammenkünfte, bei denen sie sorglos lachten und scherzten, stimmten auffällig mit den Zeiten von Jaruškas Menstruation überein. Manchmal erzählten sie sich davon, wie sie früher gemeinsam Schlitten gefahren waren und fragten sich, was sich seither zwischen sie gestellt hatte.

Einmal gab Quido Jaruška ein merkwürdiges Rätsel auf:
»Es ist schwarz und groß und überschattet unseren ganzen Hof – was ist das?«
»Weiß ich nicht«, sagte Jaruška fragend.
»Sex«, sagte Quido finster.

205

Er wußte auch aus Büchern, wie man in ähnlichen Fällen vorgeht:

Der Sexualtherapeut in der Beratungsstelle verordnet dem erfolglosen Paar ein vorübergehendes Verbot des Geschlechtsverkehrs, und das Paar, nun befreit von der traumatisierenden Pflicht, überschreitet dieses Verbot bei der erstbesten Gelegenheit spontan und erfolgreich – aber gerade die Tatsache, daß er die Methode kannte, hinderte ihn paradoxerweise daran, sie anzuwenden.

»Das ist das Los des Intellektuellen«, beklagte sich Quido bitter.

»Das ist die Bürde jeglicher Erkenntnis.«

2.   Wäre Quido nicht jungfräulich gewesen und hätte ihn das nicht so sehr beschäftigt, hätte ihn sein Desinteresse am Studium der Ökonomie, das er schon sehr früh verspürte, vielleicht auf den Weg eines mißratenen Studiersöhnchens geführt.

»Ich hätte in den Cafés herumlungern und die Soubretten des Theaters lieben können«, erzählte Quido. »So habe ich nur in den Cafés herumgelungert.«

Er übertrieb: Er ging auch ins Kino und ins Theater und wählte die Stücke sehr sorgfältig aus. Im Café Obecní Dům verbrachte er zwar tatsächlich täglich ein paar Stunden, aber er faulenzte nicht, sondern schrieb hier im Laufe der Zeit an die zwanzig Erzählungen. Drei davon schickte er an die Zeitschrift ›Junge Welt‹. Die Abende verbrachte er jedoch viel solider als ihm lieb war – mit Großmutter Věra und Großvater Josef. Der Großvater hörte Radio Freies Europa und die Stimme Amerikas.

»Da haben wir's!« rief er jedesmal, wenn es ihm gelungen war, den Sender einzustellen. »Und jetzt sollen die Bolschewiken ihre Hüte festhalten!«

Großmutter Věra seufzte, den Mund voller Stecknadeln, und umrundete schwerfällig den Pelzmantel auf dem Ständer.

Glücklicherweise gingen sie recht früh schlafen. Quido half beim komplizierten Bettenmachen: Er mußte die Sofapolster auf dem Küchentisch so aufbauen, daß der Großvater nicht vom Licht der Lampe gestört wurde. Zwischen die Polster schlüpfte er dann selbst, fegte das verstreute Vogelfutter auf den Boden und las bis tief in die Nacht, das Buch an den besudelten Käfig gelehnt. Manchmal schrieb er einen Brief an Jaruška oder eine weitere Erzählung, aber lernen tat er hier sehr selten und später dann überhaupt nicht mehr.

Das Studium wurde für Quido eine immer größere Enttäuschung. Er lernte Integrale zu berechnen, russische Substantive zu deklinieren und die Verbrauchskurven für Kunstleder bis ins nächste Jahrhundert zu ziehen – aber er hatte keine Ahnung, wozu das Ganze gut sein sollte. Man hatte ihm erklärt, wie sich das Proletariat vor hundert Jahren organisiert hatte, wie in Portugal die Korkeichen gezüchtet wurden und wie Edelschimmelkäse in die Warennomenklatur einzuordnen war – aber niemand erklärte ihm, warum man ihm das alles erklärte. Er hatte darauf gewartet, daß im Vorlesungsplan mit der Zeit ein grundlegendes Schlüsselfach auftauchen würde, das alle diese Einzelheiten miteinander verbinden und ihnen einen Sinn geben würde, so wie zum Beispiel bei einem Haus aus einem anfänglichen Haufen von Sand, Holz und Rohren am Ende ein einheitliches Ganzes zusammengefügt wird, aber er wartete vergebens. Stundenlang erzählte man ihm über die Gründung und Auflösung irgendwelcher uralten Arbeiterorganisationen, aber nie etwas über die heutigen Menschen. Er ahnte, worin sich ein gewisser Herr Dühring angeblich geirrt hatte, hatte aber keine Ahnung, worin er selber irrte. Er konnte kein Kind zeugen, aber er konnte auf deutsch Werkzeugmaschinen bestellen.

»Und allen war es egal«, erzählte Quido. »Sie haben mich in Besitz genommen wie die Kapitalisten – ohne jegliche Entschädigung.«

Seine Vorlesungsnotizen, sofern er überhaupt noch zu Vorlesungen ging, wurden immer unordentlicher und nachlässiger. Zum Schluß beschriftete und numerierte er die einzelnen Blätter nicht mehr, so daß ihm am Ende des dritten Semesters nur noch ein Durcheinander von Papieren übrigblieb, in dem es nicht mehr möglich war, sich zurechtzufinden.

»Also, da weiß ich nicht, wie das mit dem Mikrowellengerät werden soll«, sagte sich Quido. Die Blätter warf er weg.

Trotzdem schaffte er die Prüfungen, meistens sogar gleich auf Anhieb. Die Skripten schlug er erst am Abend vorher auf und blätterte mit Widerwillen darin herum. Am nächsten Tag reizte er seine Kommilitonen mit einer merkwürdigen Apathie, die sie aber für gestellt hielten. Irgend etwas antwortete er dem Prüfer immer, aber ihm selbst kam es kläglich wenig vor. Er konnte nicht verstehen, daß man ihn noch nicht hinausgeworfen hatte. Manchmal wünschte er es sich. Die Skripten und Lehrbücher waren in einem fachlichen Stil geschrieben, der selten Platz für den Menschen und das wirkliche Leben übrigließ und ihn fast erstickte. Wenn er sich dann am Abend einen guten Roman oder eine Novelle mitbrachte, fühlte er sich wie ein Fisch, den man aus einem Faß wieder zurück ins Meer geworfen hatte. Er räkelte sich genußvoll.

3.   Im Frühling fuhren Großmutter und Großvater für eine Woche nach Sázava, und Quido blieb allein in der kleinen Wohnung. Er stolperte durch das Zimmer und dachte daran, daß er im Sommer zwanzig würde. Als er sich dabei ertappte, daß er Großmutters Schneiderpuppe am Busen hielt, begriff er, daß es so nicht mehr weitergehen konnte.

Er spülte das Geschirr, saugte den Boden, wischte Staub und versah alle Blumentöpfe mit Plastiktüten. Dann setzte er sich in den Zug und fuhr nach Benešov, um Jaruška zu holen. Sie sagte, daß sie zu Hause fragen müsse und erst am Abend käme. Quido fuhr schon mal voraus.

Sie kam in einem cremeweißen Pulli, durch den außer den Brustwarzen auch die naiven Ratschläge irgendeiner Freundin rührend hindurchschimmerten. Quido lächelte traurig.

Sie aßen Abendbrot und tranken ein Glas Wein.

Sie aßen Eistorte und tranken Kaffee.

Sie gingen ins Zimmer und hörten Platten von Louis Armstrong.

Quido legte den Kopf in Jaruškas Schoß.

Er schloß die Augen.

»Komm, wir legen uns hin«, sagte er.

»Hier ist keine Geländestufe«, sagte Jaruška ernst.

»Das ist egal«, sagte Quido.

Sie zogen sich aus und legten sich nebeneinander.

Sie schwiegen.

»Verschaffen wir uns Klarheit!« sagte Quido und reckte sich zum Tisch nach einem schwarzen Filzstift.

»Wir lieben uns nicht, sondern erfüllen eine Pflicht«, schrieb er Jaruška in Druckbuchstaben auf den Bauch.

Jaruška kitzelte es, aber sie wehrte sich nicht.

»Wer hat uns diese Pflicht auferlegt? Wir nicht!« schrieb Quido weiter.

Er hatte das Gefühl, daß er etwas Wesentlichem auf der Spur war.

»Wenn ich denke, liebe ich nicht«, schrieb er erregt.

»Das wäschst du mir aber wieder ab«, sagte Jaruška, aber Quido hörte sie überhaupt nicht mehr.

»Ich liebe nicht – und trotzdem bin ich!« schrieb er triumphierend direkt über dem Venushügel.

Er war befreit. Er küßte Jaruška leidenschaftlich. Plötzlich verspürte er ein heftiges Verlangen.

»Quido?« sagte Jaruška fragend. »Was machst du da?«

Quido hatte es geschafft.

Am nächsten Morgen erwachte er gegen sieben. Jaruška schlief noch. Durch die Jalousie drangen weiche gelbe Sonnenstrahlen ins Zimmer. Leise zog er sich an, kritzelte eine Nachricht für Jaruška und stahl sich auf die Straße. Die Straßenbahnen bimmelten vergnügt. In dem kleinen Park auf dem Platz blühte ein Beet mit Stiefmütterchen. Aus der Apotheke trat eine schwangere Zigeunerin. Vor dem Haushaltswarengeschäft wurden grüne Emaillewannen von einem Laster geladen. Die Tauben flogen vom Dach der Milchbar auf. Quido schlenderte um die Geschäfte herum und schaute sich die Bilder, Kaffeemaschinen, Anzüge, das Schweinefleisch, die Ringe und die Gartenliegen an. Das Leben ist wunderbar, sagte er sich immer wieder. Er kaufte sechs Hörnchen, Butter, Schinken, Eier, Orangen, Badeschaum, Präservative und die ›Junge Welt‹. Als er sie zerstreut durchblätterte, entdeckte er auf der letzten Seite fett gedruckt seinen Namen. Darunter folgte seine Erzählung ›Wallfahrt‹.

»Ich laß' das mit der Uni«, sagte Quido laut.

»Ich laß' das mit der Uni und werde Jaruška lieben und Geschichten schreiben«, wiederholte er.

Einige Passanten sahen sich um.

»Und wie gesagt, so getan«, erzählte Quido.

XI.

1. »Warum um Himmels willen Pförtner?!« schrie Mutter Quido an, als er ihr am Freitag nach seiner Ankunft in Sázava mitgeteilt hatte, daß er das Studium aufgegeben habe und in den Glaswerken als Nachtwächter arbeiten werde. »Seid ihr denn alle verrückt geworden?!«

»Ich werde Zeit zum Schreiben und Lesen haben«, sagte Quido.

Das wunderbare Gefühl der Befreiung, das er in den vergangenen Tagen durchlebt hatte, war plötzlich wie weggeblasen. Nun hatte er eher Schuldgefühle. Es tat ihm weh, daß ihn die Mutter nicht verstehen wollte. Er hatte ihr doch deutlich gesagt, daß ihm »etwas klar geworden ist und es sich um einen Neuanfang handelt«, und sie redete dauernd von »aufgeben« und »Ende«. Sie wollte nicht einmal zum Abituriententreffen fahren, das am nächsten Tag stattfinden sollte.

»Du weißt, daß ich vom Angeben nicht viel halte«, sagte sie ärgerlich, »aber die ganze Familie verleugnen zu müssen – das ist wirklich zuviel verlangt!«

»Du hast keinen Grund, dich zu schämen«, sagte Quido gekränkt.

»Hab' ich wirklich nicht«, lachte die Mutter unangenehm. »Ein Cowboy, der nicht lernt, ein Pförtner mit großer Vergangenheit und ein anderer –«, sie schaute verächtlich auf das Exemplar von ›Junge Welt‹ – »mit großer Zukunft!«

211

»Aller Anfang ist schwer«, philosophierte Quido später, »aber manche Anfänge sind große Scheiße.«

Wenn Quidos unerwartete Lebensentscheidung für seine Mutter schon ein kleiner Schock gewesen war, war sie für seinen Vater ein wahrer Schicksalsschlag: Quido war ja der letzte Mensch auf der Welt, auf dem seine Hoffnungen geruht hatten; von Pazo konnte er bisher nicht viel erwarten, da es so aussah, als verstünde er nur etwas von Folksongs und Übernachtungen unter freiem Himmel. Sein einziger Traum stürzte plötzlich in sich zusammen. Er verließ die Kellerwerkstatt nicht mehr. Er schlief dort, und Mutter brachte ihm auch das Essen dorthin. Sie blieb jedesmal etwa eine halbe Stunde bei ihm. Wenn sie die Treppe wieder raufkam, wich Quido ihren Blicken aus.

In den letzten Monaten hatte sich der Vater hauptsächlich mit der Oberflächenbehandlung von Holz beschäftigt, und zwar nicht nur mit dem klassischen Beizen und Wachsen, sondern auch mit dem sonst so gering geschätzten Polieren mit Schellackpolitur, denn die Langwierigkeit dieser alten Methode stellte in seinen Augen einen immer größeren Vorzug dar. Er mochte auch das Patinieren, das heißt die Nachahmung der Holzalterung durch Pulverfarben. Neuerdings hörte man auch oft das Gekreische der Fräsmaschine aus dem Keller.

»Was produziert er denn nun schon wieder?« fragte Quido Pazo, weil er nicht den Mut hatte, seine Mutter direkt zu fragen.

»Wahrscheinlich Pinocchio«, grinste Pazo. »Mit uns beiden ist er anscheinend nicht zufrieden.«

»Einen hölzernen Manager!« lachte Quido.

In seiner augenblicklichen Vereinsamung war er froh, daß er in Pazo einen Verbündeten hatte, und manchmal biederte er sich ein bißchen bei ihm an.

Von Sonntag auf Montag hatte Quido den ersten Dienst. Am späten Nachmittag schüttete er zwei Portionen Kaffeepulver in ein kleines Marmeladenglas und schmierte sich zwei Scheiben Brot mit Butter und Honig. Die Zeiten, da die Mutter verschiedene Kuchen gebacken hatte, waren offensichtlich unwiederbringlich vorbei.

»In Kaffee ist furchtbar viel Quecksilber«, belehrte ihn Großmutter Líba, die ihn bei seinen Vorbereitungen beobachtete.

»Das ist egal«, sagte Pazo. »Im Tee ist wiederum Strontium.«

»Das ist ja schrecklich!« rief Großmutter. »Das wußte ich ja noch gar nicht ...«

»Also, bewach dort alles ordentlich«, sagte Pazo, der bemerkt hatte, daß dem älteren Bruder nicht wohl in seiner Haut war.

»Ja, ja«, sagte Quido.

Seine Mutter sagte nichts.

Quido öffnete die Tür zum Keller:

»Tschüs, Papa!« rief er. »Ich gehe jetzt!«

Aus dem Keller zog nur Kälte und Stille herauf.

Quido zuckte die Achseln und ging. Seine Mutter stellte sich ans Küchenfenster, schob die Gardine etwas zur Seite und blickte ihrem Sohn lange nach.

Vor dem Pförtnerhäuschen der Glaswerke wartete Jaruška. Sie trug einen selbstgestrickten weißen Sommerpulli ohne Ärmel, und in der Hand hielt sie zwei Sommeräpfel und Schokolade. Erst Jahre später wußte Quido diesen irrationalen Mut oder vielleicht auch Glauben richtig zu schätzen und würdigen, mit dem sie damals zu ihm stand, obwohl sie wußte, daß er ihr in absehbarer Zeit nichts würde bieten können, was man Perspektive hätte nennen können. Er hatte weder eine Ausbildung noch eine Wohnung, er hatte kein Geld, und es drohte ihm der Militärdienst.

Quido lief so fröhlich wie möglich zu ihr, um die Beklommenheit in seinem Innern zu überspielen.

»Mein Mädchen«, flüsterte er und bedeckte ihre nackten Schultern mit seltsam heftigen Küssen.

»Quido!« ermahnte ihn Jaruška. »Wir sind hier nicht allein!«

»Das macht nichts!« Quido drückte sie an sich.

»Warte, Quido, ich muß dir was sagen!«

Quido trat erschrocken einen Schritt zurück.

»Es ist etwas Schlimmes passiert«, sagte Jaruška.

Quido spürte einen bisher nicht gekannten Stich irgendwo unter dem Brustbein.

»Was ist los?« fragte er ängstlich.

Jaruška schaute sich um, trat näher an ihn heran und schob schüchtern den weißen Pulli nach oben.

»Wir lieben uns nicht, sondern erfüllen eine Pflicht«, las Quido in großen, geröteten Buchstaben auf der Haut von Jaruškas Bauch. Mehr schaffte er nicht – unglücklich zog sie den Pulli wieder herunter.

»Es hat sich entzündet«, sagte sie fast weinend. »Ich bin allergisch gegen Filzstifte.«

2.   Als Quido Montag früh von der Nachtschicht zurückkam, saß seine Mutter am Küchentisch. Es sah so aus, als hätte sie überhaupt nicht geschlafen. Vor ihr stand ein voller Aschenbecher.

»Hast du nicht geschlafen?« fragte Quido besorgt.

»Still«, sagte sie, »Vater schläft. Wie war's?«

Ihr Blick drückte zwar kein besonderes Interesse aus, aber dennoch war Quido froh, daß sie ihm diese Frage gestellt hatte.

»Ziemlich gemütlich«, sagte er.

Er erzählte ihr von seinem ersten Rundgang; er war bis auf das Dach des Verwaltungsgebäudes geklettert.

»Morgen um zehn werde ich dir winken«, sagte er. »Schau dann mal rüber.«

»Hast du geschlafen?« fragte Mutter.

»Das hab' ich dich gefragt.«

»Ja, ich bin nur früh aufgestanden«, sagte Mutter widerwillig. »Und du?«

Quidos Augen funkelten:

»Rate mal, wo!«

Zum ersten Mal an diesem Morgen zeigte sich auf Mutters Gesicht der Anflug eines Lächelns.

»In meinem Büro?«

Quido nickte fröhlich.

»Ich werde für dich eine zweite Decke beziehen«, sagte Mutter. »Vater schläft dort auch manchmal.«

Pazo kam herein.

»Warum schlaft ihr nicht?« fragte er verschlafen.

»Sei gegrüßt, Adlerfeder!« sagte Quido. »Ißt du ein Ei mit uns?«

»Schreit nicht so!« wiederholte Mutter. Sie war wieder ernst geworden. »Ich hab' doch gesagt, daß Vater schläft.«

»Ich werde heute nachmittag mit Pazo den Rasen mähen«, versprach Quido.

»Fällt mir gar nicht ein«, sagte Pazo verächtlich mit vollem Mund.

»Ich pfeife auf euren spießigen *Zierrasen!*«

Mutter stand unerwartet heftig auf.

»Ich muß euch etwas zeigen, kommt mit«, forderte sie ihre Söhne auf.

Sie ging aus der Küche und stieg die Kellertreppe hinab. Quido und Pazo folgten ihr irritiert.

In Vaters Werkstatt empfing sie der bekannte Duft von Holz und Leim. Schon auf den ersten Blick war offensichtlich, daß hier immer noch eine strenge Ordnung herrschte: Die fertigen kleinen Gegenstände waren entlang der einen Wand aufgestellt, das unbearbeitete Schnittholz entlang der anderen. Im Regal an der Wand fehlte kein einziges Schnitzeisen, keine Feile oder Säge. Im Regal unter dem Fenster standen die Lackdosen in Reih und Glied. Die benutzten Pinsel steckten in Gläsern mit Verdünner. Der Fußboden war gefegt. Auf dem Arbeitstisch in der Mitte lagen einige lange, schon bearbeitete Bretter.

Quidos Mutter begann entschlossen und konzentriert, diese Teile zusammenzusetzen. Quido und Pazo tauschten fragende Blicke aus. Unter den Händen ihrer Mutter wuchs in rasendem Tempo ein Gegenstand, der wie eine Mischung aus einem riesigen Blumenkasten und einem Bettkasten aussah. Als sie aber das letzte Brett umdrehte, sahen sie darauf mit Schrecken ein großes, präzise gedrechseltes Kreuz.

»Euer Vater«, sagte Mutter, und ihre Stimme brach, »baut sich einen Sarg.«

Quidos Mutter hatte sich entschlossen, noch am selben Tag von der Arbeit aus Doktor Liehr anzurufen.

»Also was?« wollte Quido wissen, als sie zurückkam.

Der Anblick ihres Sohnes, der offensichtlich die Hauptursache für Vaters voranschreitende Psychose war, reizte Quidos Mutter.

»Nichts«, antwortete sie kurz.

»Wie – nichts?«

»Wir sollen morgen zu ihm kommen«, sagte sie seufzend. »Einstweilen sollen wir wenigstens zusehen, daß er nicht hineinsteigt.«

»Der ist gut!« rief Quido. »Und wie stellt er sich das vor? Soll ich vielleicht bei ihm stehenbleiben?«

Die Mutter durchbohrte ihn mit einem anklagenden Blick.

»Na gut«, sagte Quido. »Ich werde ihn durch das kleine Fenster beobachten.«

Kaum hatte er das gesagt, ging der Vater, zwischen beide Zeigefinger ein frisch lackiertes Brett geklemmt, schlafwandlerisch an ihnen vorbei. Er trat in den Vorflur, um bei Tageslicht zu überprüfen, ob die Rabenschwärze auch ausreichend deckte. Quido wußte nicht, ob er dem Vater etwas an den Kopf schlagen oder ihm zu Füßen fallen sollte.

»Da siehst du's«, sagte Mutter.

Seit jenem Tag ließ sich etwas unerträglich Beklemmendes für immer in der häuslichen Atmosphäre nieder. Quido kam es vor, als strahle diese Beklemmung direkt von den bewußten Brettern aus und als durchdringe sie das ganze Haus. Vergeblich versuchte er, das Ganze mit Humor abzutun, vergeblich versuchte er, seine Aufmerksamkeit auf etwas anderes zu lenken. Das Gespräch stockte, und die Stimmung sank.

»Es ist schwierig, mit jemandem zu scherzen, der sich mit Händen voller Splitter von seinem eigenen Sarg an den Abendbrottisch setzt«, erzählte Quido später. »Dieser Sarg – das war ein Meisterstück der sogenannten *Autopatinierung*.«

3.   »Die Identität? Die verlieren wir doch alle«, sagte Doktor Liehr am nächsten Tag zu Quidos Mutter. Quidos Vater war zu seinen Eltern nach Nusle gefahren, und sie hatte den Doktor in der Zwischenzeit zum Kaffee eingeladen. Sie saßen im ›Luxor‹.

»Zum Beispiel«, setzte Liehr fort, »haben Sie selbst gesagt, daß Sie ohne Prag kaum leben könnten, und trotzdem sind Sie auf dem Dorf geblieben. Sie haben sich danach gesehnt, Theater zu spielen oder wenigstens in der Nähe des Theaters zu sein, und jetzt gucken Sie Fernsehen. Sie leiden an einer Hundephobie und kaufen sich einen Schäferhund. Und jetzt sagen Sie mir, welches Ihrer Ich das wahre ist?«

Quidos Mutter verzog den Mund. Doktor Liehr gefiel ihr. Sie betrachtete sein hübsches, breites Kinn und beneidete ihren Mann ein bißchen. Schon immer hatte sie sich gewünscht, einen eigenen Psychiater zu haben. Es schien ihr, daß ihre eigenen Probleme für ihn mindestens so interessant waren wie die ihres Mannes. Dann tauchte aber plötzlich das Bild ihres Gatten vor ihren Augen auf, wie er die Breite des Sarges am Fußende überprüfte, und sie schämte sich.

»Er hat mir übrigens sehr schöne Bilder gemalt«, sagte der Arzt. »Ich würde sagen *blumige*.«

»Ja?« fragte Quidos Mutter unsicher. Der Arzt hatte das irgendwie merkwürdig gesagt.

»Und er interessierte sich lebhaft für Musiktherapie ...«

»Wollen Sie damit sagen, daß —«

»— daß er Theater spielt. Vor mir ...«

»Aber warum?«

»Vermutlich deshalb, weil er Angst hat vor mir. Er glaubt mir nicht. Die Tatsache, daß ich in einem Kesselraum praktiziere, ist für ihn kein Beweis.«

»Herr Doktor«, sagte Quidos Mutter nach einiger Zeit, »gibt es etwas, was ihm wirklich helfen könnte?«

»Eine erfolgreiche Konterrevolution«, antwortete der Arzt ohne zu zögern.

Quidos Mutter lächelte traurig.

»Bis dahin«, sagte der Arzt heiter, »müssen wir ihn irgendwie ablenken!«

4. Quido absolvierte seine Rundgänge natürlich
wesentlich schneller als seine viel älteren Kollegen, und
so gewann er immer ein halbes Stündchen, das er
irgendwo in Ruhe verbringen konnte, ohne daß ihn
jemand vermißte. Jetzt im Sommer verbrachte er diese
Zeit meistens auf dem Dach des Verwaltungsgebäudes.
Bald hatte er sich so daran gewöhnt, daß er es gar nicht
mehr erwarten konnte, die stickigen Büros zu verlassen,
die Metalleiter hinaufzusteigen, die schwere Falltür zu
öffnen – und dann nur noch den mächtigen Schwall der
frischen Nachtluft einzuatmen.
Gewöhnlich setzte er sich auf ein Rohr der Stützkonstruktion für die riesige rote Neonaufschrift KOMMU-
NISMUS – DAS IST UNSER ZIEL, die Genosse Šperk
hier vor einigen Jahren hatte installieren lassen und die
sie, die Pförtner, nach Einbruch der Dunkelheit einschal-
ten mußten. Die einzelnen Buchstaben, größer als Quido
selbst, zogen natürlich ganze Schwärme von Insekten und
Nachtfaltern an, was manchmal lästig war, aber andererseits hatte man von hier einen wirklich einmaligen Blick
auf das ganze Städtchen: auf das dunkle Flußtal, die sil-
brig glitzernde Wasseroberfläche, die Silhouette des
Klosters und die allmählich in Schlaf versinkende Sied-
lung. Man sah sowohl das Haus von Šperk mit dem niedrigen Hundezwinger als auch das verlassene Häuschen
von Pavel Kohout mit dem typischen Wassertürmchen.
Eine Minute vor zehn schwang Quido sich auf die Stütz-
rohre für den Buchstaben I, der aufgrund seiner Form
logischerweise die besten Voraussetzungen für ein zeit-
weiliges Verdecken bot, plazierte vorsichtig seine Füße
links und rechts davon und drückte sich mit dem Rücken
dagegen. Seine Mutter stand in diesem Moment schon
am Küchenfenster bereit, mit der Hand am Lichtschalter,
und wenn sie sah, daß der Buchstabe der weit entfernten

219

Neonschrift auf dem Dach erlosch, blinkte sie ein paarmal. Die Küche hatte zwei Fenster, und aus Quidos Perspektive sah es so aus, als würde ihm das Häuschen freundlich zuzwinkern.

Dieses Ritual bürgerte sich mit der Zeit so fest ein, daß Quidos Mutter (und später auch Jaruška) es nicht etwa gleichgültig, sondern völlig automatisch, wie im Unterbewußtsein, ausführten. Die absolute Sachlichkeit, mit der beide vor zehn auf die Uhr schauten und sich dann, auch mitten in einem Gespräch, ans Fenster stellten und die Blicke auf das strahlende kommunistische Schriftbild am Horizont hefteten, brachte so manchen Besuch in Verlegenheit. Infolge des unregelmäßigen Dienstplanes von Quido kam es auch vor, daß Mutter um zehn Uhr fragend zum unversehrten Spruch blickte, während ihr Sohn schmunzelnd hinter ihrem Rücken stand. Übrigens führte auch er den vereinbarten Gruß nicht unbedingt wie eine heilige Aufgabe aus, insbesondere deshalb, weil sein Part wesentlich schwieriger war. Bei schlechtem Wetter öffnete er die Dachluke nur sehr widerwillig, und wenn er sich dann, von Schnee oder Regen gepeitscht, mit dem Rücken an die Neonröhre drückte, stieß er wilde Flüche gegen sich, seine Mutter und später auch Jaruška aus.

Eines Tages entdeckte er in einem Winkel auf dem Dach eine Rolle alter Teerpappe – und hatte eine Idee, die ihn etwa zwanzig Minuten Zeit und kaum wieder zu reinigende Fingernägel kostete: Mit der Dachpappe verdeckte er einige Buchstaben, so daß seine Mutter Schlag zehn Uhr den folgenden gewagten Spruch am nächtlichen Himmel sah:

KOMMUNISMUS – DAS UN-ZIEL

»Ist er verrückt geworden?« stieß sie erschrocken hervor und blickte sich sofort um, ob Vater auch nicht zufällig in der Küche war, für den ein solches Schauspiel zweifellos den sofortigen Tod bedeutet hätte. Als ihr Blick zum Himmel zurückkehrte, gab es von der Veränderung des Spruches keine Spur mehr.

5. »Wir leben in einer Lüge«, zitierte Quido Kafka, und das nicht nur dann, wenn er unter dem Neonlicht auf dem Dach stand. Er wiederholte es, wenn er hinter den Türen von Sitzungsräumen lauschte, wenn er die Zeitung las, wenn er mit den Leuten sprach.

Am Montag darauf rief der Betriebsleiter die Pförtner zu einer kurzen Besprechung zusammen, um ihnen das neue Schließsystem für die einzelnen Stockwerke des Verwaltungsgebäudes zu erklären. Als er über den Maschinenraum für die Fahrstühle im letzten, elften Stockwerk sprach, versprach er sich unerklärlicherweise und redete über den zwölften Stock. Nach einer Weile verbesserte ihn jemand mechanisch. In Quidos Gedächtnis setzte sich aber etwas fest – ohne, daß er es vorerst merkte – etwas, das bald unerwartet Früchte tragen sollte: Als er sich nämlich zwei Tage später nachts in Mutters Büro zu seinem üblichen dreistündigen Schlaf hinlegte, hatte er innerhalb einer Sekunde das Thema seiner ersten Novelle genau vor Augen, die auf einer ähnlichen Verwechslung beruhen sollte.

Er stand schnell auf, machte Licht und setzte sich an den Tisch. Obwohl es ihm selbst etwas lächerlich vorkam, bewegte er sich sehr vorsichtig, um diese zarte ätherische Substanz, die er vor Augen hatte, nicht zu vertreiben. Es stellte sich jedoch heraus, daß es im Gegenteil sehr einfach war, sie auf Mutters Büropapier zu übertragen, ja, mehr noch, daß es schneller ging, als er zu schreiben vermochte. Unter seiner Hand entstand eine absurde und gleichzeitig so bekannte Welt – die Welt der stillschweigend tolerierten Lüge.

Die Handlung der Novelle war folgende: Der Direktor eines großen Betriebes setzt auf die Stelle des Leiters der Wachmannschaft einen seiner Leute. Dieser Mensch ist geistig nicht gesund, er ist Paranoiker, aber das macht dem Direktor nichts aus. Für ihn ist lediglich die Tatsache entscheidend, daß der neue Leiter genau das macht, was er von ihm verlangt – und keine Fragen stellt. Dieser Leiter ist von Anfang an von vielen merkwürdigen Vorstellungen besessen; manche sind eher komisch, manche könnten den Menschen aber auch gefährlich werden. Eine seiner Wahnideen besteht in der Überzeugung, daß das elfstöckige Betriebsgebäude zwölf Stockwerke habe. Er zwingt also alle Wachleute dazu, die Rundgänge auch im nichtexistierenden zwölften Stockwerk durchzuführen, beziehungsweise *vorzugeben*, daß sie sie durchführen. Demjenigen, der sich dagegen auflehnt, werden mit dem stillen Einverständnis des Direktors die Prämien gekürzt, und er wird auf verschiedenste Art und Weise verfolgt. Sich auf das Recht oder den gesunden Verstand zu berufen, ist nicht möglich – diejenigen, die über die Rechte der Beschäftigten wachen sollen, fürchten sich vor dem Direktor. Die Pförtner beginnen also, in ihren Meldungen auch Rundgänge durch das zwölfte Stockwerk anzugeben. Manche lachen darüber, andere sind wütend. Wenn die Meldungen aber glaubwürdig erscheinen sollen, müssen auch im zwölften Stock täglich alle üblichen Mängel auftreten: defekte Schlösser, undichte Wasserhähne, sich wellendes Linoleum, Störungen des Mineralwasserautomaten. Die Meldungen gehen natürlich den üblichen Verwaltungsweg – zur Wirtschaftsverwaltung des Gebäudes, zum Wartungsdienst, zu den Putzfrauen. Die Handwerker weisen also mit spöttischem

Grinsen die erdachten Reparaturen von erdachten Gegenständen nach. Die Putzfrauen tippen sich mit dem Finger an die Stirn und tun so, als wischten sie die fiktiven Flure. Die Fensterputzer berechnen zufrieden die Reinigung von Fenstern, die nicht existieren. Eine Wahnsinnskette von Lügen nimmt ihren Lauf. Sie reißt jeden mit sich. Das Nicht-Normale wird zur Norm.

Um seinen Erstling ›Der Fall Stockwerk Nr. 12‹ zu schreiben, benötigte Quido nur etwas mehr als drei Wochen. Am letzten Sonntag im August packte er das Manuskript ein und schickte es Montag früh per Eilzustellung an den Prager Verlag, dessen Lektor seine ersten Erzählungen redigiert hatte. »Die tschechische Literatur«, kommentierte Quido, »kann nicht mehr länger warten.«

6.   »Mein lieber junger Freund!« sagte der Lektor damals zu Quido bei ihrer ersten persönlichen Begegnung. »Sie sind noch so entzückend naiv!«

Quido erschrak, weil er fürchtete, daß irgendwo in seinem Manuskript etwas stünde, das ihn der Naivität überführt hätte. Er setzte also eine entschuldigende Miene auf.

»Kann man denn einen Erstling schon Literatur nennen? Ist es etwa ein normales, reguläres Buch?« fragte der Lektor.

»Ist es das etwa nicht?« fragte Quido arglos.

»Natürlich nicht!« rief der Lektor lachend. »Es ist eine Trainingsfahrt, ein Experiment oder vielleicht eine Aufwärmrunde, nennen Sie es, wie Sie wollen, aber vor allem, vor allem ist es doch keine Literatur: Ein Erstling ist ein ganz gewöhnlicher Personalfragebogen!«

»Personalfragebogen?« Quido begriff nicht.

223

Er kam sich unverzeihlich unerfahren vor.

»Aber natürlich!« lachte der Lektor. »Haben Sie das wirklich nicht gewußt? Übrigens: Wissen Sie, was in Ihrem Text gänzlich fehlt? Die Figur eines *Arbeiters*.«

»Ein Arbeiter?« fragte Quido.

»Mensch«, sagte der Lektor, »ohne einen Arbeiter kommen wir nicht aus. Wer schafft denn Werte? Ein Arbeiter! Nicht ein Pförtner.«

»Ich kenne aber keinen«, wandte Quido ein.

»Dann lernen Sie gefälligst einen kennen!« befahl ihm der Lektor.

XII.

1. Quidos Mutter dachte den ganzen Winter über darüber nach, wie sie ihren Mann davon ablenken könne, an den Tod zu denken. Er war mit der Arbeit am Sarg praktisch fertig, und sie hatte Angst davor, was als nächstes käme.

Eines Tages, während Vater sein düsteres Werk mit reichlich plissiertem Satin auskleidete, rief sie ihre beiden Söhne zu sich.

»Sperrt die Töle irgendwo ein«, befahl sie. »Ich will euch etwas Wichtiges sagen.«

Pazo sperrte Zärte in ein Zimmer und setzte sich zu Quido und seiner Mutter an den Küchentisch. Mutter beobachtete sie eine Weile schweigend.

»Es gibt wahrscheinlich nur noch einen Weg, ihn da herauszuholen«, sagte sie dann. »Ein Kind. Ich bin davon überzeugt, daß ein Kind ihn ablenken wird.«

»Ein Kind?« rief Pazo und schaute Quido an.

Die Vorstellung, daß außer einer vom Mystizismus besessenen Großmutter und einem halbverrückten Vater auch noch ein Säugling zur Familie gehören könnte, brachte beide – gelinde gesagt – in Verlegenheit. Außerdem war die Mutter schon vierzig.

»Dein Kind«, wandte sie sich an Quido und bedachte ihn mit einem ernsthaften Blick.

»Was?!« stieß Quido hervor. »Hab' ich richtig gehört? Was ist das denn jetzt schon wieder für ein Blödsinn?«

»Es ist die einzige Lösung«, sagte Mutter. »Du mußt es für ihn tun«.

»Ich glaube, ich träume!« Quido faßte sich an den Kopf. »Die eigene Mutter will mich dazu überreden, ein Mädchen ins Unglück zu stürzen! Reicht es nicht, daß du mich dazu gezwungen hast, den Führerschein zu machen? Du benimmst dich immer genau umgekehrt zu dem, was man erwartet. Normale Mütter verlangen von ihren Söhnen, daß sie aufpassen! Ich werde noch erleben, daß du mich bittest, mir irgendwo den Tripper einzufangen.«

Mutter schaute ihn vorwurfsvoll an.

»Entschuldigung«, sagte Quido. »Du bringst mich etwas aus dem Gleichgewicht. Warum hilft ihm, zum Donnerwetter, nicht dieser glorreiche Doktor?«

»Weil Vater Angst vor ihm hat«, sagte Mutter sachlich. »Er glaubt, daß er vom Innenministerium ist ...«

»Vielleicht ist er das auch«, sagte Pazo.

»Misch dich nicht in Dinge ein, von denen du nichts verstehst«, wies ihn Mutter brüsk zurecht. Dann schilderte sie ihnen farbenreich die wundersame Verwandlung, die ihrer Meinung nach die Ankunft des kleinen Wesens in der Familie bewirken würde.

»Kann denn jemand gleichgültig bleiben bei so kleinen Händchen, die sich ihm verlangend entgegenstrecken?« fragte sie. »Kann denn jemand gleichgültig bleiben bei den großen runden Kulleraugen, die ihn verwundert ansehen?«

»Na klar«, sagte Pazo. »Er wird aus dem Sarg noch eine Wiege machen.«

»Solche Witze ertrage ich nicht!« explodierte Mutter.

»Soll Pazo doch ein Kind aus dem Wald mitbringen«, schlug Quido vor. »Er hat dort doch sicher schon eins.«

»Quido«, sagte Mutter. »Ich meine es ernst. So kannst du wenigstens deine Schuld abtragen.«

226

»Was für eine Schuld?«, schrie Quido schrill. »Kann ihm denn dieser Arzt keine Pillen geben? Ich verstehe nicht, warum du dich so dagegen sträubst.«

»Ich wiederhole noch einmal«, sagte Mutter, »Pillen ohne Nebenwirkungen haben bei Vater nicht gewirkt. Alle anderen will ich nicht ausprobieren, weil ich nicht mit einem anderen Menschen zusammenleben will als mit dem, den ich geheiratet habe.«

»Großer Gott«, seufzte Quido. »Und was ist mit seiner jugoslawischen Geliebten?« fragte er vorsichtig. »Hat schon jemand mit der gesprochen?«

»Du«, entgegnete Mutter ruhig. »Ich mache dir da keine Vorwürfe, ich wollte auch schon das gleiche tun. Ich vermute, daß sie keine Zeit hat?«

»Ja«, bestätigte Quido. »Wie bist du nur darauf gekommen?«

»Ich habe die Telefonrechnung gesehen.«

»Hab' ich richtig verstanden?« rief Pazo. »Und darüber könnt ihr euch so ruhig unterhalten? Das ist widerlich!«

»Das ist das Leben, Pazo«, sagte Mutter.

Quido wich ihrem Blick aus.

»Ich verlasse mich auf dich«, sagte sie, als sich ihre Blicke trafen.

»Also«, sagte Quido am nächsten Tag zu Jaruška, »wenn du mich wirklich heiraten und ein Kind mit mir haben willst, warum dann nicht gleich, wenn es Vater angeblich hilft?«

Jaruška war zunächst verblüfft – wie sollte es auch anders sein –, aber dann war sie fast leidenschaftlich einverstanden.

Quido, der eigentlich doch ein längeres Zögern erwartet hatte, war zwar erfreut, konnte es aber andererseits nicht so recht begreifen:

»Warum entscheidet sich ein hübsches, zwanzigjähriges Mädchen aus heiterem Himmel dafür, zwei Pförtnern ein Kind zu gebären?« fragte er sie verwirrt.

»Weil es doch aus dem uninteressanten Beruf einer Programmiererin in die Mutterschaft entfliehen will!« wiederholte Jaruška ärgerlich seine am Vortag geäußerte Vermutung.

»Und warum also?«

»Großer Gott!« rief Jaruška. »Hast du denn immer noch nicht gemerkt, daß es dich gern hat?«

Der Zwangscharakter der Aufgabe traumatisierte Quido wie üblich schon im voraus. Bisher hatte er *freiwillig* und daher auch mit Lust geliebt, aber der Gedanke an den betreffenden Abend, an dem er auf Mutters Befehl einige Millionen Spermien zu Jaruškas Ei schießen sollte, deprimierte ihn.

»Wenn wir es noch in diesem Monat schaffen, kann Papa das Baby zu seinem Geburtstag bekommen«, sagte Jaruška lächelnd.

»Hetz mich bloß nicht«, sagte Quido. »Schlimmstenfalls werden wir ihm nachträglich gratulieren.«

Jaruška spürte seine Nervosität, die ihr hinreichend vertraut war, sofort. Sie war zwar bereit, sich von Quido nicht nur den Bauch, sondern sogar den ganzen Rücken bemalen zu lassen – inzwischen hatte sie sich nämlich wirksame antiallergische Tabletten besorgt –, aber intuitiv und zu Recht befürchtete sie, daß man einen solchen Trick nicht mehr als einmal anwenden konnte. Es bereitete ihr einige Sorgen. Abgesehen von einem Heidelbeerkuchen, war das gewünschte Kind die erste Aufgabe überhaupt, die ihr die zukünftige Schwiegermutter anvertraut hatte, und deshalb wollte sie sie so gut wie möglich erfüllen. Sie dachte jeden Tag daran – bis ihr schließlich der Zufall half. Als sie eines Abends vor dem

228

Fernseher saß, erinnerte sie sich daran, wie Quido sie einmal zum Lachen gebracht hatte, als er erzählte, daß er begierig auf Filme mit Sternchen wartete, weil sie ihm in seiner Kindheit lange verboten waren, und da hatte sie einen verrückten Einfall.

An dem bedeutungsvollen Tag lud sie Quido in die Wohnung ihrer Freundin ein. Auf dem Tisch standen belegte Brötchen, eine Flasche Sekt sowie geröstete Mandeln, aber Quido fühlte sich in der fremden Umgebung nicht wohl. Er begann zu begreifen, was die Verantwortung eines Elf-Meter-Schützen bedeutet, von der ihm sein Vater einst erzählt hatte. Wiederholt überprüfte er die Vorhänge an den Fenstern, aber trotzdem kam es ihm vor, als würde ihn ständig jemand beobachten und ihm dabei auf den Schoß schauen. Als Jaruška schließlich hinter der Schlafzimmertür verschwand, war er bereits total deprimiert.

»Ich ruf' dich dann!« verkündete sie.

Sprach der Henker, dachte Quido bei sich.

Jaruška klebte indessen in die linke untere Ecke der Türverglasung einen großen vierzackigen Stern, den sie aus weißem Zeichenkarton ausgeschnitten hatte. Das Nachttischlämpchen verhängte sie mit einem dafür vorbereiteten blauen Tuch und knipste es an.

»Jeeetzt!« rief sie.

Quido schaute düster zur Tür hinüber – und stand überrascht auf. Die scharfen Spitzen des Sternchens auf dem riesigen Bildschirm der Tür versprachen Dinge, die so wenig für Kinder geeignet waren, daß er vor Aufregung schlucken mußte. Im bläulichen Halbdunkel zeichneten sich aufregende Schatten ab, und weit und breit gab es niemanden, der diese Sendung hätte ausschalten können. Er spürte eine klingend harte Erektion.

»Komm!« sagte Jaruška.

2. Anfang April besuchten Jaruška und Quido das Prager Kino ›Jalta‹. Sie trafen kurz vor sechs ein, so daß der Film schon lief – auf dem Programm stand der amerikanische Film ›Planet der Affen‹. Quido kaufte sich eine Eintrittskarte, obwohl er annahm, daß er die Vorstellung sowieso nicht bis zum Ende sehen würde, und Zita schloß sich mit der Erlaubnis des Kinoleiters mit Jaruška im Büro ein.

Die spannende Handlung riß Quido bald mit, und als nach etwa zwanzig Minuten eine Taschenlampe in sein Gesicht leuchtete, empfand er das als eine unangenehme Störung.

»Kommen Sie!« forderte ihn die Platzanweiserin auf.

»Schon?« fragte Quido.

»Ruhe!« befahl eine Stimme.

Zita und Jaruška standen schon im Foyer. Jaruška war ganz rot im Gesicht.

»Es stimmt, Quido!« Zita lächelte.

»Wirklich?« sagte Quido. »Ist es sicher?«

»Die Frau Chefärztin hat sich noch nie geirrt!« versicherte ihm eine von Zitas Kolleginnen.

Der Leiter des Kinos kam, um dem jungen Paar zu gratulieren, und alle anwesenden Garderobenfrauen und Platzanweiserinnen schlossen sich ihm gleich an, wobei sie eine wohlgeordnete Reihe bildeten.

»Vielen Dank, danke«, antwortete Quido verlegen.

»Und grüß zu Hause!« sagte Zita.

»Ich möchte euch etwas sagen«, sagte Quido zu Hause beim Abendbrot.

»Zu welchem Thema?« fragte die Mutter mißtrauisch, denn immer mehr Themen waren in der Familie tabu.

»Zum Thema Kinder«, erwiderte er und durchbohrte die Mutter mit seinem Blick.

Quidos Mutter legte interessiert das Besteck hin.

»Alle hören dir zu«, sagte sie und überflog mit den Augen den Tisch. Der Vater wälzte einen Bissen im Mund und schaute auf den Teller.

Pazo grinste. Großmutter hatte durch ihr nasses Tuch versehentlich einen Schluck acidophiler Milch getrunken, so daß ein dicker weißer Ring auf dem Stoff zurückblieb.

»Ich erwarte nämlich eins«, sagte Quido. »Ein Kind.«

»Ein Kind?« rief Mutter vergnügt. »Wirklich? Ist es sicher?«

Quido zeigte seiner Mutter die Eintrittskarte vom Kino ›Jalta‹, als handele es sich um eine Schwangerschaftsbescheinigung.

»Das ist wunderbar!« Die Mutter freute sich. »Kommt euch das nicht zauberhaft vor? Wir werden ein Kind haben! Könnt ihr euch das Glück vorstellen, wenn uns dieses kleine Geschöpf zum ersten Mal mit seinen Guckäugelein anschaut? Wenn es uns zum ersten Mal seine klitzekleinen Ärmchen entgegenstreckt? Wenn es den Mund zum Küßchen spitzt? Oder wenn es anfängt, all die ersten Wörtchen zu plappern?«

Sie beugte sich zu Quido, um ihn zu küssen.

»Oscarverdächtig«, flüsterte er ihr zu.

Mutter wandte sich mit leuchtenden Augen wieder an die Tischgesellschaft. Außer Pazo, der sich offensichtlich gut amüsierte, hatte es nicht den Anschein, daß sie ihre Begeisterung teilte.

»Na, was sagst du dazu?« ermunterte sie Vater, eine Meinung zu äußern.

»Daß er nicht ein Fünkchen Verantwortungsgefühl besitzt«, sagte der Vater düster.

»Aber warum?« widersprach Mutter. »Er ist erwachsen, verdient Geld, publiziert Erzählungen ...«

»Nur ein Verrückter kann in dieser Zeit ein Kind in die Welt setzen!« flüsterte Vater.

Mutter zuckte mit einem fröhlichen Seufzer die Achseln.

Da hast du's, bedeutete die Geste, die Quido an seine Mutter richtete.

Das wird sich ändern, verkündete ihr Blick optimistisch.

»Und wie soll es heißen, wenn's ein Junge wird?« fragte sie interessiert, so daß alle es hören konnten.

»Valium«, sagte Quido. »Nach dem Großvater.«

»Und sie werden im Kinderzimmer wohnen?« fragte Großmutter Líba argwöhnisch.

»Da wirst du wohnen«, sagte Mutter entschlossen. »Sie gehen nach oben ins Dachgeschoß.«

»Und ich?« fragte Pazo.

»Seit wann reißt du dich denn darum, zu Hause zu schlafen?«

3.   »Bei Hochzeit im Mai, der Tod eilt herbei«, warnte Großmutter Líba Quido rachsüchtig.

Deshalb mußte die Hochzeit noch im April stattfinden. Der einzige freie Termin im Festsaal des berühmten Klosters war Samstag, der dreißigste.

»Am dreißigsten kann ich nicht«, Quidos Vater schüttelte den Kopf. »Da lege ich mit den Fußballern Kränze am Denkmal nieder.« Mutter ließ seinen Einwand nicht gelten:

»Die Kranzniederlegung findet am Abend statt. Die Hochzeit ist vormittags um elf.«

»Dann versäume ich einen Teil des Hochzeitsmahls«, wandte Vater ein.

»Spiel jetzt nicht den großen Esser«, sagte Mutter. »Du wirst sowieso wieder alles erbrechen.«

»Übrigens«, erinnerte sie sich, »du mußt fahren. Wir haben zu wenig Fahrer.«

»Bist du verrückt geworden?« rief Vater. »Ich kann doch jetzt nicht Auto fahren?«

»Soweit ich weiß, hat es dir niemand verboten.«

»Du verlangst von mir, daß ich mich mit dem Wagen durch Hunderte von Gaffern hindurchzwänge?! Und wenn ich dabei jemanden töte? Daran hast du wohl nicht gedacht?!«

»Hunderte von Gaffern?« rief Quidos Mutter spöttisch. »Komm zu dir! Du tust, als würde Robert Redford heiraten! Sei unbesorgt: Falls wir unterwegs überhaupt jemanden treffen, sage ich dir rechtzeitig Bescheid.«

»Ich bin halb blind!« rief Vater.

»Wenn du es über die Alpen nach Jugoslawien geschafft hast, dann schaffst du es auch einen Kilometer weit geradeaus auf ebener Straße«, versicherte ihm Mutter. »Und weil du es bist, werde ich auch die Rehe für dich verscheuchen.«

»Du willst also eine Bluthochzeit?« schrie Vater. »Na gut! Gut!«

Die Hochzeitsvorbereitungen, die angesichts des Apriltermins beschleunigt werden mußten, blieben in Quidos Familie praktisch an der Mutter hängen. Großmutter Líba fuhr mit ihren Freundinnen zu verbilligten Vorsaisonpreisen ins ungarische Szolnok. Pazo hielt sich mit dem heranrückenden Frühling immer öfter im Wald auf, und Vater studierte, falls er nicht gerade im Pförtnerhäuschen oder in seiner Werkstatt war, ununterbrochen den eigenhändig aufgezeichneten Plan aller drei Kreuzungen, die ihn auf dem Weg zum Kloster erwarteten. Quido arbeitete an dem Text seiner Novelle.

»Ich habe das Meinige schon getan«, wiederholte er mit stolzer Überlegenheit und mit dem Blick auf Jaruškas sich schon leicht wölbendes Röckchen.

Vor allem mußte die Gästeliste zusammengestellt werden, damit die Einladungen rechtzeitig verschickt werden konnten. Jaruškas Familie war nicht sehr groß, und Quidos Vater entfernte außerdem von der Namensliste, die Mutter vorläufig erstellt hatte, mit heftigen Strichen alle ihre drei Prager Freundinnen, die er als politische Selbstmörderinnen bezeichnete, so daß es danach aussah, daß es eine ziemlich kleine Hochzeit werden würde. Das alles konnte aber noch Großmutter Líba ändern, die auf ihrer schwarzweißen Postkarte mit Versen aus Szolnok gleich zweimal ihren sympathischen älteren Begleiter, seine Frau und seine Kinder erwähnte, »die tollste Familie, die ich je im Leben getroffen habe«.

»Es wird schon irgendwie werden«, versicherte Quidos Mutter Jaruška lächelnd. Jaruška kam ihr oft als einzige zu Hilfe. Durch die praktische Arbeit für die Vorbereitungen kamen sie sich bald näher, und als Quido sie eines Tages antraf, Tränen lachend und mit gegenseitig verflochtenen Händen, weil sie vergeblich versucht hatten, eine weiße Schleife für die Myrte zu binden, bemächtigte sich seiner zum ersten Mal dieses herrliche, beruhigende Gefühl der größtmöglichen Sicherheit.

»Es ist schwierig, so etwas zu beschreiben«, erzählte Quido, »aber stellen Sie sich zum Beispiel vor, daß Sie im Regen zu einem gut passenden Regenmantel noch einen Regenschirm bekommen.«

XIII.

1. Quidos Vater war bereits einige Tage vor der Hochzeit seines Sohnes fest entschlossen, bei der Fahrt über die ungefähr elfhundert Meter, die zwischen seiner Garage und dem Festsaal lagen, *auf Nummer Sicher* zu gehen. Was er sich vorgenommen hatte, führte er auch entsprechend aus, wenngleich seine Fahrgeschwindigkeit eher einem Begräbnis angemessen gewesen wäre. Er ignorierte das verständnislose Hupen der Fahrzeuge hinter ihm sowie die immer größer werdende Lücke vor ihm, hielt das Steuerrad krampfhaft umklammert und fuhr mit kühlem und konzentriertem Blick.

Als die Hochzeitsgäste aus den Autos gestiegen waren, sich gemäß dem Protokoll aufgestellt und zum kiesbedeckten Klosterhof begeben hatten, erwartete sie die erste Überraschung in Form eines perfekt ausgerichteten Spaliers von acht uniformierten Mitgliedern des Wachpersonals mit einem Durchschnittsalter von siebenundsechzig Jahren.

»Ehrenabteilung, Achtung!« kommandierte der Wachschutzleiter mit seiner Greisenstimme. Quido hatte schon so etwas geahnt, weil es in den letzten Tagen gleich mehrere Male vorgekommen war, daß die Pförtner nach seiner Rückkehr vom Rundgang verschmitzt lächelnd verstummt waren. Aber beim Anblick all dieser angeschwollenen, verschrumpelten, rheumatischen Hände, die – vor heroischer Anstrengung zitternd – versuchten, die Finger am Rand der Dienstmütze wenigstens für einen Moment gestreckt zu halten, mußte er gegen eine unerwartete innere Rührung ankämpfen.

»Rührt euch!« rief er mit belegter Stimme.

Für die Überraschung Nummer zwei, wenn nicht gar eine kleine Sensation, sorgte Genossin Šperková, die ihren beiden ehemals besten Rezitatoren zwei ihrer jetzigen Schützlinge in Pionieruniform, ebenfalls ein Junge und ein Mädchen, in den Festsaal brachte.

»Na, so was!« sagte Großvater Josef. »Pioniere!«

»Laß das!« flüsterte Großmutter ärgerlich.

Quidos Mutter machte ein indifferentes Gesicht.

Zum Entsetzen von Quidos Vater erschien unter dem Staatswappen neben dem Samtvorhang plötzlich Genosse Šperk. Er lächelte.

»Das ist er«, flüsterte Mutter Doktor Liehr zu. »Wie der lacht.«

»Der da?« Der Psychiater wunderte sich.

»Laßt das!« flüsterte Quidos Vater wütend.

Der Vortrag eines Gedichtes stand unmittelbar bevor. Der kleine Pionier nahm seine Partnerin an die Hand und begann. Genossin Šperková zwinkerte Jaruška zu.

»Das Land ist wundervoll,
und voller Lieblichkeit.
Dort wärst vor Glück du toll!
Im Land der Freiheit«,

rezitierte indessen der Junge. Als er zu den Worten kam »Dort wärst vor Glück du toll«, sah er das Mädchen kurz an. Genossin Šperková nickte. Quido schaute Jaruška an. Er bemerkte, daß sich ihre Lippen unter dem Schleier bewegten.

»Der Bach bahnt sich den Weg,
durchbricht das Ufer mit Wellen.
Unser Friede und unser Glück
liegt nur im Glück von allen«,

endeten die jungen Künstler zweistimmig.
»Donnerwetter!« flüsterte Pazo laut.
»Wir danken den Pionieren für ihre nette Einführung«,
sagte Genosse Šperk und nickte dem Standesbeamten
freundlich zu.

2.   Das Hochzeitsmahl fand aus Sparsamkeitsgründen
zu Hause statt, an drei zusammengerückten Tischen auf
der Terrasse. Es war bestimmt nicht zu prunkvoll.
»Als Pförtner kannst du keine Wunder erwarten«, hatte
Mutter ohne Umschweife zu Quido gesagt.
Zum Mittagessen gab es Schnitzel und Kartoffelsalat. Es
wurde Bier ausgeschenkt.
»Ihm schenkt nichts ein!« verlangte Großmutter Věra
und legte die Hand auf Großvaters Glas.
»Also, habt ihr das gehört?« schrie Großvater mit einer
nach Mitleid heischenden Stimme. Er sprang ungestüm
auf und lief in den Garten.
»Zu Tisch!« rief Quidos Vater mit nervösem, strahlenden Lächeln. Pazo brachte den Kassettenrekorder mit.
»Jetzt könntest du dir die Kassette anhören, wo wir jetzt
das kommunistische Ritual hinter uns haben«, drängte er
seinen Bruder. »Du versprichst es mir schon mindestens
eine Woche!«
»Laßt das jetzt!« verlangte Vater.
»Erbarmen, Bruderherz! Reicht es dir nicht, daß ich hei-
rate? Muß ich denn noch zu alledem deine Wanderlieder
hören?«

237

»Das sind keine Wanderlieder!« wehrte sich Pazo, und als Beweis schaltete er das Gerät ein – die schattige Laube der Terrasse wurde sofort von der Stimme Karel Kryls erfüllt.

»Macht das aus, um Himmels willen!« befahl Mutter. »Wir wollen in Ruhe Mittag essen.«

»Nachher, Pazo«, versicherte Quido seinem Bruder.

»Das kennen wir ...«

»Wurst im *Kartoffelsalat!*« rief Großmutter Líba entrüstet.

»Und die Mohrrüben – gekauft!«

»Gekauft«, sagte Mutter trotzig.

»*Gekaufte* Mohrrüben!« empörte sich Großmutter. »Wißt ihr, wieviel Mikrogramm Nitrat der Norm nach in einem Liter Urin zulässig ist?«

Niemand antwortete.

»Kann ich Ihnen Bier nachschenken?« fragte Quido seine etwas verblüffte Schwiegermutter.

»Danke.«

»Wißt ihr, wieviel?« wiederholte Großmutter.

»Wieviel?« fragte schließlich Doktor Liehr, der es nicht mehr aushielt.

»Achtzig. Und wißt ihr, wieviel wir im Durchschnitt haben?«

»Wieviel?«

»*Siebenhundertdreißig!*« rief Großmutter triumphierend.

»Und sie *kauft* seelenruhig Mohrrüben.«

»Im vorigen Jahr hatte ich fünf Beete mit Mohrrüben«, informierte Mutter ungerührt den Arzt. »In einem einzigen Monat hat sie alles für Möhrenplätzchen verbraucht.«

Der Psychiater warf Vater einen mitleidigen Blick voller männlicher Solidarität zu.

»Entschuldigt mich bitte für einen Augenblick«, bat Quidos Vater und stand auf.

»Wo gehst du hin?« fragte Mutter. »Die Kranzniederlegung findet doch erst um acht statt.«
»Das ist schon in Ordnung«, sagte Vater etwas rätselhaft.
Eine Minute später erschallte aus der Tiefe des Hauses
der klagende Ton der Drechselmaschine.
»Herr Doktor«, sagte Quidos Mutter. »Könnten Sie mir
bitte aus der Flasche dort einschenken?«

3.   Quidos Vater kehrte erst kurz vor neun zur Hoch-
zeitsfeier zurück. Er hatte eine rote Trainingshose an und
war schweißgebadet. In der linken Hand hielt er eine
brennende Fackel.
Ingenieur Zvára, der ihn begleitete, war in Zivilkleidung.
Er trug einen Trauerkranz mit einer roten Schleife und
der goldenen Aufschrift ›Turnverein‹.
»Ich habe es nicht geschafft, sie auszumachen«, sagte
Quidos Vater keuchend. Er blickte kurz zum Kranz.
»Diese Trottel haben zwei machen lassen«, fügte er als
Erklärung hinzu.
»Macht nichts!« sagte Mutter lachend mit einer verdäch-
tig weichen Aussprache. »Du wirst dir schon Rat damit
wissen!«
»Dort singt er die Internationale, anstatt auf der Hoch-
zeit seines eigenen Sohnes zu singen!« lachte Ingenieur
Zvára. »Und da hab' ich ihn euch lieber hergebracht.«
»Herr Ingenieur«, sagte Pazo mit schwerer Zunge.
»Beantworten Sie mir eine einzige Frage —«
»Keine Fragen!« ereiferte sich Quido. »Wer hat ihm
erlaubt zu trinken, verdammt noch mal?!«
Vater warf die Fackel in die Regentonne. Sie zischte.
»Sind Sie Mitglied der Kommunistischen Partei?« rief
Pazo.
»Gute Frage«, sagte Liehr. »Der Bursche hat Talent.«

»Was würden Sie zu einem Ausflug mit einem U-Boot sagen, Herr Doktor?« fragte Mutter fröhlich. »Ich meine mit mir?«

»Das ist etwas komplizierter, Junge«, sagte Zvára mit einem unangenehmen Lächeln.

»Mein Mann hat nämlich unser Kanu versenkt!«

»Dann machen Sie die Fliege! Wir sind hier kein Vorauskommando!« brüllte Pazo heiser.

Von der Straßenbiegung her erklangen die Töne einer sich nähernden Blaskapelle.

»Der Umzug kommt!« rief Vater aufgeregt. »Geht alle rein.«

»Pfeifen Sie drauf«, sagte Quido zu Zvára. »Er ist besoffen ...«

»Ich liebe Umzüge!« rief Quidos Mutter. »Sie nicht, Doktor?«

»Worauf soll er pfeifen?« kreischte Pazo. »Auf die Wahrheit? Auf die Ehre? Auf das Gewissen?«

»Nicht so sehr«, sagte der Doktor. »Aber ich finde Lampions schön.«

»Du unser kleiner Vorkämpfer«, sagte Quido zu Pazo. »Ab in die Falle.«

»Sie sind schon da!« rief Vater ängstlich. »Geht alle sofort rein!«

»Hol sie her!« befahl Mutter. »Ich habe Lust, mit deinem Arzt zu tanzen! Was meinst du, Jaruška, wollen wir nicht tanzen?«

»Ja!« sagte Jaruška begeistert.

In der Dämmerung blitzten die Instrumente der Musikanten auf. Hinter ihnen waren schon die ersten bunten Lichttupfer zu sehen.

»Ich hole sie!« sagte Zvára, um Pazos Fragen zu entgehen. Ein paar Minuten später stellte sich die ganze Kapelle, gefolgt von einem Teil des Lampionumzugs, im Halbkreis vor der Terrasse auf. Jaruška ging mit einem Tablett voller Gläser herum.

»Auf das Wohl der Braut und des Bräutigams!« sagte der Kapellmeister feierlich.

»Ein Solo für die Neuvermählten!« rief jemand.

Die Musikanten stellten die Gläser auf das Tablett zurück und änderten mit Freude das Revolutionsrepertoir: In der lauen Abenddämmerung erklang ein leichtfüßiger Walzer. Quidos Absätze bohrten sich in den weichen Rasen. Jaruška strahlte. Wenn sie mit dem Rücken die herabhängenden Äste der vorbeigleitenden Apfelbäume streifte, fielen ganze Kaskaden von rosaweißen Blütenblättern auf die Ärmel ihres Hochzeitskleides.

»Zum Teufel mit der Blasmusik!« schrie Pazo, aber zum Glück verstand ihn keiner. Das nächste Stück gehörte dann allen. Auf dem Rasen fanden sich mehr als zehn Paare ein. Quido und Jaruška gingen weg, um Getränke nachzuschenken. In der Küche trafen sie auf einige völlig fremde Kinder.

»Hallo, Kinder«, sagte Quido.

»Guten Tag«, sagten die Kinder. »Wir haben Durst.«

»Das ist Vereitelung der Maifeierlichkeiten!« raunte Quidos Vater Zvára zu. »Das gibt ein Malheur!«

»Nimm es nicht so tragisch, Mensch!« sagte Zvára barsch.

Vater verschwand irgendwo im Keller. Jaruška versorgte noch einmal die Musikanten und stieß mit dem Kapellmeister an.

»Grüß dich, Pförtner«, sagte ein unbekannter junger Mann zu Quido.

»Ich bin Míla!«

»Grüß dich, Míla!« sagte Quido.

Im Garten kam es zu einer Art feuchtfröhlichen Verbrüderung.

241

»Ich möchte auf dem Land leben«, sagte Doktor Liehr zu Mutter.

»Dann bist du ein großer Esel«, sagte Mutter. »Kannst du Tango?«

»Es gibt nichts mehr zu trinken«, sagte Míla zu Quido. Er stellte die leere Flasche auf den Kopf.

»Komm mit, Míla«, sagte Quido. »Irgend etwas werden wir schon noch finden.«

Auf der Kellertreppe trafen sie einen älteren Herrn.

»Good evening, Sir«, grüßte Quido lächelnd.

»Good evening!« lachte der Mann.

»Wer war das?« wollte Míla wissen.

»Großmutters Freund«, sagte Quido. »Ein Ungar.«

Sie stießen auf Großmutter. Sie trug eine Pappschachtel.

»Hallo!« sagte Quido.

»Ungarin?« fragte Míla.

»Großmutter«, sagte Quido. »Klaut Würste.«

»Stark«, sagte Míla.

»Möchtest du etwas Wurst?« fragte Quido.

Sie schauten in die Werkstatt, und Míla sprang erschrocken zurück:

»Was ist das?« brüllte er.

»Vater. Probiert seinen Sarg.«

»Stark«, sagte Míla. »Ihr seid eine prima Familie.«

»Was machst du denn überhaupt, Míla?« fragte Quido.

»Ich?« sagte Míla. »Ich bin Arbeiter.«

»Stark«, sagte Quido. »Du kannst dir gar nicht vorstellen, wie lange ich dich gesucht habe.«

XIV.

1. Eine Woche nach der Hochzeit traf sich Quido in Prag erneut mit dem Lektor. An diesem Tag wurde ihm endgültig klar, daß er seine Hoffnung auf die Herausgabe der Erzählung ›Der Fall Stockwerk Nr. 12‹ begraben konnte, und das völlig unabhängig davon, ob er die Figur des Arbeiters Míla in den Text einarbeitete oder nicht.

Er legte also das Manuskript definitiv ad acta und begann, nach einem anderen, weniger kontroversen Thema Ausschau zu halten, so wie man es ihm übrigens auch im Verlag nahegelegt hatte.

Viele Nächte lang dachte er in Mutters dunklem Büro über die möglichen Gestalten seiner zukünftigen Geschichte nach, aber jedesmal, wenn seine Augen von den Notizen zu den Familienfotos unter der Glasplatte hinüberwanderten, stellte er wieder fest, daß keine der von ihm bisher erdachten Personen auch nur zu einem Zehntel so interessant, vollblütig und überzeugend war wie die Personen auf den Bildern: Vater, Mutter, Pazo, Großmutter Líba und Großvater Jiří. Jedesmal, wenn er bei seinen komplizierten Fabulierüberlegungen jene unbekannten Menschen mit den so fremd klingenden Namen wie Jan Hart oder Florian Farský verließ und ganz einfach an Großmutter Věra oder Großvater Josef dachte, spürte er ganz genau, wie seine Phantasie ins Unendliche wuchs. Quido stellte fest – wie es schon viele

243

andere vor ihm getan hatten – daß es ihm schwerlich gelingen würde, eine andere Geschichte als die eigene zu finden.

»Der Roman, das bin ich!« rief er.

Wie Quido bald klar wurde, war auch die vermeintliche Unverfänglichkeit des entstehenden Kammerstücks nur eine weitere große Illusion: Die gesellschaftliche Realität drang schon von Anfang an durch alle Wände des Familienhäuschens, über das er schrieb. Und das geschah, wie es ihm schien, ganz unabhängig von seinem Willen. Und das gefiel dem Lektor natürlich nicht.

»Wie kommst du voran?« pflegte Jaruška morgens zu fragen, wenn sie das immer noch brennende Lämpchen auf Quidos Tisch sah.

»Na ja«, sagte Quido dann und fing an, ihr die gespannte Haut auf dem gewölbten Bauch mit Hautcreme einzureiben, wie es in den verschiedenen Handbüchern verlangt wurde. »Es ist eine Knochenarbeit – alles aus Halbwahrheiten zusammenzuflicken, so wie es der Lektor von mir verlangt. Stell dir vor: Ich kann zwar im Theater geboren werden, aber angeblich auf keinen Fall während ›Warten auf Godot‹, weil das ein existentialistisches Drama ist. Der Idiot will wahrscheinlich, daß ich während der ›Verkauften Braut‹ geboren werde!«

Jaruška lachte und zog sich das Nachthemd über den Kopf. Quido roch mit Wonne an ihr und berührte verzaubert die angetrockneten Milchspuren. Er schaute Jaruška an: Ihre vergrößerten, dunklen Brustwarzen gefielen ihm nicht, aber in den Handbüchern hieß es, daß sie wieder kleiner würden.

»Du solltest dich anziehen«, sagte er. »Míla kommt jeden Augenblick.«

»Schon wieder?« Jaruška verzog das Gesicht.

244

Quido hob entschuldigend die Hände, aber es war ihm anzumerken, daß er an etwas ganz anderes dachte. Er ging zum Schreibtisch zurück und schaute in seine Notizen.

»Ich muß auf irgendeine Art und Weise diese drei blöden Vögel wegfliegen lassen, ohne dafür russische Flugzeuge zu bemühen«, sagte er. Er zog eins der Blätter näher zu sich heran.

»Vielleicht sind sie durch einen zufälligen Knall aus einem Autoauspuff verscheucht worden, oder vielleicht haben sie die weiten Schwingen eines Raubvogels gesehen, der sich aus der Prager Peripherie hierher verirrt hatte«, las er zweifelnd. »Was sagst du dazu?«

»Mir gefällt's«, sagte Jaruška. »Aber mich darfst du nicht fragen.«

Den Raubvogel wird er mir sowieso nicht abnehmen«, überlegte Quido laut. »Schon gar nicht am einundzwanzigsten August ...«

Jaruška berührte leicht das leere Kinderbettchen, das Quido und sie vor ein paar Tagen neu lackiert hatten; die weiße Farbe hielt anscheinend gut.

»Großvater Jiří werde ich wohl gar nicht nehmen können«, fuhr Quido fort. »Als ich den Lektor gefragt habe, von wem die Großmutter denn seiner Meinung nach das Kind empfangen habe, hat er geantwortet, daß er gegenüber einem Vertreter des Prager Frühlings sogar die Selbstbefruchtung vorziehen würde. Ausgezeichnet, habe ich gesagt, und der andere Großvater, wieviel Kohle meinen Sie, sollte er pro Schicht abbauen? Er kann abbauen soviel er will, hat der Lektor gesagt, aber vor allem muß er den Mund halten!«

»Das ist ja schrecklich«, sagte Jaruška aufrichtig.

»Aber ich werde es ihm so schreiben!« sagte Quido laut, und in seine unausgeschlafenen Augen trat eine merkwürdig grimmige Entschlossenheit. »Alles werde ich ihm

nach Wunsch schreiben! Großvater Jiří werde ich rechtzeitig begraben, sagen wir neunzehnhundertfünfundsech-
zig. Autounfall oder ähnliches, der andere Opa wird ein
stummer Held der Arbeit, aus der Mutter mache ich eine
verkannte Schauspielerin und der Vater ... der Vater wird
ein wahnsinniger, eifersüchtiger Holzschnitzer! Und die
Großmutter? Ein verrücktes Kräuterweib! Von wegen
kontaminierte Lebensmittel!« rief Quido erregt.
»Ich bin allergisch gegen Tomaten«, sagte Jaruška.
»Gegen die auch?« entgegnete Quido. »Míla will welche
aus dem Garten mitbringen.«
Er legte das Blatt auf den Tisch zurück.
Er schüttelte unglücklich den Kopf.
»Das kannst du dir nicht vorstellen, aber das eigene Buch
in der Schublade verstecken zu müssen, das ist wie das
eigene Kind in ein Kinderheim zu geben.«
Jaruška traten heiße Tränen in die Augen.
»Spinnst du?« Quido erschrak.
»Ich bin jetzt immer so überempfindlich«, schluchzte
Jaruška glücklich.

2.   Der Verlagslektor war jedoch nicht Quidos einzi-
ger Zensor.
Eines Tages hörte Quido die Postbotin, wie sie im Flur
Zärte verprügelte.
»Gut, daß Sie da sind«, rief er ihr zu. »Sie hatte es drin-
gend nötig – sie springt meiner Frau dauernd auf den
Bauch!«
»Ich bringe Ihnen einen Einschreibebrief«, sagte die
Postbotin außer Atem.
Zärte klemmte den buschigen Schwanz zwischen die
Hinterläufe und robbte winselnd aus ihrer Reichweite.
Als Quido kurz darauf den Brief öffnete, stellte er über-

rascht fest, daß ihm seine eigene Mutter geschrieben hatte.
»Lieber Quido«, las er. »Ich hoffe, daß sie die Töle
ordentlich verdroschen hat. Sie wurde mir schon gar zu
frech, und die vier Kronen für ein Einschreiben opfere
ich gern dafür.
Wie Du Dir aber sicherlich denken kannst, liegt der Grund
meines Schreibens woanders. Warum schreibe ich Dir also?
Ich muß Dir etwas gestehen: Ich habe Deinen Wunsch
mißachtet und gestern nacht, als Du bei der Arbeit warst,
die bis jetzt fertigen Kapitel Deines Romans gelesen.«
»Ich bring' sie um!« rief Quido.
»Ich habe sie in einem Zug durchgelesen, und als ich im
Morgengrauen fertig war – draußen sangen schon die
Vögel –, war ich nicht nur ganz kalt und steif, sondern
auch gerührt und ärgerlich zugleich. Ich habe beschlossen, Dir sofort zu schreiben. Ich weiß, daß Du es auch
ohne mich nicht gerade leicht hast, und ich weiß auch,
wie Du es mir schon öfter erklärt hast, daß die autobio-
graphische Sicht der am wenigsten interessante Blickwin-
kel ist, aus dem man ein Buch lesen kann. Bloß – wissen
das auch die anderen, Quido? All die Leute, die uns kennen und die dieses Buch lesen werden? Und die uns
danach beurteilen und einschätzen werden? Hast Du an
diese Menschen gedacht, als Du über das Wasser
geschrieben hast, das in der ganzen Wohnung verteilt
wird, über die Staubschwaden, den überfüllten, schim-
melnden Abfalleimer oder den von gelben Urinflecken
übersäten Toilettensitz? Hast Du an sie gedacht, als Du –
zugegeben, recht witzig – darüber geschrieben hast, wie
Großmutter im Ausland Andenken stiehlt? Quido, ich
verstehe, daß ein Schriftsteller seine Erlebnisse und seine
Lebenserfahrung, wie du sagst, nicht anders verpacken
kann als in einem Roman, aber andererseits möchte ich
wirklich nicht erleben, daß sich meine Freunde vor unse-

rer Toilette ekeln! Übrigens, entschuldige diese banale Frage, warum hast Du sie dann nicht sauber gemacht? Ich weiß, was Du mir darauf erwidern wirst – daß Du über sie *geschrieben* hast.«

»Mein Gott!« flüsterte Quido.

»Dein Vater und ich haben immer versucht, für euch etwas aufzubauen, was man ein Heim nennt«, fuhr Mutter in ihrem Brief fort. »Die Zeiten brachten es aber mit sich (oder vielleicht war es das Schicksal?), daß mit den Jahren unter unseren Händen weniger ein Heim im eigentlichen Sinne des Wortes entstanden ist, als eine merkwürdige Kombination aus Tischlerwerkstatt, psychiatrischer Heilanstalt und Altersheim. Wie schon meine geliebte Cordelia gesagt hat: Ich bin nicht die Erste, die Gutes wollt und leiden muß das Schwerste.

Ich weiß, was Du sagen willst. Aus keiner Frau wird nur dadurch eine hervorragende Mutter, daß sie staubsaugt und die Toilette putzt. Es ist mir klar, daß du diese Dinge als zweitrangig erachtest. Aber wiederum: Sehen das auch die anderen so? Das Problem liegt darin, daß Du es nirgendwo ausdrücklich erwähnst.

Quido, ich komme mir vor wie eine Schülerin, die ihren Lehrer um eine bessere Note bittet – und dabei bin ich Deine Mutter. Mein Vater hat seine Mutter gesiezt. Nein, das verlange ich natürlich nicht von Dir, aber könntest Du nicht wenigstens auf die bepinkelte Klobrille verzichten? Viel nagender als ein Giftzahn ist die Undankbarkeit des eigenen Kindes! sage ich mit O'Neill. Ich glaube nicht, daß Du undankbar bist, Du schreibst an vielen Stellen sehr nett über mich, eher ein bißchen ungerecht. Ist Dir nicht klar, daß ich sie – *objektiv* gesehen – als Frau gar nicht hätte bepinkeln können?

Ich wünschte mir, Du könntest sehen, wie ich über und über rot geworden bin, auch wenn ich diese Dinge nur

schreiben muß, obwohl ich hier ganz allein bin. Erlaubst Du wirklich Tausenden völlig fremder Menschen, in mein Privatleben zu schauen?
Ich bitte Dich, denke darüber nach.
Es küßt Dich Deine Mutter.«

»Ich werd' noch verrückt!« rief Quido. »Hier kann man wirklich nicht in Ruhe schreiben!«

3.   Quido legte seine Verabredungen mit dem Lektor so, daß sie zeitlich mit Jaruškas Besuchen bei Zita zusammenfielen. Sie fuhren dann immer gemeinsam nach Prag.
»Wissen Sie, daß gerade O'Neill verfügt hat, daß sein *autobiographisches* Drama nicht früher als ein Vierteljahrhundert nach seinem Tod erscheinen dürfe?« lachte der Lektor, als Quido ihm von dem Brief seiner Mutter erzählte. »Schon zu der Zeit, als er diese Bedingung stellte, lebte niemand mehr aus seiner Familie! Ihr Problem besteht darin, daß Sie es zu einer Zeit herausgeben wollen, da alle noch leben.«
»Großmutter hat angeblich Krebs, und Vater baut sich schon einen Sarg«, sagte Quido trocken. »Es sieht also nicht schlecht aus.«
»Satire, das wird Ihr Genre sein«, sagte der Lektor lachend. »Das sage ich Ihnen doch ständig.«
»Vielleicht«, sagte Quido. »Mein Problem liegt ja darin, daß ich überhaupt etwas herausgeben will. In dieser Zeit und noch dazu bei Ihnen.«
»Trotzdem«, sagte der Lektor, »was können denkende Menschen und Humanisten in dieser Zeit anderes tun, als um passende Worte zu ringen?«
»Nicht ringen«, sagte Quido.

»Wie war's?« fragte Quido Jaruška, als sie sich wieder in der Stadt trafen.

»Alles in Ordnung!« meldete sie lächelnd. »Zita läßt dich grüßen – und bei dir?«

»Bei mir?« Quido dachte nach, wie es eigentlich bei ihm gewesen war. »Ich bin höchstwahrscheinlich eine Risikoschwangerschaft.«

»Darin irrte ich«, erzählte er später. »Unter den Fittichen dieses Lektors war ich absolut risikofrei.«

4.   Am Mittwoch, den zwanzigsten Oktober, hatte Quido Nachtdienst. Nachmittags zeigte sich die Sonne zwischen den Wolken. Er riß sich zusammen und ging hinaus, um die Buchenblätter vom Rasen vor der Terrasse zu harken, wie Mutter es gewünscht hatte. Als kurz darauf Jaruškas nun so majestätische Gestalt neben ihm auftauchte, lächelte er, erlaubte ihr aber nicht mehr, als die wenigen Blätter, die der Wind inzwischen wieder verweht hatte, mit der Harke ins Feuer zu schieben.

»Wie geht es dir?«, wollte er wissen.

»Gut«, sagte Jaruška.

»Und wie geht es Anička?«

»Wie es Anička geht, weiß ich nicht«, sagte Jaruška schelmisch. »Aber Jakob geht es gut.«

Quido schüttelte den letzten Korb ins Feuer, legte die freie Hand um die Taille seiner Frau, und so gingen sie ins Haus. Hier wusch er sich und zog sich um, Jaruška bereitete inzwischen das Kaffeepulver in seinem Döschen vor und packte ihm einige Stücke von dem Kuchen ein, den sie am Morgen gebacken hatte. Sie tat alles in seine Aktentasche. In ein anderes Fach der Tasche legte Quido ein angefangenes Buch und Blätter mit Notizen zur Figur der Jaruška.

»Ich werde winken«, sagte er automatisch.

Jaruška hielt ihm die Wange zum Kuß hin.

Als er jedoch etwa fünf Stunden später auf die Stützkonstruktion der Neonschrift kletterte, stellte er beunruhigt fest, daß es fast im ganzen Haus dunkel war; nur im Kinderzimmer brannte Licht. Er wartete eine Weile, ob die Lampe in der Küche nicht doch noch angehen würde, aber vergebens. Er sprang auf den Asphalt des Daches zurück und verharrte dort etwa fünfzehn Minuten in schwermütigen Überlegungen. Die Küchenfenster blieben dunkel. Quido kletterte die Leiter zum Flur hinunter und beendete rasch den letzten Teil des Rundgangs. Er beschloß, nach seiner Rückkehr nach unten den Schichtleiter um die Erlaubnis zu bitten, kurz nach Hause laufen zu dürfen.

Gleich, als er in den hinteren Raum der Pförtnerei trat, sah er volle Gläser auf dem Tisch stehen. Alle drei Wachmänner standen da und entblößten in einem breiten Lächeln ihre vergilbten Zahnprothesen.

»Gerade hat man aus Hora angerufen«, sagte der Schichtleiter. »Hast ein Mädchen, du Held!«

XV.

Besuchstag im Krankenhaus von Kutná Hora. Die frischgebackenen Väter sowie die anderen Verwandten stehen
auf dem niedergetrampelten Rasen vor dem Pavillon der
Entbindungsstation. Die Wöchnerinnen lehnen sich aus
dem Fenster im dritten Stock.

JARUŠKA (mit unverhohlener Freude): Hallo! Ihr kommt
früh, das ist schön.

1. VATER: Und warum kannst du nicht sitzen?

1. MUTTER: Ich bin wohl schlecht zusammengenäht
worden ...?

QUIDO (auffällig schnell): Wir sind mit dem Auto gekommen.

1. MUTTER: Oder eher schief aufgeschnitten ...?

JARUŠKA (bewundernd): Wirklich? Du bist gefahren?

QUIDO (auffällig unwillig): Ja.

JARUŠKA (erschrocken): Was ist passiert?

PAZO: Nichts. Er hat einen Hund überfahren.

JARUŠKA (besänftigend): Das kann doch jedem Autofahrer passieren, Quido. Was soll's!

PAZO: Nur, daß der hier in einer Hütte war ...

(Gelächter. Alle Besucher sehen Quido entsetzt an)

QUIDO (aufgebracht zu Pazo): Und wer hat die ganze
Zeit gebrüllt ›Nach links! Nach links!‹ Ihr wolltet nach
links, also bin ich abgebogen.

252

Pazo (erklärend zu Jaruška): Zuerst habe ich gedacht, er hätte nur die Hütte umgefahren, aber als ich die zerbrochenen Bretter weggeworfen habe, lag da dieser Hund. Tot ...

Quidos Mutter: Wollen wir uns hier über Hunde unterhalten?

(Schaut Anička an, die in Jaruškas Armen liegt) Seht ihr nicht, wie uns Anička mit ihren herrlichen braunen Guckäugelein anschaut?

Jaruška (entschuldigend mit einem Blick auf die Tochter): Sie ist eben gerade eingeschlafen ...

2. Mutter: Er hat mir die Brustwarzen total zerfetzt.

2. Vater: Wer?!

2. Mutter: Na, der kleine Lukas natürlich, du Trottel ...

Quidos Mutter: Es ist schon alles vorbereitet. Großmutter hat uns Hygienemasken genäht.

Jaruška (gerührt): Aber das –

Quidos Mutter: Zärte wird natürlich einen Maulkorb tragen...

(Schaut ihren Mann an, der die ganze Zeit nur schweigend scheu lächelt) Dann zeig' ihr doch in Herrgotts Namen das Spielzeug ...!

Quidos Vater (nimmt aus der Tasche ein paar Holzspielsachen): Das habe ich ... für die kleine ... (Seine Stimme versagt ihm den Dienst)

Jaruška (weint): Danke. Die sind wunderhübsch! Danke.

Quido (erschrocken): Warum heulst du? Du tropfst sie ja ganz voll!

(Anička erwacht und weint)

Pazo: Das nenne ich einen Protestsong!

Quidos Mutter: Hat sie Blähungen? Dagegen hilft am besten Fenchel!

Pazo: Es lebe die Naturheilkunde, der Obskurantismus und die Ignoranz!

QUIDOS MUTTER: Quatsch nicht und geh Quido die Windschutzscheibe putzen! (Wendet sich an Jaruška) Und was ist mit den Schwellungen?

JARUŠKA (schneuzt sich): Das war eine Allergie gegen Rivanol.

PAZO: Über dieses Dorf können wir nicht wieder zurück – da warten sie schon mit den Mistgabeln auf uns …

QUIDOS MUTTER: Du sollst die Scheibe putzen gehen!

PAZO: Ich bezweifle, daß das viel Zweck hat. Als er in diese Hundehütte da geheizt ist, war die Windschutzscheibe vollkommen –

QUIDOS MUTTER (zornig): Zieh ab! (Dreht sich zu ihrem Mann um) Und du sagst gar nichts mehr? Es zwingt dich doch niemand, gleich unser sozialistisches Gesundheitswesen zu kritisieren, du kannst doch etwas ganz *Unverfängliches* sagen –

QUIDO (unterbricht sie) Mami!

QUIDOS MUTTER (ignoriert Quidos Ermahnung): – zum Beispiel, wie du dieses gedrechselte kleine Rappen-Pferd mit genau demselben Lack streichen wolltest, –

QUIDO: Mami!

QUIDOS MUTTER: – mit dem du vor kurzem deinen eigenen Sarg gestrichen hast! (Unter den Besuchern herrscht allgemeine Bestürzung)

QUIDO (einen Augenblick später): Na ja, wir brechen dann mal allmählich auf.

JARUŠKA (tränenerstickt): Winkst du uns?

QUIDO: Natürlich winke ich.

XVI.

1. Mutters Hypothese, daß die Ankunft eines Babys in der Familie eine grundlegende Änderung im Verlauf von Vaters Neurose zur Folge haben würde, bestätigte sich leider nicht. Er drechselte zwar noch einige weitere Holztiere, winzige Puppenwagen und die verschiedensten mehr oder weniger beweglichen Puppen für seine Enkelin und spielte jeden Tag mit ihr, aber seine Krankheit wurde nicht wesentlich beeinflußt.

Zum Glück ereignete sich jedoch bald etwas anderes, das ihn in den folgenden Jahren von seinen Gedanken an den Tod, wenn vielleicht nicht gleich mitten ins Leben, so doch wenigstens auf den Weg dahin zurückbrachte – die sowjetische Perestrojka. Statt am Sarg zu arbeiten (der durch die zahlreichen Schnitzereien übrigens schon ein wenig überladen wirkte und dadurch viel von seiner furchterregenden Strenge verloren hatte und nunmehr eher an das Dach eines Knusperhäuschens als an ein Totenbett erinnerte), verbrachte Vater jetzt mehr Zeit damit, die Nachrichtensendung ›Wremja‹ zu verfolgen, insbesondere die Reden von Gorbatschow. Zur Sendezeit war er jedoch oft im Dienst, und so mußte Mutter, die für diese Aufgabe extra angelernt worden war, die entsprechenden Sendungen auf einem billigen Videorecorder aus Hongkong aufzeichnen, den Ingenieur Zvára irgendwo aus dem Westen für Vater mitgebracht hatte.

Anstelle der heulenden Holzbearbeitungsmaschine hörte man nun die merkwürdig wehklagende Stimme der Übersetzerin von Gorbatschows Fernsehauftritten. Es schien, daß Vater von dieser Stimme angezogen, wenn nicht gar verzaubert wurde – ebenso wie es den Anschein hatte, daß er die Blicke von diesem breiten Gesicht, das für einen östlichen Politiker ungewöhnlich lebendig war, nicht wenden konnte, offenbar behext von dem geheimnisvollen Zeichen auf der Kopfhaut des Staatsmannes. Quidos Mutter mußte jedesmal eine gewisse Rührung unterdrücken, wenn sie sah, wie ihr Mann hastig die Tischlampe einschaltete und Notizblock und Bleistift suchte, um diesen oder jenen Gedanken des Generalsekretärs aufzuschreiben, oder wenn sie sah, wie in seinem sonst so unbeweglichen Gesicht von Zeit zu Zeit ein schwacher, aber sichtbarer Abglanz des Lächelns von Michail Sergejewitsch erschien.

»Siehst du das?« flüsterte sie Quido glücklich zu.

»Dieser slawische Glaube an Rußland!« antwortete Quido spöttisch. »Wir können uns hundertmal die Finger verbrennen und ziehen trotzdem keine Lehren daraus!«

»Du wirst es mir vielleicht nicht glauben«, sagte Mutter ruhig, »aber mir ist es eindeutig lieber, wenn er blind an Rußland glaubt, als wenn er an den Requisiten für sein eigenes Begräbnis bastelt.«

»Mein Gott!« spottete Quido. »Es ist noch gar nicht lange her, da konnte er nicht schnell genug vor russischen Panzern zur Seite springen, und jetzt verbindet er zur Abwechslung alle Hoffnungen unseres Volkes mit Rußland ...« Er griente: »Hei, es wird in Böhmen nicht eher gut, als bis Boris Jelzin sich das Wasser der Moldau in den Kühler seines Wolga tut!«

»Sieh mal«, sagte Mutter, »meinetwegen kann er sämtliche Hoffnungen unseres Volkes auch auf Äquatorialguinea setzen. Aber ich bitte dich nachdrücklich darum, ihm diese Hoffnung nicht zu zerstören. Ich bin froh, daß er an etwas glaubt, sei es auch nur ein blinder Glaube. Sein Gehirn ist voll von zerstörten Hoffnungen.«

»Das ist ja kein Gehirn mehr«, sagte Pazo. »Das ist eine einzige Lichtung.«

Quidos Vater verwendete nun sehr viel Zeit für die Beschaffung und die Lektüre einiger sowjetischer Periodika, die auch in der Tschechoslowakei erschienen und damit anfingen, den Lesern die Wahrheit in einer ungewöhnlich hohen Konzentration zu verabreichen. Vater überraschte nicht so sehr die Tatsache, daß hier und da die Wahrheit ausgesprochen werden konnte, sondern vielmehr, daß dies gerade in dem Land geschah, das alle seit jeher als Vorbild hingestellt hatten. Die jahrzehntelange ideologische Sklaverei kehrte sich jetzt paradoxerweise in etwas Positives um. Wenn bei denen, dann auch bei uns, sagte sich Quidos Vater mit kindlichem Glauben. Wenn er zum Beispiel las, daß die Zeit gekommen sei, da man aufhören solle, die Intelligenz zu verdächtigen und herumzukommandieren, dachte er, daß eine solche Zeit auch in seinem Land kommen *müsse*. Er war überzeugt davon, daß dieses Zitat, das er sorgfältig abschrieb, seinen rechtlichen Anspruch begründete, nicht mehr verdächtigt und kommandiert zu werden.

»Es war traurig mit anzusehen«, erzählte Quido später, »wie mein erwachsener Vater alle seine Lebenshoffnungen auf ein paar Ausschnitte aus dem ›Aktuellen Wochenspiegel‹ stützte.«

Zu dieser Zeit begannen die Lindenblöcke und die Kiefernbretter in der Kellerwerkstatt Staub anzusetzen. Die gleichgültige Selbstverständlichkeit, mit der Quidos Vater Ingenieur Zvára seine besten schwedischen Schnitzwerkzeuge lieh, sprach Bände.

»Du leihst mir tatsächlich die schwedischen?« Zvára
traute seinen Ohren nicht.

»Na ja«, erklärte Quido, »das Eis des Kommunismus
schmilzt ja nun ...«

Die Kellerwerkstatt verwaiste aber nicht für lange, denn
auch Quidos Vater sah allmählich, wie die Dinge wirklich
lagen.

»Er stellte fest«, erzählte Quido belustigt, »daß auch
Šperk und die anderen diese Ausschnitte sammelten –
und sich obendrein noch den schwer zu bekommenden
›Sputnik‹ beschafften.«

2. In der Familie wurde jedoch noch eine Weile verhältnismäßig oft über die Sowjetunion gesprochen, und
das dank Großmutter Líba.

Als Quido eines Sonntags zum Mittagessen nach Hause
kam, noch voller Verbitterung über die letzten Forderungen des Lektors, stieg ihm sofort der unverwechselbare
Geruch von Kartoffelnocken in die Nase.

»Aha, Nocken!« sagte er böse. »Schon wieder Nocken!
Und noch mal Nocken!«

Jaruška streichelte ihm beschwichtigend die Schulter.

»Reg dich nicht auf«, flüsterte sie ihm zu. »Ich lade dich
morgen zum Abendessen ein.« Quido küßte sie seufzend
auf die Wange.

Als er jedoch den nicht leer gegessenen Teller der kleinen
Anička sah, stieg die Wut erneut in ihm hoch. Er legte
das Besteck geräuschvoll zur Seite:

»Ich möchte diesen goldgelben Nocken – wie auch den
gestrigen Kartoffelnudeln und den vorgestrigen Palatschinken – nicht ihren angeblichen Nährwert abspre-
chen«, sagte er düster in die bedrückende Stille, »aber ich
schlage vor, gemeinsam die Frage zu erörtern, ob wir –

258

zumindest in Anbetracht der natürlichen Erfordernisse bei der Entwicklung dieses Kindes – nicht auch ab und zu mal, entschuldigt bitte das Wort, *Fleisch* kaufen sollten ...«

»Laß das!« sagte Mutter.

Mit Ausnahme von Anička, die Großmutter Líba vorwurfsvolle Blicke zuwarf, widmeten sich alle anderen mit übertriebener Aufmerksamkeit ihren Tellern.

»Selbstverständlich denke ich da an *Hackfleisch*«, fuhr Quido eisig fort, nachdem er den nächsten Nocken heruntergeschluckt hatte, »denn auch das Familienbudget kann sich nicht nach frommen Wünschen richten und sich dem Preisdiktat der ausbeuterischen Metzger unterwerfen, die sich nicht schämen, zum Beispiel für ein Kilo Rindfleisch aus dem Vorderviertel ganze fünfundzwanzig Kronen zu verlangen. Das ist, wie jeder leicht ausrechnen kann, die halbe Gebührenmarke, die für eine Zoll- und Devisenerklärung erforderlich ist. Danke –«, er schob den Teller endgültig von sich, »es war sehr gut und billig.«

»Sie möchte mit ihren Freundinnen nach Leningrad«, erklärte ihm Mutter nach dem Mittagessen. »Versuche, es zu verstehen.«

»Bitte«, fügte sie hinzu.

Quido nahm sich Mutters Bitte zu Herzen und aß all die kostengünstigen Speisen aus Kriegszeiten, die auch dieser Reise von Großmutter vorangingen, ohne jede weitere Bemerkung. Es sah so aus, als hätte er der Großmutter im stillen verziehen, denn er ließ sich manchmal von ihr vom ›Venedig des Nordens‹ erzählen und erweckte dabei den Eindruck eines zwar melancholischen, aber doch recht konzentrierten Zuhörers.

Ein andermal wiederum gelang es Pazo und ihm sogar mit Humor, die gefürchtete Brotsuppe zu essen. Pazo fragte zum Beispiel, was ihnen Großmutter diesmal mitbringen würde und tippte auf eine große Matrjoschka mit etwas abgesprungenem Lack, in der sich ein goldglänzendes Kaviardöschen befände, in dem er dann ein Abzeichen mit der Silhouette der ›Aurora‹ entdecken könnte. Quido wettete dagegen gern, um wie viele Jahre die Großmutter bei einer so langen Reise nach Osten, also gegen die Zeit, jünger werden müßte.

»Ich würde mich überhaupt nicht wundern«, behauptete er Pazo gegenüber einmal, als sie bei Kartoffelbrei mit Graupen saßen, »wenn man dem verliebten Jüngling, der mit Großmutter irgendwo am Newskij Prospekt knutschen wird, die Verführung einer Minderjährigen anhängen würde.«

Trotz dieser verrückten Vorstellungen kam später aus Leningrad eine Ansichtskarte mit überraschend *prosaischem* Inhalt:

»Viele Grüße aus Leningrad, ich denke oft an euch, Großmutter«, stand darauf.

»Kein einziger Vers?« Pazo wunderte sich. »Ob sie in einer schöpferischen Krise steckt?«

»Ich weiß nicht«, sagte Quidos Mutter nachdenklich.

3.   Wie sich später herausstellte, waren bei Großmutter Líba die ersten starken Schmerzen, die sie nicht mehr aushalten konnte, noch in der Halle des Hotels ›Druschba‹ aufgetreten, wo sie gemeinsam mit den anderen Touristen auf den Flughafenbus wartete. Der Arzt war innerhalb einer Minute bei ihr. Die Kehrseite dieses günstigen Umstandes waren sechs versilberte Teelöffel mit der Aufschrift ›Druschba‹, auf die der nämliche Doktor – während er sich durch Großmutters Reisekostüm durcharbeitete – nach und nach mit immer größerer Verwunderung stieß.

260

»Ich wollte mir nur eine Tasse Tee kochen«, beteuerte die verlegene Großmutter keuchend auf russisch, bis ein neuer Ausbruch jedes andere Gefühl außer dem des Schmerzes verdrängte.

»Nitschewo, Babuschka, nitschewo«, beschwichtigte sie der Arzt und untersuchte sorgfältig den merkwürdig verhärteten Bauch.

»Mädchen«, sagte Zita einige Tage später zu Quidos Mutter und strich ihr die Haare aus der Stirn. »Mein Mädchen.«

Quidos Mutter schloß die Augen und biß sich auf die Unterlippe.

Zita schaute Pazo und Quido an:

»Jungs«, sagte sie, »könnt ihr euch vorstellen, was euch die Großmutter mitgebracht hat?«

Sie griff in die Tasche und nahm zwei schwere Päckchen heraus.

Quido schluckte mühsam.

»Diesen ›Zenit‹-Fotoapparat«, sagte Zita bewegt, »und diese herrliche Filmkamera.«

Pazos Kinn erzitterte.

»Sie hatte euch furchtbar gern«, sagte Zita sehr, sehr ernst.

XVII.

Großmutters plötzlicher Tod hielt Quido praktisch nur ein paar Tage von der Arbeit an seinem Roman ab. Als er nach dem Begräbnis aber am Manuskript weiterschreiben wollte, verspürte er eine schwer definierbare Apathie und fragte sich, wie und warum das Ganze überhaupt weitergehen solle.

Eines Samstagabends, als er minutenlang stumpfsinnig auf das unbeschriebene weiße Blatt gestarrt hatte, kam ihm plötzlich in den Sinn, daß es nötig war, die alte, schon zerbröckelnde Strohmatte hinter der Doppelliege im Schlafzimmer durch eine Holzverkleidung zu ersetzen. Gedankenlos kritzelte er auf dem leeren Papier herum, dann stand er tatsächlich auf und rückte die Liege von der Wand. Anschließend ging er in Vaters Werkstatt. Eine Weile ließ er seinen Blick über das aufgeschichtete Schnittholz schweifen, dann schaute er sich die markant gemaserten Kirschholzbretter an, wog die Eichenklötze in der Hand und prüfte die Schärfe der Schnitzeisen. Schließlich suchte er sich etwa zwanzig Kiefernbretter aus, um sie auf die richtige Länge zu kürzen. Er spannte das erste zwischen die beiden Backen der Werkbank, wobei ihm die Berührung mit der glatten Oberfläche sehr angenehm war.

Er begann zu sägen.

In den Härchen seines Handgelenks blieben die ersten mikroskopisch kleinen Sägemehlreste hängen.

262

Die verbissene Eile, mit der er arbeitete, erklärte er sich damit, daß er Jaruška überraschen wolle.

»Halt fest, kriegst 'n Pelz!« stieß er dumpf hervor.

»Halt fest, kriegst 'n Pelz!«

Epilog

Im Juni 1989 wird Pazo an der Philosophischen Fakultät der Karlsuniversität in Prag zum Studium zugelassen. Kurz nach der Revolution im November kommt er an der Spitze einer Studentendelegation in die Glaswerke von Sázava. Der Vorsitzende des CZV KSČ*, Genosse Šperk, befiehlt den Pförtnern, die Studenten nicht in das Werk hineinzulassen. Nach einem kurzen Handgemenge mit seinem Vater steigt Pazo mit den anderen über den Zaun, und die Diskussion mit den Arbeitern findet doch statt (Pazos Freundin, eine Studentin der Juristischen Fakultät im ersten Semester, erklärt Quidos Mutter geduldig das Wesen des bürgerlichen Rechts).

Die weitere Entwicklung in der ČSFR bereitet Pazo jedoch immer größere Enttäuschungen. Er verzichtet auf seine Funktion im sogenannten Studentenparlament, unterbricht das Studium, und mit dem Gefühl, es hätte ihm jemand die Revolution gestohlen, fährt er zu einem Stipendienaufenthalt in die Vereinigten Staaten.

Nach seiner Rückkehr beginnt er, aktiv in der Anarchistischen Bewegung zu arbeiten. Seine pazifistische Überzeugung wächst. Im April desselben Jahres erhält er den Einberufungsbefehl. Gemeinsam mit anderen so betroffenen Anarchisten verbrennt er ihn mit dem Ruf ›Fuck off Army!‹ vor der Kaserne auf dem Platz der Republik. Er beantragt den zivilen Ersatzdienst und antwortet

---

* Gesamtbetriebsausschuß der KP der Tschechoslowakei (Anm. d.Ü.)

gleichzeitig auf das Inserat einer belgischen Handels-
firma mit einer Vertretung in Prag (Voraussetzungen:
Englischkenntnisse, Erfahrung am PC, Führerschein,
Höchstalter 28 Jahre). Nach dem erfolgreichen Abschluß
des Auswahlverfahrens wird er mit außerordentlich günstigen Gehaltsbedingungen eingestellt. Im Laufe des
nächsten Monats verursacht er jedoch bei der Ausfahrt
aus dem Firmenparkplatz wiederholt Unfälle mit dem
ihm anvertrauten Ford-Sierra und wird wegen Vertrau-
ensverlustes entlassen.

Großvater Josef tätigt noch im Herbst 1989 mit Hilfe der
Anzeigenzeitschrift ›Annonce‹ einige recht günstige
Geschäfte (für sieben Hundertkronenscheine mit dem
Porträt von Klement Gottwald bekommt er zum Beispiel
glatte tausend Kronen), aber auch er kommentiert das
tagespolitische Geschehen mit zunehmender Verbitterung. Ihm gefallen die Höhe der Abgeordnetengehälter
nicht, die langen Haare von Minister Langoš, die Beteili-
gung ehemaliger Kommunisten an der Regierung und
das langsame Tempo bei der Überprüfung der politischen
Vergangenheit.

»Aufhängen – nicht nur veröffentlichen!« poltert er in
dieser Zeit öfter.

»Laß das! Hörst du?« ermahnt ihn Großmutter Věra
streng.

Jaruška schaut eines Abends im Dezember 1989 eine
Minute vor zehn zum roten Neonlicht am dunklen Himmel und stellt überrascht fest, daß einer der Buchstaben
von der Silhouette einer Gestalt verdeckt ist. Quido, der
hinter ihrem Rücken steht, ist niedergeschmettert.

»Ich könnte dir ja verzeihen, daß du einen anderen hast«,
ruft er sofort eifersüchtig, »aber ich verzeihe dir nie, daß
du ihm gerade das erlaubt hast...!« Am nächsten Tag
stellt sich heraus, daß der Mann auf dem Dach des Ver-

265

waltungsgebäudes Genosse Šperk war, der mit seinem eigenen Körper einige Mitglieder des Bürgerforums an der Demontage des Neonlichts hinderte.

Am 6. Dezember ist das leuchtende Transparent endgültig beseitigt. Am gleichen Abend richtet Genosse Šperk die Mündung seines Jagdgewehrs gegen seine rechte Schläfe und drückt ab. Das Projektil verfehlt glücklicherweise sein Ziel, so daß die einzige Folge dieses Selbstmordversuchs ein vorübergehend taubes rechtes Ohr ist, wie später im Arztbericht festgehalten wird. Nach einer kurzen Rekonvaleszenzzeit kauft Genosse Šperk auf einer Auktion im Rahmen der sogenannten Kleinen Privatisierung ein Restaurant namens ›Jagdhaus‹ zum Mindestgebot von 3 240 000 Kronen.

Quidos Vater arbeitet ab Januar 1990 im Außenhandelsministerium als Leiter der Exportabteilung. Zur Arbeit fährt er täglich mit dem eigenen Wagen. Im September des gleichen Jahres wird er zu einer Geschäftsreise nach Brasilien entsandt, um dort Verträge abzuschließen.

»Ist schon mal nicht schlecht, oder?« sagt er in dieser Zeit oft vergnügt.

Kurz nach seiner Rückkehr kommt man im Rahmen der allgemeinen Überprüfungen im Ministerium zu einem positiven Ergebnis, und er wird entlassen. Er kehrt als Preiskalkulator in die ›Kavalier Sázava AG‹ zurück.

In den nächsten Monaten schläft Großmutter Věra sehr unruhig. In der Nacht vom 18. auf den 19. August 1991 schläft Großmutter überhaupt nicht ein. Sie kann es sich nicht erklären. Am nächsten Morgen stellt sie fest, daß wieder alle drei Wellensittiche weggeflogen sind. Ein paar Minuten später erfährt sie aus dem Radio, daß in der UdSSR ein Staatsstreich stattgefunden hat und in den Straßen von Moskau Panzer stehen.

»Einen Realisten bringen Wunder nicht in Verlegenheit«, kommentiert Quido die ganze Angelegenheit.

Quidos Mutter hat keine Zeit für Wunder, denn bis Ende
Oktober muß sie einen Vorschlag für das Projekt der
sogenannten Großen Privatisierung abgegeben haben.
Außerdem macht ihr Vaters rezidivierende Krankheit
ernsthafte Sorgen.

Am 12. September kommt Mirjana mit einem Flugzeug
aus dem kroatischen Pula, das von serbischen Nationa-
listen bedroht wird; Quidos Mutter gewährt ihr politi-
sches Asyl.

Am 10. Oktober gibt Quido das Manuskript seines Romans ›Blendende Jahre für Hunde‹ im Verlag ›Tschecho-
slowakischer Schriftsteller‹ ab.

Michal Viewegh

Erziehung von Mädchen in Böhmen

Roman. Aus dem Tschechischen
von Hanna Vintr. 207 Seiten.
SP 2802

Einem jungen tschechischen Schriftsteller, der sich seinen Lebensunterhalt als unterbezahlter Lehrer verdient, wird ein lukrativer Nebenjob angeboten: Er soll Beáta, die zwanzigjährige Tochter eines neureichen Geschäftsmannes, im Kreativen Schreiben unterrichten. Doch die Hindernisse sind zahlreich: Erst muß er sich an den primatenähnlichen Leibwächtern des Hausherrn vorbeischmuggeln, dann signalisiert Beáta nicht das geringste Interesse. Aus dem anfänglichen Widerwillen gegen die Nachhilfestunden entwickelt sich beiderseitiges Interesse, und die beiden verlieben sich ineinander. Doch der Schriftsteller hat Frau und Kind, und auch Beátas Vater interveniert heftig. Die Liebe scheitert aber nicht nur an den ungünstigen Bedingungen. Beátas ruhelose Suche nach sich selbst, bei der ihr außerdem zahlreiche andere Herren zur Seite stehen, läßt sich mit dem Lebensentwurf des Schriftstellers nicht in Einklang bringen. – Eine tragikomische Liebesgeschichte mit literarischen Seitensprüngen.

»Michal Viewegh hängt sich locker-lässig an die tschechische Erzähltradition zwischen dem Schwejk-Autor Hašek und Milan Kundera.«
Frankfurter Allgemeine Zeitung

SERIE PIPER

SERIE PIPER

Josef Škvorecký

Eine prima Saison

Ein Roman über die wichtigsten Dinge des Lebens. Aus dem Tschechischen von Marcela Euler. Mit einem Beitrag von Walter Klier. 284 Seiten. SP 2804

Danny ist sechzehn. Und folglich hinter den Mädchen her. Seine Flammen wechseln ständig: Da sind Irena und Alena, die beiden reizenden Zwillingstöchter des strengen Herrn Rat, Marie mit den wollenen Kniestrümpfen, die hexenhafte Karla-Marie, die langbeinige Tänzerin Kristýna An die zwanzig Versuche hat Danny schon unternommen, aber diesmal – das steht für ihn fest – muß es mädchenmäßig eine prima Saison werden. Heiter, jung, leichtlebig und scheinbar unbeschwert läßt sich dieser Roman zunächst an. Aber die reine Idylle ist er nicht. Denn seine Geschichte spielt in jener Zeit, als die Tschechoslowakei als »Protektorat Böhmen und Mähren« unter Nazi-Okkupation stand. Zwischen Schülerlieben und Jazzbegeisterung tauchen die Gespenster von Krieg und Diktatur auf, die das harmlose Leben des Provinzstädtchens Kostelec bedrohen.

»Poetisch verklärt und nicht ohne Nostalgie schildert Škvorecký, wie immer derselbe Gymnasiast Danny in Kostelec immer anderen und oft auch wieder denselben Mädchen hinterherjagt. Aufgrund welcher Intrigen und schicksalsträchtigen Verhängnisse Danny, das Glück vor Augen und sehr greifbar nah, die Irenas, Alenas oder Maries dann doch nicht bekommt, warum er statt des längstverdienten Beischlafs Mathematikunterricht erhält, Berge besteigen oder bis zur Ohnmacht Rum trinken muß – das macht den handlungsträchtigen Inhalt dieser poetischen Erzählungen aus.«
Frankfurter Rundschau

Ingvar Ambjörnsen

Ausblick auf das Paradies

Roman. Aus dem Norwegischen von Gabriele Haefs. 208 Seiten.
SP 2575

Elling, zweiunddreißigjähriger Frührentner, hat sich das Leben nach dem Tod seiner Mutter ganz gut eingerichtet: Im Zentrum steht seine heimliche Liebe zur norwegischen Ministerpräsidentin Gro Harlem Brundtland, er sammelt und archiviert alles, was über sie in der Zeitung steht. Gelegentlich ausbrechende erotische Phantasien sind ihm eher peinlich. Außerdem hat er sich ein teures Fernglas gekauft. Wenn er das auf den Nachbarblock richtet, kann er Abend für Abend verfolgen, was sich hinter den erleuchteten Fenstern abspielt, reichlich Stoff für Geschichten, Lebensläufe und ausgedachte Ereignisse. Doch Ellings Phantasien werden immer absurder, seine Spekulationen immer abenteuerlicher, die Realität kommt ihm immer mehr abhanden, zuletzt steht das Sozialamt vor der Tür. – Ingvar Ambjörnsen verheimlicht nicht, daß in diesem ko-mischen und hinterhältigen Roman ein wenig Hitchcock grüßen läßt. Mit sanfter Perfidie steigert er die Irritation der Geschichte zum beklemmenden Finale.

Ententanz

Roman. Aus dem Norwegischen von Gabriele Haefs. 256 Seiten.
SP 2578

»Ein literarisches Idiotenporträt höchsten Ranges – Elling ist der Fürst Myschkin der norwegischen Sozialdemokratie.«
Der Spiegel

Blutsbrüder

Roman. Aus dem Norwegischen von Gabriele Haefs. 255 Seiten.
SP 2776

Ein hinreißender Schelmenroman um Elling, den liebenswerten Kerl mit der wundervollen Macke. Mit seinem Kumpel Kjell verläßt Elling die Psychiatrie und nimmt in Oslo wieder den Kampf mit dem Alltag auf. Lustig wird es aber erst, als die beiden eines Tages ihre Nachbarin Reidun kennenlernen, in die sich Kjell auf der Stelle verliebt. Zu dritt werden sie bald eine richtige kleine Familie.

SERIE
PIPER

SERIE PIPER

Urs Richle

Der weiße Chauffeur
Roman. 185 Seiten. SP 2518

Es müssen nicht immer Krimis oder Kreuzworträtsel sein. Wer sich genußvoll in den Künsten der Kombination und der Spekulation üben will, auf den wartet dienstbereit »Der weiße Chauffeur«. So erfand Harry während der Banklehre zusammen mit seinem Freund aus Langeweile Herrn Dr. Walter Herrsberg. Sie richteten ihm ein Konto ein und nahmen kleine Transaktionen vor. Dann vergaßen sie das kleine Angestelltenspiel. Oder doch nicht? Sieben Jahre später wird Harry im Auftrag eines Dr. Herrsberg ein großer Betrag überwiesen, und er gerät in Verstrickungen. Er beginnt ein Spiel, dessen Regeln er nicht beherrscht, und wird das Opfer seiner eigenen Erfindung. Als er sich vor Gericht für die Ermordung Herrsbergs verantworten muß, erweist sich Urs Richles Roman als Schweizer Präzisionsarbeit der Sonderklasse.

Mall oder Das Verschwinden der Berge
Roman. 184 Seiten. SP 2520

Carl Mall, der fast neunzigjährige Bergbauingenieur, ist tot. Sein Zeitgenosse Ulrich Hörmann beginnt, dessen Lebenswerk fortzusetzen – und findet sich in der Irrenanstalt wieder. Carl Mall hatte nie aufgehört seinen Berg auszuhöhlen. War es früher der Berg Gonzen bei Sargans, so war es später das Bergwerk in seinem Kopf, seine Erinnerungen und die Schichten seines Lebens, die er täglich erkundete und abtrug.

Das Loch in der Decke der Stube
Roman. 160 Seiten. SP 2519

Als Paul Zoll die Zahnradbahn in ein kleines Schweizer Dorf besteigt, wo er sein Asthma kurieren soll, wird er dort namentlich gegrüßt, obwohl er nie zuvor in der Gegend war. Er gerät in ein Gewirr aus Intrigen und Gerüchten, ein dicht gewobenes Netz bizarrer Freund- und Feindschaften.

Konrad Hansen

Der Spaßmacher

Ein schamloser Roman aus dem Leben eines Unbefugten.
224 Seiten. SP 2844

Seine Behausung: eine baufällige Baracke am Friedhof seines Heimatdorfes. Sein Beruf: stellvertretender Totengräber. Kwalle lehnt Arbeit und gesellschaftliche Konventionen kategorisch ab. Schmarotzend, saufend und vögelnd lebt er in den Tag hinein, unterbrochen von gelegentlichen Halluzinationen und intensiven Gesprächen mit den Geistern der Toten. Diese anarchische Lebensweise mißfällt den Dorfbewohnern mehr und mehr, untergräbt sie doch die festgefügte dörfliche Ordnung. Kwalle ist der Stachel im Fleisch, verkörpertes schlechtes Gewissen, Gegenstand von Neid, Haß und unterdrückter Lust. Er entlarvt die Fassade der bürgerlichen Selbstgerechtigkeit und setzt nie geahnte Aggressionen und Gewalttätigkeiten frei. Hansen erzählt die eigentlich traurige Geschichte des Außenseiters Kwalle unterhaltsam, humorvoll, subtil und würzt sie mit einem Schuß deftiger Erotik.

Paul Kolhoff

Ben und die Silhouette eines Porsche

Roman. Aus dem Amerikanischen von Irene Jansen.
141 Seiten. SP 2627

Ben ist ein Virtuose des Scheiterns. Ausgestattet mit einer Mischung aus rührender Naivität und grenzenlosem Optimismus, schlägt sich Ben Grilk durch und realisiert schon bald, daß es im Leben nicht so sehr ums Gute und Schöne, sondern vor allem ums Bare geht. Ben unternimmt alles, um zu Geld zu kommen, ein silberner Porsche ist das Ziel seiner Träume. Er eröffnet sogar eine zum Scheitern verurteilte Edelkatzenzucht mit Hilfe eines zugelaufenen Siamkaters. Der vergebliche Kampf des sympathischen Antihelden gerät durch den liebevoll-ironischen Blick Paul Kolhoffs zu slapstickhafter Komik im Stile Woody Allens. Auch wenn der amerikanische Traum bisweilen zum Alptraum gerät: Ben Grilk scheint ein glücklicher Mensch zu sein.

SERIE PIPER

Erik Fosnes Hansen
Momente der Geborgenheit

Roman
Titel der Originalausgabe: Beretninger om beskyttelse
Aus dem Norwegischen von Hinrich Schmidt-Henkel
Gebunden

Jedes Leben ist eine Sammlung von Geschichten und Zufällen, die auf wundersame Weise einem Prinzip gehorchen. Davon erzählt Erik Fosnes Hansen in seinem Roman, der den Leser vom Norwegen unserer Tage auf eine schwedische Insel zur Zeit der Jahrhundertwende und dann ins Italien der Frührenaissance führt. Es gelingt dem Autor, eine fast schon vergessene Lesefreude neu zu beleben – das völlige Eintauchen in eine Geschichte, das atemlose Nicht-aufhören-können bis zur letzten Seite. Mit kunstvoller Leichtigkeit spielt Fosnes Hansen mit den Grenzen zwischen Figuren und Epochen, zwischen Raum und Zeit und schafft somit einen großartigen Roman über die vielen großen und kleinen Ereignisse, die täglich die Welt vor ihrem Untergang bewahren.

»Möglicherweise ist, seitdem Karen Blixen und Knut Hamsun literarische Meilensteine gesetzt haben, kein besserer skandinavischer Roman geschrieben worden.«
                                    Berlingske Tidende